MacTalk 跨越边界

池建强，70 后
程序员，先后
在洪恩软件、
用友软件工程
公司（现瑞友科技）和锤子科技等公司任职，
现任锤子科技云平台研发总监，喜爱编程
和写作。

长期从事应用软件平台和互联网服务的研
究和研发，致力于创造美好的产品，在瑞
友科技工作期间组织研发了 GAP 平台，全
称为瑞友科技国际化应用软件开发平台，
服务于上千家企业客户。

2012 年开通微信公众平台"MacTalk"，
讲述 Mac、技术与人文的故事，受到广大
程序员喜爱。2014 年在出版技术人文类图
书《MacTalk·人生元编程》，在程序员
里得到广泛传播。

在 InfoQ 组织的 QCon、ArchSummit、
QClub 等技术大会上多次担任演讲嘉宾和
专题出品人，是 InfoQ 中国的特约顾问。

2015 年初，加入老罗的"锤子科技"，负
责云服务、电子商务、官网、OS X 和 iOS
等软件与服务的研发和运维。

在未来十年，我希望能够做出一些改变人们
生活的产品，这是我的理想，我想要实现它。

MacTalk

跨越边界

池建强 著

人民邮电出版社

北　京

图书在版编目（CIP）数据

MacTalk跨越边界 / 池建强著. -- 北京 ：人民邮电
出版社，2015.12
ISBN 978-7-115-40563-0

Ⅰ．①M… Ⅱ．①池… Ⅲ．①随笔－作品集－中国－
当代 Ⅳ．①I267.1

中国版本图书馆CIP数据核字(2015)第242928号

- ◆ 著　　　　　池建强
　　责任编辑　杨海玲
　　责任印制　张佳莹　焦志炜
- ◆ 人民邮电出版社出版发行　　北京市丰台区成寿寺路 11 号
　　邮编　100164　电子邮件　315@ptpress.com.cn
　　网址　http://www.ptpress.com.cn
　　固安县铭成印刷有限公司印刷
- ◆ 开本：720×960　1/16
　　印张：16.75
　　字数：290 千字　　　　　2015 年 12 月第 1 版
　　印数：1 – 6 000 册　　　2015 年 12 月河北第 1 次印刷

定价：45.00 元

读者服务热线：(010)81055410　印装质量热线：(010)81055316
反盗版热线：(010)81055315

内容提要

这是一个程序员的随笔文集，但不是一本技术图书。本书的主要内容来自作者的微信公众平台"MacTalk"，书中包含了 5 个主题，分别是：写给走在编程路上的人、文艺中年、自省、跨越和人物，共 60 多篇文章。书中有作者对生活的思考，对边界的探寻，有作者身边的人和他们的故事，其中的一些文字还记录了这个时代的某个剪影，或某段情感。

本书中作者沿用了一贯的科技与人文相结合的风格，文风有趣，又增加了一点力量。作者充分享受着写作的乐趣，书中的文字对作者意义非凡，它们能够帮助作者探索、梳理和记录生活。希望你在阅读这本书的时候，也能获得这样的乐趣和感受。

这是一本有趣且充满思考的书，适合所有喜欢技术、热爱生活的人阅读。

一个壮年程序员的可能性

人生的可能性随着年纪的增长呼啸而逝，比如我已经不太可能在 30 岁遨游太空了，但对于一个今年 10 岁的少年来说，这一可能性依然存在，而我刚满 1 岁的女儿，甚至可以对此信心满满。所以年纪渐长，可能性越来越少，水面就会安静下来，人们也纷纷长出一口气，盘腿就坐，耳顺、知天命。

而老池却没打算这么安分。

今年 5 月，他宣布告别工作多年的瑞友软件研究院加盟锤子科技。在《心向大海，重新启航》一文中，他说自己走上了另一条道路，参与"更为激烈的竞争""更多的尝试和失败"。据我所知，这并不是个一蹴而得、顺水推舟的决定，他面对的取舍、权衡以及挑战，远不止外人看上去从舒适区跳出来去搏一把那么简单。

他略显轻松地描述其中的来龙去脉，没有满脸苦涩的郑重，带着年轻人蓬勃的魄力和长者老成持重的眼界。我见识了他在各种困难和反复面前的决断，感慨万千。

更让我感慨的是他加入锤子科技之后的工作状态。我们过去时常会就一些大事小情私下交换一些意见，这样的聊天通常是发生在晚上七八点钟，可在他加入锤子之后，便推迟到了深夜甚至凌晨。

他的工作负荷开始变得越来越大，经常凌晨还待在公司。在我们这些"腰间挂着两颗滚烫的肾"的年轻人还在探讨加班和加班费的意义时。他早已提刀纵身上马，杀进漫天黄沙。

即便如此，他依然不辍写作。我在今年 7 月的某个凌晨收到他的消息——"把书稿整理完了"。

这份书稿如今就摆在各位读者面前，书中的 60 多篇文章精选自他的微信公众号，都经过了他的重新修订，源于他对职业、生活和技术的思考。如果你也像我一样一直是他微信的订阅者，或许你也会发现，从 2012 年开始维护 MacTalk 以来，他的文字也愈发成熟和风格化，举重若轻，嬉笑怒骂，恰到好处。

从程序员到技术管理者，再到写作者，从企业应用开发，到进军手机行业，他从不给自己设限。他不回头惜别岁月，只迎面抓住那些机会。"大龄程序员""院长""企业应用"之类的标签早就贴在身上，多少人被这样的如同符咒一般沉重的标签压得小心翼翼，喘不过气。他却回身一抖，便轻装上阵，穿过山岭，重新启航。

他用自己的实践展现了一个壮年程序员的各种可能性，他甚至还开始大量地研究产品和设计，他跟我聊信息架构、流程体验、利弊取舍，对自己的产品侃侃而谈，爱不释手，激动而热烈，一如他对技术和代码的痴迷一般。

我很庆幸能遇到这样的一个良师益友，也荣幸能再次为他的书作序。他的转变、尝试和成长让我意识到，怜惜那些随时间逝去的可能性是没有意义的，若不能把它变为脚下的砖头和石块，它自始至终一文不名。

而使我们变得碌碌无为的，也从来都不是被岁月带走的机会，而是面对机会时我们自己的胆怯和犹豫。

老池在文章中平静地写道："在未来 10 年，我希望能够做出一些改变人们生活的产品，这是我的理想，我想要实现它。"改变世界这种有些矫情的志向总让人有点难以启齿，但世界总会被一些人和事改变的，不是吗？

我曾在知乎的某个关于老池的问题中回答到，但愿自己到他的年纪时，能有他一半的胆识和眼界。

我是认真的。

邱岳

微信公众号"二爷鉴书"作者，丁香园产品总监

他居然是这种人

给池院长的这本书写序并不是一件简单的事。当接到这个任务时，我是有点诚惶诚恐、受宠若惊的。在我的意识中，写序人的知名度或是在某领域的建树一般都会比作者高一个级别，好比李银河给冯唐的新书润笔，颇有法力加持的意味。我三表除了比院长帅一点、鲜一点外，何德何能呢？我在这样的"怀疑"中拖沓了一个月，直到池院长说："再不写就只好割袍断义了。"

我和池院长大概是在 2014 年情人节，神秘人士 Roy Li 的粉丝见面会上结识的。那时候我刚踏入艺能界，表演脱口秀还不能脱稿，我在台上局促地表演，台下有一道充满慈爱、温暖、激励的眼神射向我，仿佛在说：全世界都放弃，至少还有我在聆听。这眼神就来自池院长。我谢幕后，他微笑着拍了拍我的肩膀，像长者又像仁兄。

我想我必须要了解这个谜一样的男人，我查阅了大量资料后得知他是一个程序员兼任"苹果亚太区总布道师"。我作为一个文青、艺人，素来和程序员井水不犯河水，在我的想象中，"程序员"的代名词就是：木讷、寡淡、无趣、死理性派。我不可能和这种特质的人成为朋友，除非他也爱喝酒、爱吃毛豆。

后来，我订阅了他的公众号，围观他的朋友圈，参加他组织的分享会，他三观奇正、风趣幽默、博闻广识、待人亲和，我笃定地认为：如果他都不是我的朋友，那我宁愿孤独终老。正所谓我见青山多妩媚，料青山见我应如是，我想他一定也是这么想的，否则他为什么会叫我表弟？为什么会不厌其烦向他的粉丝推荐我的公众号？为什么每次都会第一时间回答我使用 Mac 时遇到的傻问题？很多人包括我都是因为池院长才拥有了人生的第一台苹果产品，而他没有从中赚到哪怕一分钱提成。

如果池院长不是一个程序员，也会是一个极其优秀的写作者。自媒体时代，人人都是写作者，我订阅了上百个公众号，而最能给我启发，让我如坐春风、茅塞顿开的，"MacTalk"一定排在前三。鸡汤若汇成河，那我只取"池建强"这一瓢饮。"池氏鸡汤"不腻，并没有慷慨激昂的口号。他总能见微知著，从日常工作、生活中的一件小事入手，抽丝剥茧，最后浓缩成一点点人生质朴的小哲理。

陆琪式的鸡汤是商品，是廉价的，是在消费绝大多数庸众的情绪。它的虚弱与无力在于，你并没有真正走进那复杂、多变又瑰丽的人生，而它也不过是像流水线一样锻造消费者需要的那点情愫罢了。

而池院长是 70 后生人，已是越过山丘，历经荣辱，他谈技术变革也融汇人生智慧，他谈人生智慧亦不疏离科技跃升的宏大背景。信息浪潮下的比特世界，人们总爱自诩站在科技与人文的十字路口，而真正做到这一点的，舍池建强其谁呢？

池院长爱跑步、爱音乐，聊高晓松与诗，谈贝叶斯和黑天鹅，我们在为稻粱谋，而他已经在思考程序员终极归宿这种充满人性光辉的命题了。我不觉得这一切创作是"大而无当"的，他亲历了、他感悟了、他分享了，真实就是最澎湃的力量。

池院长不跟热点、专业灭 high，当真该庆幸浮躁的社会有这样一个冷峻的智者。如今他舍弃了一份稳定且受人尊重的工作，投身到锤子科技。我得知这个消息后，颇惊讶了一阵，他如何敢以中年之姿投入一份未知且备受责难的事业中？后来我想到，没错，这就是他，知行合一，从不耽于安逸，为了他认为的美好事物，不温和地走进那个良夜。

作为朋友、读者，我们该庆幸的是：他又有很多好故事可以说。

三表

微信公众号"三表龙门阵"作者，著名脱口秀演员

一个安静的中年程序员

估计很多人和我一样，是看着 MacTalk 微信号长大的。技术牛人很多，但是能写作的人少；能写作的人多，但是能写长久的人少；能写长久的人多，但是能写得有意思、有故事的人少。估计很多人喜欢看 MacTalk，就是因为在那儿你可以经常看到有趣的故事。不论是技术杂谈，还是科普，甚至时评，作者都能将其编成一个有意思的故事，说给你听。我和 MacTalk 背后的主人公相识已久，多少知道些他的私生活，今天咱也借其新书发布之际扒一扒，想来也是极好的。

首先请注意，MacTalk 的作者是池建强，不是"迟建强"。我就因为一"Chi"之差，被作者嘲笑了一年多，后来非常诚恳地威胁他要再提这些往事就灭了他，他才不提了。相比于有文化的池老师，我是一个世俗的人，有求于他的时候，我会亲切地叫他"池老师"（这次我也是求着他让我来写序的，所以本文统称"池老师"）；求的事情比较不好办时，我会叫他"池大大"；如果没啥事，就想逗他一乐，则直呼"老池"。池老师是个聪明的人，现在根据我对他的称呼，就能立马判定我有什么意图。

在我和池老师的交往中，首先是将其定位成一个老实的人。熟悉池老师的人都知道，其实在他的整个职业生涯中，并没有待几个公司，在每个地方都能"誓把牢底坐穿"，如果不是因为特别的原因，估计他是不会选择离开团队的，这是职业上的老实。对于朋友他更是老实，有次我找池老师，请他为 ArchSummit 全球架构师峰会美言几句。结果他真的将其当作一个严肃的事情，前前后后对 ArchSummit 进行了多方位的了解，洋洋洒洒地写了数千字发表在 MacTalk 微信号上，比我们自己的宣传都写得详细。

更能说明池老师是一个"老实"人的案例，就真的是他对写作的坚持。在过去两年间，我是看到了很多人脑袋一热就开了个微信号，一开始写得真不错，很用心，每天都更新。但是慢慢地，频率越来越低，变成了"月更"，"季更"，甚至绝迹。而池老师绝对是笔耕不辍，不论是在瑞友研究院做院长，还是在锤子科技做技术总监，即使和我们很多人一样，他也忙得像狗，但你总能看到他越来越老辣的作品面世。估计池老师自己也经常在夜深人静的时候，对着电脑自勉"老老实实做人，勤勤恳恳码字"吧。

但是，于我而言，最能描述池老师的形容词就是"有爱"。一方面，当然是他对女粉丝的爱，每个穿着 MacTalk 标志 T 恤拍照并留言的女同学，总能够得到他的不吝表扬，而且可以作为和"小道消息"相比试的法宝。很多人估计不知道，池老师还是我们极客邦科技的天使投资人，当初我们想要筹集一些资金购买 InfoQ 在中国的运营权，带着尝试的心态问了问池老师。他是二话不说，满口应承下来。后来问他为什么那么爽快，又提供资金支持，还花时间帮助出谋划策优化产品、搭建团队？他说在他看来，我们团队太踏实，执行力太强了，肯定做什么都行，是未来中国技术社区的希望。嗯，后来我们自己内部复盘了一下，觉得池老师看得还真准。

按照池老师自己的话来说，他是看着 InfoQ 中国长大的，又看着极客邦科技诞生的。还说，如果我们团队不努力，不把他投的钱放大 100 倍，他肯定就会一直和我们没完。初听起来压力山大，现在已经释然，因为在我们的努力下，他的亿万富翁"美梦"正在成真，而且非常有希望成为 21 世纪最有眼光的天使投资人。

回到正题，开卷有益，希望这本书也能让你感受到池老师的"老实"和"有爱"。最后的最后，一个小秘密，和我们尊敬的冯大辉老师不一样，你可以将池老师想象成一个安静的中年美男子，任凭人情险恶，江湖变幻，他自安静。而从这份安静中流淌出来的文字，又演绎成诸多有内容的故事。所谓"桃李不言，下自成蹊"，这句话是非常贴合池老师的。

霍泰稳

InfoQ 中国、极客邦科技创始人兼 CEO

写作的乐趣

在这样一个时代，与其说人人都是产品经理，人人都应该学点编程，倒不如说"人人都来写点儿东西"。

我现在的爱好之一就是，有时间的时候写点文字。曾经有位做技术的朋友向我感概："你能坚持写文章这件事，放到我身上就是奇迹！"大部分情况下，没有奇迹。之所以他认为这是个奇迹，就因为我是个程序员，他也是个程序员。如果是作家长期写作，就变得非常自然了，就像程序员长期编程一样。你不编程你还能干什么呢？

但是，程序员就不能长期写作么？这个逻辑显然是不通的，任何人都可以长期写作，尤其是用母语写作，要知道，我们从小就写过那么多命题作文呀。所以，不能或不愿意写东西这件事，与其怪到"自律性差"或"不能坚持"上，还不如说，写作，并没有成为你的爱好。

爱好是最容易坚持的，甚至不用坚持。

现阶段，我的首要任务当然是打造自己理想中的产品和服务，但是，我保持了自己的爱好。爱好是什么？爱好就是那种无论你多忙多累都会挤出时间去做的事情，比如跑步、打球、下棋、弹琴或写作。很多人说工作累得要死，哪里还有精力健身呢？其实，当你感觉自己精疲力竭头脑发晕的时候，去跑上 20 分钟就会发现，健身不仅会消除疲劳，提神醒脑，还能让你睡得更香，第二天精力更充沛，长此以往，二爷，你会年轻得不像一个中年人！

利用琐碎的时间去写一些简单的随笔、短篇或故事，就是我现在的爱好。为什么不写长文或长篇？非不为也，是不能也。我现在的水平还不足以驾驭长篇大论，遑论长篇小说。所以在这个阶段，轻松地写一些随笔就好，我的心情也会跟着放松。很多人写字时觉得苦，尤其是程序员，宁可千行代码，不着一页注释。我倒不觉得，一旦觉得辛苦，可能就不是爱好了吧。

每当想到一个主题，我就会利用一小段时间间隙，伏案而坐，竖起屏幕，横放键盘，思如泉涌，手指上下翻飞，在键盘上噼噼啪啪敲击出一千或几千字来，由于写得多了，差不多都能一挥而就，重读时修改一下错别字和重复音节对阅读的影响，调整一下长短句的分隔，基本就成文了，大致如此。

有朋友说你最近工作繁忙，怎么还会有时间写作？因为写作确实没有占用多少时间啊，除了工作之外，阅读才是占用我最多时间的事情。没有大量的阅读，想持续输出内容是徒劳的，读的书越多，你会发现知道的东西越多，不知道的东西就更多了，不知道远远大于知道，于是你在两者之间不断碰撞、焦虑、欢喜、忧伤，产生各种思想、情感和故事，记录下来，就是文章。

写文章容易，但要写出朴实无华的文字，却是难上加难。即使是短文，想达到这一点也得长期练习，另外还需要一点点天分。坚持总是好事，愚钝如我，写了几年也会感到有些许长进，回头再看，以前的文章，要么浮夸，要么沉重，要么为了有趣而幽默，大多是下乘之作。抬头看天，夕阳西下，"朴实无华"四个镶了金边的大字，依然隐没在紫色的晚霞里，距我有无限远的距离，好在我还在坚持，也许还有希望呢？

文字写得越多，越能体会到文字的好处和写作的乐趣。它会帮助你思考，梳理情绪，记录情感，讲述故事。这个世界无论发生什么变化，有些思想和信息，只能以文字的形态传播；有些跃动的灵魂，只能以文字故事的方式讲述。这就是写作的力量。古今中外有那么多的大师坚定地进行着文字创作，任凭狂风怒吼，枝叶摇动，兀自挺立不倒，凭借的就是对文字力量的信心。

于是就有了这样一本书！

这是一个技术人的随笔，但不是一本技术图书。书中包含了五个主题，分别是：写给走在编程路上的人、文艺中年、自省、跨越和人物。其中有我对生活的思考，对边界的探寻，有我身边的人和他们的故事，其中的一些文字还记录了这个时代的某个剪影，或某段情感。这些文字对我意义非凡。但是，偶有读者问："可是，你写的这些文字，对我有什么意义呢？"我却无言以对。大部分情况下，这些文字对某些人，可能没什么意义，对另一些人，可能有那么一点儿意义。如人饮水，冷暖自知。我能够确认的就是，这些文字本来意义无多，但是在那么多人读了之后，就有了那么一点儿，但到底是什么，我却知之不详。

只管继续写下去就好了……

池建强
2015 年秋，写于北京

目录

一个壮年程序员的可能性 /1

他居然是这种人 /3

一个安静的中年程序员 /5

写作的乐趣 /7

写给走在编程路上的人 /1

程序员真正的价值 /3

当程序员老去 /7

程序员如何选择技术方向 /11

程序员犯过的错误 /15

程序员的《禅与摩托车维修艺术》/17

加班到底在加什么 /21

程序员很穷 /23

千万别惹程序员 /27

把时间"浪费"在美好的事物上 /30

大数据时代的贝叶斯定理 /34

Linux 开发模式带给我们的思考 /38

苹果为什么设计单键鼠标 /45

苹果新贵 Swift 之前世今生 /48

我为什么不希望苹果公司倒掉 /56

云端的钥匙串 /60

文艺中年 /63

We Build Things /65

朝花与老树 /68

春眠不觉晓 /70

旅途中的思考 /72

年龄的故事 /74

让人绝望的冰王子 /78

似水流年 /82

他们曾使我空虚 /84

目录

温暖的旅程 /86

我的阅读之路 /89

寻找最好的文字 /95

终于老得可以谈谈世界杯 /98

自省 /101

专访：谈技术、成长及锤子 /103

北京之北 /111

希望可能意味着一切 /114

你是牛儿我是渣 /118

我在大学里学到的几件事 /121

等待，并相信时间的力量 /125

你需要多久才能变成一个"傻瓜" /129

你为什么不移民 /135

跑步，根本就停不下来 /139

跑步的时候我在想些什么 /142

如何克服焦虑——深度优先处理 /144

如何优雅地对待他人的批评 /147

40 岁了，还有没有路走 /150

人生如摆摊 /153

从容的生活和忧伤的故事 /156

闲适有毒 /160

跳槽后的生活没那么美好 /163

淤出来的聪明之企业软件 /166

心向大海，重新起航 /169

跨越 /171

跨越边界 /173

黑天鹅与大数据 /177

第十人理论 /180

猴子理论 /183

写给苹果 CEO 的公开信 /186

目录

最可怕的产品经理 /189

一个学渣的逆袭 /192

赢者全拿 /194

不要温和地走进那个良夜 /196

你是能长时间集中注意力的人吗 /199

创业和做点小生意究竟有啥区别 /201

如何"正确地"选择一家创业公司 /203

人物 /207

冯大辉，小道行天下 /209

高晓松，恋恋风尘 /220

林纳斯，一生只为寻找欢笑 /227

沃兹传奇，其实我是个工程师 /247

写给走在编程路上的人

1

程序员真正的价值

问：池老师，我是个不爱互动的人，但是您所有的文章我都看了，非常感谢您的引导，我入手了人生第一台 MBP。现在问题来了，但是找不到更合适的人解答，只能求助于您了，如果您有时间的话。问题是这样的：我有个 32 位 UNIX 文件（开启一个服务进程），在 Mac 上执行时的错误提示是 exec format error，但是在 Linux 服务器上却可以执行，为何？Mac 上有可以运行的方案吗？期待您的回复，不胜感激。

答：Linux 和 OS X 是不同的操作系统，可以尝试在 OS X 里重新编译这个文件。

问：非常感谢！如果没有文件源码是不是就只能认命了？

答：可以在 Mac 上装 Docker，然后对服务进行端口映射就可以了。

答：茅塞顿开。谢池老师。

以上是我和一位读者的对话，这位小伙子在拿到答案之后像一缕烟尘一样消失无踪，之后再也没有出现过。

在微信上加了很多 MacTalk 的读者之后，经常会收到一些奇奇怪怪的问题，关于职场、关于选择、关于朋友、关于 Mac、关于技术等，不一而足。但是我能回答的却很少。问题不好没法回答，问题太复杂没法回答，问题领域超出我的认知范畴也没法回答，耗时太长的问题我也没时间回答，实在是惭愧。好在偶尔也能够帮助一些小伙伴解决一些实际问题，心理上略感安慰，比如上面这个问题。

把这段程序员之间的对话翻译一下，大致是这么个故事。

一位读者有一个 32 位的 UNIX 可执行文件，可以在某种版本的 Linux 服务器上正常运行，运行这个文件的作用就是起个进程，开端口，然后与其他程序进行交互。但是这个文件拿到 Mac 上完全没办法运行。就在他趴在 Mac 上愁肠百结万念俱灰的时候，突然想到了"池老师"。不就是这个老家伙把 Mac 夸得像一朵玫瑰一样，让每个程序员都去采摘吗？现在扎手了，你不管谁管？于是他给我发来消息，意思就是管也得管，不管也得管，您看着办。

我拿到问题一看，不难。Linux 和 OS X 虽然师出同门，都是从老前辈 UNIX 那儿毕业的，但是后来毕竟各练各的，在 Linux 编译好的程序不可能在 OS X 上用，但是在 OS X 上重新编译一下可能就没事了。我把这个想法告诉了这位程序员，得到的反馈是：对不起，哥，没有源代码！

我被这个冷酷的回复震惊了，立刻意识到刚才的想法并不是最优解决方案，因为在重新编译的过程中，各种包的依赖关系和编译错误足以让你焦头烂额，我随即提供了 B 计划：在 OS X 上安装 Docker，轻量级的容器 Docker 可以运行各种版本的 Linux，把文件扔到 Docker 里，然后通过主机和 Docker 之间的端口映射即可轻松解决这一问题。

虽然这里面会涉及很多技术细节，但是方向是没有问题的，所以这位程序员立刻表示"茅塞顿开"，然后"biu"地一声就在屏幕对面消失了，没有留给我说"不客气"的机会。

这个问题装个 Linux 虚拟机也可以解决，但是虚拟机过于耗费资源，而且不如 Docker 灵活，所以不是最佳解决方案。Docker 是。

作为一个程序员，我们除了要掌握多门程序语言和多种数据库，了解前端技术、后端技术，通晓网络七层架构，知道 TCP/IP 三次握手和四次挥手，编写漂亮的代码，设计优美的架构……之外，我们还要解决研发、程序运行和产品上线过程中遇到的各种问题，而且被要求以最小的代价来解决问题……我们容易吗？

除了编程技巧和程序设计能力，解决问题的稳准狠是衡量一个程序员是否优秀的重要因素之一，也是资深技术人员真正的价值所在。在科技浪潮澎湃、技术信息扑面而来的今天，一位刚毕业的大学生如果足够勤奋，他可以在两三个月之内掌握一门编程语言，并编写出像模像样的软件，他们的学习速度甚至超过了我们这些老程序员，但是解决问题的能力是无法速成的，只能依靠时间、经验和惨痛的教训历练而成。有时候还需要灵感和运气。

很多军事迷读了大量的军事著作和历史小说，常常羡慕那些名将的风采，并浩叹自己"生不逢时"。但是名将不是那么容易炼成的。历史上叱咤风云的名将凤毛麟角，他们亲自持刀上阵追击敌人，见识战场的惨烈，目睹敌人的尸体，看到战友被杀，知道被刀砍中会流血死去，他们冷酷无情，坚如磐石，在全军即将崩溃的时候发现敌人的弱点并进行攻击，在瞬息万变的战场中进行决断，在多次失败后从无数士兵的尸体里站起来重新出发去挑战那个战胜你的对手，在所有人对你说"指导员，我们上吧"的时候，坚定地说出那三个字：再等等！

如果你做不到这些，那还是做个最终会被张飞枪挑的小兵吧。

优秀的程序员同样如此，菜鸟常常羡慕高手在谈笑之间让难题灰飞烟灭，而自己却苦苦思索而不得入门之法，殊不知这些高手同样经历了名将的那些腥风血雨。他们在清晨的微光里编写代码，在轰鸣的机房中调试程序，他们彻夜不眠就是为了解决一个 bug，他们要承受数据丢失或上线失败的痛苦，默默吞下眼泪，准备下一次的战斗。不停地学习、实践和思索，成千上万个小时之后，高手始成。

同样的问题，高手的解决思路和小球是截然不同的。一般来说，只要不是世界难题，给足时间、空间和人力，都能解决。如果你遇到问题告诉上级，这个问题交给我了，两年之内搞得妥妥的，那就不要怪项目组成员组团把你打出屎来，因为大家要的是分分钟解决，不是两年。在这个唯快不破的年代，我们没有那么多的时间，所以要通过逆向思维、经验教训、辗转腾挪、借力打力等方式以最小的代价快速解决问题。这才是老程序员的价值。

再举个例子，一个运行良好的线上应用，在你修改 bug 增加功能之后，重新上线，出现了一些莫名其妙的问题，如占用资源增加或运行一段时间宕机等，怎么解决？

常规的做法就是通过阅读日志、模拟线上环境和调试程序来定位错误。容易的 bug 用这些方式基本就能搞定了，但是更隐蔽的 bug 会耗费大量的时间和人力。更好的方式是什么？

首先，排查是程序问题还是环境问题，把线上程序恢复到运行正常时的老版本，如果出现了同样的问题，那就是生产环境发生了改变。如果运行正常，要么是你修改老 bug 时引入了新 bug，要么是新增加的代码出现了问题。

其次，阅读产品的修改日志，根据代码提交的时间线构建系统，通过二分法排查，定位是哪部分代码引起的问题。

最后，排除了所有的不可能，剩下的无论看起来如何不可能，就是它干的。

以上只是一个简单的例子，实际的情况可能比这个例子复杂 100 倍，需要我们综合使用各种方式进行交叉比对和错误排查才能解决。这仅仅是遇到问题解决问题，更多的时候是需要你提出问题，并解决问题，那是更高的境界。

很多人学了那么多编程语言，写了十几年程序，最终依然无法做到以最小的代价解决问题，不禁让人扼腕叹息。

程序员真正的价值是什么？以最小的代价解决问题！知行合一，方可无敌于天下。

当程序员老去

程序员将代码注入生命去打造互联网的浪潮之巅，当有一天他们老了，会走向哪里，会做些什么？

很多年以后，在我 60 岁的那天早晨，天刚蒙蒙亮我就起床了，先去公园晨练，然后回来做早餐（50 岁的时候我学会了做饭），送完外孙上学，刚好 8 点。由于北京从 2020 年开始单双月限行了，这个月是单月，所以只能挤地铁。人一如既往地多，一小伙子要给我让座，看了看他的小身板，我说不用，你也是干 IT 的吧，今天咱们都是程序员。

来到公司，墙上那条新贴上去的刺眼规定总是让我很不舒服：所有的服务器端语言必须使用 Come，移动端语言使用 Swallow，还在使用 Java、C、Go 和 Swift 语言写程序的，罚款 500 元。我不知道自己还能学会几门新语言，工作了 40 年，我已经用过 100 多种编程语言了……

上午 10 点，00 后 Team Leader 跑过来问我："池大大，新上线的智能手表操控 UI 是您老做的吗？好像出了点问题。"我说是老王上周做的，他老花眼早就不该做 UI 了，这周没来，据说动脉硬化了。"唔，那您帮他改改得了……"

这个上午，老板又收到了两份在家办公的申请，其中包括老冯的，申请理由是：腰不好。坐着站着都不能解决问题了，只能把屏幕安装在天花板上，躺着编程。我还行，一直打羽毛球，腰好，身体就好，吃嘛嘛香。不过今天中午却没什么食欲，因为牙疼，各种牙都开始松动了，只好在食堂里挑了点软乎的饭菜吃了。

下午部门开会。我发现唯一的 70 后主程（主力程序员）记忆力减退了许多。说完第 8 个功能点的实现后，他突然来了一句："好，以上是第 1 点，现在来说第 2 点。"直到下班，我们一直都在说第 2 点。会后主程怪我为什么没有提醒他，其实我一共提醒了他 13 次。不跟他计较，明年他 65 岁，就要退休了。

分配到需求之后，下午的工作就是画界面、做表单、填程序，这个工作我做了几十年，已经非常熟练了，编码的时间总是最快乐的，不知不觉就晚上10点了。回家吧，过了9点就可以打车了。

夜晚11点回到家，菜凉了，孩子们都睡着了。我躺在冰凉的床上，打开一本《Come语言编程实战》开始读。程序员，是一个终身学习的职业……

看到这儿，估计大部分程序员读者心都碎了……不用担心，不读MacTalk，晚景才是凄凉的，看了的都没事！

关于"程序员老去"这个话题，从我开始编写第一行代码的时候就有了。那时候我20郎当岁，正值青春年少，眉宇苍茫，中年人和老去仿佛是下一个世纪的事情（确实是），遥不可及。我时而在阿尔卑斯山脉编写代码，时而去草原天路调试程序，我觉得世上之事无所不可为。只有那些年近30岁的老程序员，听到这个话题时，才会紧蹙双眉一言不发，仿佛他们看到了无边落木和滚滚长江。

很快，我就站到了30岁的十字路口，望了望周围，其他三个方向都没有路，只能向前，于是我非常不情愿地挪到了35岁这个黄金分割线上，或者叫程序员的生命线。不知道是哪位大神为我们程序员画了这么一条线，三百六十行，行行出状元，为什么只有程序员才有这条线呢？用Google、百度搜索一下"程序员35岁"，尽是"不作35岁的程序员""技术大龄恐惧症""35岁后要转管理""35岁前程序员要规划好的X件事"这样耸人听闻的字眼，一想到自己并没有规划过"这些事"，我绝望极了，35岁生日的那一天可能会发生什么不好的事吧，比如编程、演讲、写作、设计这些技能都会烟消云散？我可能会跟不上时代的发展？我可能会被解雇吧，我想。

35岁生日过去了，除了收到生日礼物，什么事都没有发生，我依然活蹦乱跳地编程、演讲、写作和设计产品，一切都变得更好了。

再也不相信年龄了……

回首往事，我发现当年那些对编程充满激情，对生活满怀理想的小伙伴，有的变成了某个领域的技术大牛，在做产品的同时忙着布道演讲写书；有的经营着或大或小的公司，同时还在编写程序；有的设计出了千万人使用的软件产品；有的则转变成了一个纯粹的管理者，经营着上千人的机构。他们都是程序员。

真正有可能晚景凄凉的程序员，是对技术和产品没有兴趣的人，是仅仅把编程当作生活工具的人，是那些不能终身学习的人。开篇的文字，就送给这些人吧，希望他们能够在 40 岁以前看到这篇文章。

关于程序员转行的问题，也是个伪命题。没有哪个人的职业是一成不变的，今天你在考虑 LVS 要使用 IP 隧道技术还是直接路由，负载调度使用"加权轮叫"还是"最少链接"，10 年后你要做的可能是增加哪些产品特性和阅读用户的消费心理。时间会驱动着你去不停地选择自己的道路。

如果继续编程能够最大化你的价值，那就去编程，太多精深和复杂的技术需要长期的积累和实践才能化繁为简鬼斧神工，请在技术大神的道路上一路狂飙。

如果设计产品能够最大化你的价值，那就去设计产品，现代世界已经不再是"美学、艺术"与"电子产品、软件"毫无关联的年代了，人们越来越重视产品体验和艺术美学，如果你懂得产品之美，又能估算这个产品多久能够开发出来，还懂一些开发细节，不知道能够虐多少程序员啊，想想这个场景多么美好。

如果经营一家公司能够最大化你的价值，那就去创业，去招募战友，服务伙伴，提供产品，去创造属于你自己的天空。

如果演讲……如果咨询……如果市场……，很显然，我看到的程序员未来有无限可能，而且我们最大的优势是：这帮家伙甚至能编写代码，这真是太酷了！

当然，我们程序员也不要过于沾沾自喜，在某个领域深耕细作的同时，不要忘记拓宽自己的知识面。如果一个人的领域太过专业化，一段时间后，你可能会发现自己的专业已经陈旧了。如果一个人的知识面很广，在终身教育的配合下，你的专业可以随着时代的变化而改变。

另外，在调试程序或程序出现问题的时候，程序员要避免说这些暗语：

扯淡，这不可能！我机器上就没事！不应该啊……
一定是隔壁老冯的问题！原来怎么没问题？

每少说一次，就能前进一大步！

最后，对不是程序员的读者也说两句吧，如果你身边有程序员，一定要对他们好，不懂技术不要对程序员说这很容易实现，平时多送些小礼物，他们不开心了就请吃海底捞，加不加班都要给他们加薪，没有女朋友的给介绍女朋友，还没订阅 MacTalk 的让他们赶紧订阅……你会有回报的。

经年以后，当你偶然之间再次翻到这篇文章，也许会说：唔，这个老家伙说得还有点道理呢！

程序员如何选择技术方向

最近写了《程序员真正的价值》和《当程序员老去》两篇文章，传播甚广，今天是第三篇——《程序员如何选择技术方向》，史称"程序员三部曲"。

那之前写的几篇程序员文章算什么呢？算前传吧。以后再写程序员文章算什么呢？算后记吧。

2008 年秋天的一个午后，温暖的阳光透过落地窗落在我面前这个长长的写字桌上，桌子对面坐的是一个瘦小的程序员，他的名字叫小明。小明有些茫然，他看着我，不知道该说些什么。

程序员都是很严谨的，我不得不首先发出一个 System Call：

"你在客户现场这半年做什么工作？"

"写单元测试。"

"还有呢？"

"没了，就一直写 JUnit。"

"别人也写单元测试吗？"

"没人愿意写单元测试，只有我写。"

……

"你为什么想来研究院呢？"

"我想写一些真正的程序。"

"什么是真正的程序？"

"比如 Java，比如面向对象编程，你总要写一些类和各种各样的方法，而不是一直写测试用例（test case）。"

"好的，沿着这个楼梯上三楼，那里有一群和你一样的程序员，他们不仅写 Java，还写 JavaEE 相关的各种程序，你会找到自己需要的东西。"

"真的吗？"

"真的。"

那时候我风华正茂，没有现在这么老成持重。阳光照在我的翘着二郎腿的脚面上，一切都显得十分虚幻。在小明的眼里，那时的我估计很像"黑客帝国"里的墨菲斯，但是他不能确定自己是不是"The One"。小明疑惑地看了我一会，最终还是上楼了。至此，他完成了第一次技术方向的选择。在三楼，他碰到了一群同样严谨的程序员，他不仅学会了写真正的 Java程序，而且掌握了部分 Web 编程和服务器端编程，包括 JavaScript、jQuery、Spring、Hibernate、JMX、Web Service 等。小明变得快乐起来，渐渐摆脱了注定孤独一生的阴影。

过了一段时间以后，小明已经不满足只写 Java 相关的程序了。有一天他看到我手里的 iPhone 和 Mac，仿佛见到了初恋的情人，眼中重新燃起了绿油油的光芒，他知道了 iOS 开发者这回事。很快，他花掉了所有的银子购买了 Mac 和 iPhone，开始日夜兼程，学习 iOS 开发。他在写 Java的间隙编写 Objective-C 代码，在编译 Web App 的同时构建 IPA，在清晨的微光中调试程序，在每个夜晚与模拟器窃窃私语……他完成了第二个阶段的技术方向选择。

终于到了离别的时候，他要去寻找更大的梦想。经年以后，在南方的某个城市，他成了一个知名公司的 iOS 主程，并开发出了多个著名的 iOS 应用，比如"丁香医生""用药助手""家庭用药"等。难以想象，如果没有小明，张老师怎么去见小姨子，冯老师何以拯救互联网，二爷怎么鉴书，西湖何以养醋鱼！

第一个故事讲完了，主角小明利用两次主动的技术方向选择，完成了从小球到小牛的逆袭，以至于现在连女朋友都有了。

这时候就有读者要问了，那些大牛是如何做技术选择的呢？

大牛不需要做技术方向的选择，他们需要什么就学什么，学什么就成什么。他们就像掌握了"九阳神功"的张无忌，各种类型的技术和程序到了他们的手里都能发挥出巨大的威力。技术，是他们生命中最重要的组成部分。

如果你们以为我在吹牛我就给你举个例子。我在《MacTalk•人生元编程》中写过一个技术高手，他的名字叫做攀攀。很长一段时间我都不知道他掌握了哪些技术，因为他的技术是我们很多人的超集，我们遇到的所有问题都可以在他那里得到解决，他只是叼着烟翘着腿敲下几行代码而已。后来我才知道，他在高中的时候已经痴迷于计算机了，大学时代自学了大量的计算机相关的知识，在他大学毕业之后，操作系统、数据结构和算法就已了然于胸。

直到最近，我才从网络上拿到一份他几年前的简介，那个时候，他的履历是这样的：

ID：攀攀

性别：男

师门：电子科技大学 1998 年计算机系

职业：网络引擎设计者

人物背景：精通 C、C++、Java、Pascal、Basic、Fortran、Cobol、PL/M、Perl、Python、Lisp、Prolog、Smalltalk、Ldap、PVM、MPI、编程自动化、Linux 核心代码、JDK 源码、GLibc 源码、Apache 源码、常见的网络协议内部实现、网络通信……是真的精通。

武学造诣：决不要把计算机强加给人们的限制认为理所当然，人不是机器的奴隶，把了解机器的限制作为通晓计算机的标准只能是自欺欺人。

游戏感言：IP 路由和认证的双重功能将是未来网络游戏发展的障碍，今后的网络应该是以分布式目录服务为基础的，以网络设备为中心，与具体主机无关，集成了广泛的认证与授权能力的网络（全公司上下没有人能听得懂他在说什么，好在大伙儿都已经习惯了）。

都是 1998 年毕业的，人和人的差距怎么那么大呢？无语泪千行！

两个故事讲完了，究竟如何做技术方向的选择呢？答案就飘在风里……

1. 操作系统、数据结构、算法、网络等基础技术应该在大学时代深入学习，如果毕业了你还没有掌握这些内容，那就随用随学好了。学习这些基础理论极为枯燥，只有实际工作中的需求才能给你最大的学习动力去掌握这些艰深的内容。

2. 至少要掌握一门静态语言，如 C、C++、Java、C#、Objective-C 等。至少掌握一门动态语言，如 Python、Ruby、PHP 等。

3. 推荐学习一些同时具备动态语言特性和静态语言特性的语言，如 Go、Swift、Scala 等。这样你会对面向对象编程、面向过程编程、编译型、解释型语言有更深入的了解。

4. 系统地构建自己的知识体系，而不是局限在某个点上。经常有读者问我，我前几年一直在写 VBA/ActionScript/Delphi/SQL……现在项目组突然不再采用这些语言了，怎么办？很多人难以预料未来技术的走向，但是你至少要构建自己的技术壁垒和平台。学习 Java，就应该构建你自己的 JavaEE 平台；Objective-C 对应 iOS/OS X 开发平台；C# 对应 .Net 平台；SQL 对应数据库平台。如果你在用 ActionScript，那你不应该局限在 Flex 上，你对应的应该是整个前端平台。立足平台，你会站得很稳。立足一个点，你可能摔得很惨，就是这样。

5. 主动选择技术方向比被动等待好。根据自己的兴趣和技术的发展主动选择，就像小明一样，有时候放弃也意味着得到。

6. 不要过于追新，不要每出一门"颠覆性"的语言或技术都投入精力、物力。追新的后果很可能是该学的没学会，不该学的学完也忘了。我有一哥们儿，我们都在写 JavaScript 的时候，他认为 Java 新推出的 JavaFX 才是前端的未来……然后就没有然后了。我们都用 Java 的时候，他认为 Erlang 才是编程语言的未来……然后就没有然后了，可谓一步早，步步早，让人扼腕叹息。

7. 也不要过于保守，比如 Go、Swift、Docker 等技术，我个人以为是值得投入时间和精力的技术。

没有 8 了，写到这里，冬夜已经黑得不像样子。站在阳台望出去，仿佛看着某个巨大 IDE 的黑色编码主题，我想起了某位大牛的一句话：我不是懂得多，我只是学得快而已。

程序员犯过的错误

2014 年 1 月，苹果联合创始人史蒂夫·沃兹尼亚克来到北京参加了"极
客公园创新大会"，非常遗憾，由于个人事务，我错过了近距离观摩沃大
神的机会，每每想起，扼腕叹息。如果上天再给我一次目睹沃神的机会，
我绝对不会错过。（机会很快就来了，2015 年我在硅谷见到了沃兹……
那是另一篇随笔。）

很早就读过纸版的《我是沃兹》（2007 年版），后来中信出版社再版此书，
更名为《沃兹传》，于是在"多看阅读"上购得电子版，最近拿出来又跳
读了一遍。好的故事总是常看常新，不同阶段的阅读，总会萌生不同的想
法，今天就和大家说说沃兹当年犯过的错儿。

1977 年年底，沃兹和苹果第 6 号员工兰迪·威金顿经过不眠不休的编程和
调试之后，终于完成了 Apple II 对软盘驱动器支持的大部分程序。于是二
人起身飞往赌城拉斯维加斯，准备参加 CES 展会。到了赌城之后，拉斯维
加斯的滚滚红尘彻底迷乱了两个土鳖程序员的心，一出悲剧正上演……

当天晚上，沃兹和兰迪完成了最后的调试工作，一切都那么完美，两个好
朋友就差对饮一杯红酒然后相拥而眠了，这时候，沃兹做了一个"明智"
的选择：兄弟，咱是不是该备份一下程序再睡？沃兹带了两张软盘，于是
他决定在空白盘上再备份一份仅有的数据盘，备份进行得很顺利……只是
他把该死的空白盘当成了数据盘，于是他得到了两张干干净净的空白盘！

如果普通的程序员碰到这种灾难后，估计自杀谢罪的心都有了，沃兹不是
普通人！

在确认了这个"致命"失误之后，沃兹这个编程狂人，就去睡觉了……第
二天一早醒来后，沃兹恢复了上帝般的自信，他冷静地坐在 Apple II 面前，
一机在手，天下我有，用一上午的时间盯着屏幕、敲打键盘，他重建了所
有的程序，并在展会上进行了完美的演示，Apple II 获得了"言语无法描
述的成功"！

伟大的程序员如沃兹者，年轻时也会犯下如此的错误，何况我等……

这时我想起了另一个程序员犯的错，这位朋友在一家网络游戏公司工作，他的一部分工作就是手动维护数据库里的一些数据，这个库居然是奇葩的生产库。终于，在一个懒洋洋的下午，暖暖的阳光照在身上，他发现自己昏昏欲睡，鼠标光标神差鬼使地移到了用户表上，右键菜单弹了出来，"delete"被选中，并重重地点了下去……所有游戏用户的资料都消失了，就像一阵风一样。当时这位程序员的感受是：

我的所作所为带来的严重后果并没有立即击倒我。我只是感觉到灵魂似乎出窍了，悬浮在黑暗房间的某个角落，看到各位同事都弓着腰趴在发光的显示器上，他们惊恐地发现，所有的用户数据都不见了。

随后的一记重拳彻底击垮了这家公司，他们的数据库提供商告诉他们，这个数据库实例的备份两个月前就停止了，然后，就没有然后了。

同样是犯错，沃兹犯错后重新拯救了自己和公司，而另一个程序员则击倒自己之后又给公司补了一枪。

这就是伟大与平庸的区别。

总结：

◆ 年轻的时候谁能不犯错？重要的是犯错之后你做了什么。强大了，还是沉沦了。
◆ 无论犯什么错，永远不要执行：sudo rm -rf /
◆ 无论如何，最好不要犯全天下男人都会犯的错。

各位程序员，你们犯过哪些愚蠢而致命的错误呢？

一个安静的中年程序员

估计很多人和我一样，是看着 MacTalk 微信号长大的。技术牛人很多，但是能写作的人少；能写作的人多，但是能写长久的人少；能写长久的人多，但是能写得有意思、有故事的人少。估计很多人喜欢看 MacTalk，就是因为在那儿你可以经常看到有趣的故事。不论是技术杂谈，还是科普，甚至时评，作者都能将其编成一个有意思的故事，说给你听。我和 MacTalk 背后的主人公相识已久，多少知道些他的私生活，今天咱也借其新书发布之际扒一扒，想来也是极好的。

首先请注意，MacTalk 的作者是池建强，不是"迟建强"。我就因为一"Chi"之差，被作者嘲笑了一年多，后来非常诚恳地威胁他要再提这些往事就灭了他，他才不提了。相比于有文化的池老师，我是一个世俗的人，有求于他的时候，我会亲切地叫他"池老师"（这次我也是求着他让我来写序的，所以本文统称"池老师"）；求的事情比较不好办时，我会叫他"池大大"；如果没啥事，就想逗他一乐，则直呼"老池"。池老师是个聪明的人，现在根据我对他的称呼，就能立马判定我有什么意图。

在我和池老师的交往中，首先是将其定位成一个老实的人。熟悉池老师的人都知道，其实在他的整个职业生涯中，并没有待几个公司，在每个地方都能"誓把牢底坐穿"，如果不是因为特别的原因，估计他是不会选择离开团队的，这是职业上的老实。对于朋友他更是老实，有次我找池老师，请他为 ArchSummit 全球架构师峰会美言几句。结果他真的将其当作一个严肃的事情，前前后后对 ArchSummit 进行了多方位的了解，洋洋洒洒地写了数千字发表在 MacTalk 微信号上，比我们自己的宣传都写得详细。

更能说明池老师是一个"老实"人的案例，就真的是他对写作的坚持。在过去两年间，我是看到了很多人脑袋一热就开了个微信号，一开始写得真不错，很用心，每天都更新。但是慢慢地，频率越来越低，变成了"月更"，"季更"，甚至绝迹。而池老师绝对是笔耕不辍，不论是在瑞友研究院做院长，还是在锤子科技做技术总监，即使和我们很多人一样，他也忙得像狗，但你总能看到他越来越老辣的作品面世。估计池老师自己也经常在夜深人静的时候，对着电脑自勉"老老实实做人，勤勤恳恳码字"吧。

但是，于我而言，最能描述池老师的形容词就是"有爱"。一方面，当然是他对女粉丝的爱，每个穿着 MacTalk 标志 T 恤拍照并留言的女同学，总能够得到他的不吝表扬，而且可以作为和"小道消息"相比试的法宝。很多人估计不知道，池老师还是我们极客邦科技的天使投资人，当初我们想要筹集一些资金购买 InfoQ 在中国的运营权，带着尝试的心态问了问池老师。他是二话不说，满口应承下来。后来问他为什么那么爽快，又提供资金支持，还花时间帮助出谋划策优化产品、搭建团队？他说在他看来，我们团队太踏实，执行力太强了，肯定做什么都行，是未来中国技术社区的希望。嗯，后来我们自己内部复盘了一下，觉得池老师看得还真准。

按照池老师自己的话来说，他是看着 InfoQ 中国长大的，又看着极客邦科技诞生的。还说，如果我们团队不努力，不把他投的钱放大 100 倍，他肯定就会一直和我们没完。初听起来压力山大，现在已经释然，因为在我们的努力下，他的亿万富翁"美梦"正在成真，而且非常有希望成为 21世纪最有眼光的天使投资人。

回到正题，开卷有益，希望这本书也能让你感受到池老师的"老实"和"有爱"。最后的最后，一个小秘密，和我们尊敬的冯大辉老师不一样，你可以将池老师想象成一个安静的中年美男子，任凭人情险恶，江湖变幻，他自安静。而从这份安静中流淌出来的文字，又演绎成诸多有内容的故事。所谓"桃李不言，下自成蹊"，这句话是非常贴合池老师的。

霍泰稳

InfoQ 中国、极客邦科技创始人兼 CEO

写作的乐趣

在这样一个时代，与其说人人都是产品经理，人人都应该学点编程，倒不如说"人人都来写点儿东西"。

我现在的爱好之一就是，有时间的时候写点文字。曾经有位做技术的朋友向我感概："你能坚持写文章这件事，放到我身上就是奇迹！"大部分情况下，没有奇迹。之所以他认为这是个奇迹，就因为我是个程序员，他也是个程序员。如果是作家长期写作，就变得非常自然了，就像程序员长期编程一样。你不编程你还能干什么呢？

但是，程序员就不能长期写作么？这个逻辑显然是不通的，任何人都可以长期写作，尤其是用母语写作，要知道，我们从小就写过那么多命题作文呀。所以，不能或不愿意写东西这件事，与其怪到"自律性差"或"不能坚持"上，还不如说，写作，并没有成为你的爱好。

爱好是最容易坚持的，甚至不用坚持。

现阶段，我的首要任务当然是打造自己理想中的产品和服务，但是，我保持了自己的爱好。爱好是什么？爱好就是那种无论你多忙多累都会挤出时间去做的事情，比如跑步、打球、下棋、弹琴或写作。很多人说工作累得要死，哪里还有精力健身呢？其实，当你感觉自己精疲力竭头脑发晕的时候，去跑上 20 分钟就会发现，健身不仅会消除疲劳，提神醒脑，还能让你睡得更香，第二天精力更充沛，长此以往，二爷，你会年轻得不像一个中年人！

利用琐碎的时间去写一些简单的随笔、短篇或故事，就是我现在的爱好。为什么不写长文或长篇？非不为也，是不能也。我现在的水平还不足以驾驭长篇大论，遑论长篇小说。所以在这个阶段，轻松地写一些随笔就好，我的心情也会跟着放松。很多人写字时觉得苦，尤其是程序员，宁可千行代码，不着一页注释。我倒不觉得，一旦觉得辛苦，可能就不是爱好了吧。

每当想到一个主题，我就会利用一小段时间间隙，伏案而坐，竖起屏幕，横放键盘，思如泉涌，手指上下翻飞，在键盘上噼噼啪啪敲击出一千或几千字来，由于写得多了，差不多都能一挥而就，重读时修改一下错别字和重复音节对阅读的影响，调整一下长短句的分隔，基本就成文了，大致如此。

有朋友说你最近工作繁忙，怎么还会有时间写作？因为写作确实没有占用多少时间啊，除了工作之外，阅读才是占用我最多时间的事情。没有大量的阅读，想持续输出内容是徒劳的，读的书越多，你会发现知道的东西越多，不知道的东西就更多了，不知道远远大于知道，于是你在两者之间不断碰撞、焦虑、欢喜、忧伤，产生各种思想、情感和故事，记录下来，就是文章。

写文章容易，但要写出朴实无华的文字，却是难上加难。即使是短文，想达到这一点也得长期练习，另外还需要一点点天分。坚持总是好事，愚钝如我，写了几年也会感到有些许长进，回头再看，以前的文章，要么浮夸，要么沉重，要么为了有趣而幽默，大多是下乘之作。抬头看天，夕阳西下，"朴实无华"四个镶了金边的大字，依然隐没在紫色的晚霞里，距我有无限远的距离，好在我还在坚持，也许还有希望呢？

文字写得越多，越能体会到文字的好处和写作的乐趣。它会帮助你思考，梳理情绪，记录情感，讲述故事。这个世界无论发生什么变化，有些思想和信息，只能以文字的形态传播；有些跃动的灵魂，只能以文字故事的方式讲述。这就是写作的力量。古今中外有那么多的大师坚定地进行着文字创作，任凭狂风怒吼，枝叶摇动，兀自挺立不倒，凭借的就是对文字力量的信心。

于是就有了这样一本书！

这是一个技术人的随笔，但不是一本技术图书。书中包含了五个主题，分别是：写给走在编程路上的人、文艺中年、自省、跨越和人物。其中有我对生活的思考，对边界的探寻，有我身边的人和他们的故事，其中的一些文字还记录了这个时代的某个剪影，或某段情感。这些文字对我意义非凡。但是，偶有读者问："可是，你写的这些文字，对我有什么意义呢？"我却无言以对。大部分情况下，这些文字对某些人，可能没什么意义，对另一些人，可能有那么一点儿意义。如人饮水，冷暖自知。我能够确认的就是，这些文字本来意义无多，但是在那么多人读了之后，就有了那么一点儿，但到底是什么，我却知之不详。

只管继续写下去就好了……

池建强

2015 年秋，写于北京

写给走在编程路上的人

1

真正有可能晚景凄凉的程序员，是对技术和产品没有兴趣的人，是仅仅把编程当作生活工具的人，是那些不能终身学习的人。开篇的文字，就送给这些人吧，希望他们能够在 40 岁以前看到这篇文章。

关于程序员转行的问题，也是个伪命题。没有哪个人的职业是一成不变的，今天你在考虑 LVS 要使用 IP 隧道技术还是直接路由，负载调度使用"加权轮叫"还是"最少链接"，10 年后你要做的可能是增加哪些产品特性和阅读用户的消费心理。时间会驱动着你去不停地选择自己的道路。

如果继续编程能够最大化你的价值，那就去编程，太多精深和复杂的技术需要长期的积累和实践才能化繁为简鬼斧神工，请在技术大神的道路上一路狂飙。

如果设计产品能够最大化你的价值，那就去设计产品，现代世界已经不再是"美学、艺术"与"电子产品、软件"毫无关联的年代了，人们越来越重视产品体验和艺术美学，如果你懂得产品之美，又能估算这个产品多久能够开发出来，还懂一些开发细节，不知道能够虐多少程序员啊，想想这个场景多么美好。

如果经营一家公司能够最大化你的价值，那就去创业，去招募战友，服务伙伴，提供产品，去创造属于你自己的天空。

如果演讲……如果咨询……如果市场……，很显然，我看到的程序员未来有无限可能，而且我们最大的优势是：这帮家伙甚至能编写代码，这真是太酷了！

当然，我们程序员也不要过于沾沾自喜，在某个领域深耕细作的同时，不要忘记拓宽自己的知识面。如果一个人的领域太过专业化，一段时间后，你可能会发现自己的专业已经陈旧了。如果一个人的知识面很广，在终身教育的配合下，你的专业可以随着时代的变化而改变。

另外，在调试程序或程序出现问题的时候，程序员要避免说这些暗语：

扯淡，这不可能！我机器上就没事！不应该啊……
一定是隔壁老冯的问题！原来怎么没问题？

每少说一次，就能前进一大步！

写给孩子的编程书
屏幕上的人

冷湖冬奥科普系列

10

著的，对不起我没看这么多书呢，如果你有足够的信心，一定要对
他们好，不要把我不喜欢对说这些话放在心里，也许多年后小孩们，他
们长大了就算是吃饭着，如不加班都要经常他们加薪，没有太想着想给小
给予期本，还没习到图 MacTalk 的让他们比我们差习到图……你没有回报的。

再举个例子，当你慢慢长大明日水翻到这章以后来，也许会说：嗯，这么丢脸的

说得对不对来演讲呢！

目录

最可怕的产品经理 /189

一个学渣的逆袭 /192

赢者全拿 /194

不要温和地走进那个良夜 /196

你是能长时间集中注意力的人吗 /199

创业和做点小生意究竟有啥区别 /201

如何"正确地"选择一家创业公司 /203

人物 /207

冯大辉，小道行天下 /209

高晓松，恋恋风尘 /220

林纳斯，一生只为寻找欢笑 /227

沃兹传奇，其实我是个工程师 /247

我不记得是什么改变了这个判断……好像是思薇雅正要说话，而滴水声又特别大，无意中引起她情绪上的变化。她的声音一向很轻柔，而有一天她想大声说话压过滴水声，这时候孩子们走进来打断了她，她不禁发起脾气来，仿佛是滴水声引起的。

事实上是这两件事引起的，但是她并没有怪罪到水龙头上，她甚至有意不去怪罪它。其实她早已注意到水龙头的问题，只是刻意压制自己的怒气，那个该死的水龙头几乎要把她逼疯了！但是她仿佛有隐情，不肯承认这个问题有多严重。我很奇怪，为什么要对水龙头压抑自己的怒火？

遇到 bug 的时候怎么办？冷静地想一想，然后去好好睡一觉，你会发现，醒来后 bug 就解决了

常常会有这种情况出现，一旦遇到瓶颈，你只好停下来，仔细思考一番，看看是否有新的信息，然后出去逛逛，等你再回来时，原先隐而未显的原因就会浮现出来。

沙砾的世界里，每个产品经理都是不一样的，需求也不一样

一旦我们手中握着这把沙子，也就是我们选择要认知的世界，接下来就要开始分辨。我们把沙子分成很多部分，此地、彼岸；这里、那里；黑、白；现在、过去，也就是把我们认知的宇宙划分成很多部分。但是我们看得越久，就越会发现它的不同。没有两粒沙是一样的，有一些在某些方面相同，有一些在另外一方面相似，而我们可以根据彼此之间的类似和差异，堆成不同的沙堆。我们也可以按照不同的颜色、颗粒，不同的大小、不同的形状或者是否透明来分。你认为这种划分一定会有尽头，但是事实却不然，你可以一直分下去。

从哲学角度考虑，程序员接到需求的时候怎么办？

程序员接到需求的时候，最重要的不是做不做或什么时候做，而是去了解真实的需求。所有的产品经理都希望自己的需求在一小时内实现，我们要做的，就是让他们冷静下来，告诉他们，说出真实的需求，并分清轻重缓急，你别想从我这里拿走一行代码。如何获取真实的需求呢？

要解决一般思维无法解决的难题，就要通过自己的观察和别人提供的需求，不断交替运用归纳法和演绎法，如此才能找到问题的解决之道。

1. 问题是什么。

2. 假设问题的原因。

3. 证实每个问题的假设。

4. 预测实验的结果。

5. 观察实验的结果。

6. 由实验得出结论。

爱因斯坦曾经说过……为什么是他说呢，因为爱因斯坦最大嘛

人类用最适合自己的方式，描绘了一幅最简洁、最容易了解的世界图像。
然后试着用经验取代某种层次的世界，然后征服它……

他创造了这个宇宙和他感情生活的支柱，这样才能由中找到安宁，而这安
宁是无法从个人狭窄的经验当中获得的……最崇高的工作……就是要建立
这些宇宙基本的法则，这些法则经过演绎就能创造出现今的世界。而要通
往这些法则没有合乎逻辑的路；只有靠着直觉和对经验的体谅才能进入其
中……

花儿

这些小小的、粉红色、蓝色、黄色和白色的野花，在黑色的阴影之中，闪
烁着太阳一样的光芒，到处都是这样的风景。

一束小小的、彩色的光向我射来，而它的背景却是一片沉郁的绿色和黑色。

愿每个程序员的心灵之旅都能够平静和美好，即使我们的前方，永远都有
一辆哈雷摩托在突突作响，那上面，坐着一位充满二元论想法的产品经理！

加班到底在加什么

上一篇访谈是"极客邦"推出的一个新节目，叫做"大牛 V 课堂"，我的访谈算第一期。我并不是什么大牛，只是帮霍老板做下试验罢了，所以应该叫小白鼠。我帮霍老板的极客邦做过不少试验，这次算不错的，还有些试验内容你们可能都没见过，因为我也没见过。做试验有什么回报吗？应该有吧，反正我是每次拿着空头支票就走了，比如吃大餐啊，去国外参加技术大会啊什么的。然后就看到霍泰稳不停地在朋友圈里晒美国的大餐、法国的美女、西班牙的建筑等。

世界本来就是残酷的，意识到这一点很重要……

今天的文章并不是为了夸霍老板，只是开个场，其实想说的是另一个事儿。因为在文章中谈到了"我们的加班是要被批准才可以的"，这句话引来了很多读者发问，现在互联网公司加班成风，该如何对待加班这个事情呢？我记得当时的回复是：哦，稍等，正在加班呢！

加完班之后，这个问题又重新浮上心头，关于加班，可以稍微说两句。

很久以前参加过一个安全会议，其中 360 的 CTO 谭晓生也出席了，并介绍了 360 的企业文化。360 虽是上市公司，但是摊上了一个好战的老板，所以是非不断，引用冯老师刚刚写毕的《我看 360》中的一句话："中国互联网这么多公司来来去去，360 是一个独特的存在，是唯一一家挑战过BAT 三巨头的公司，这一点很了不起。"因为这样一种文化氛围，360 整个公司大抵处于某种一触即发的备战状态。他们推崇创业文化、拒绝平庸、减少层级、延长工作时间、增加工作强度等。360 能够力战 BAT，强敌环伺而不倒，想必靠的就是这种精神。

我个人对创业文化和减少层级并无异议，至于加班文化，就仁者见仁了。每个创业公司成长的过程中都会逐渐由人制变法制，由流程取代激情，尽管人们会对初创的氛围与理想念念不忘，就像思念初恋的情人一样，不断地强调奋斗、加班的精气神儿，幻想自己还是那个干三天三夜完成任务后再浮一大白的汉子，或女汉子……然而并不一定有回响！

每天工作时间 10 小时以上，每周超过 60 小时或 80 小时。这种付出，到底有没有价值？

我自己并不赞同加班文化，我们很少要求加班，但真的有紧急任务或 Deadline 要求的时候，我也不排斥通过加班的方式达成必要的成果。年轻人，没有加班的经历是不值得纪念的。你，初入职场，一腔热血、两袖清风，腰上挂着两颗滚烫的肾，你说你"不加班"干什么？

我在洪恩工作的时候，曾经为了赶一个产品连续工作过两天两夜。2001 年做互联网的时候，每天工作时间都在 10 小时以上，可以说除了吃饭和睡觉都在公司泡着，但那时没人意识到在加班，因为大家觉得在做有价值的事情，同时自己的能力得到了充分的提升。每天睡觉时仿佛都听到了心智力量嘶嘶增长的声音，这种加班，何乐而不为呢？

加班是有技巧的，长时间加班往往事倍功半，疲态尽显。加班的坏处千百人说过，不再重复。如果你是个 Team Leader，在安排加班之前，最好问自己以下三个问题。

1. 是不是必须要加班，有没有其他解决方案？

2. 加班做的事情是否有价值？

3. 能否提升公司的能力，进而提升自己的能力？

答案是正面的，就值得加班；负面的，就把改变世界的机会留给超人和蝙蝠侠，咱们去干点儿更适合自己的事情。当然，是否能适应高强度的加班，还和年龄段有关。25 ~ 30 岁，你是超人你怕谁？ 35 ~ 40 岁，再这么拼体力和智力，哥就真吃不消了……40 岁以上，加班的机会，要留给年轻人！

短期加班能够解决某些问题，在唯快不破的时代，也许能在关键时刻为你的业务助力和加油。但长期来看，提升工作效率，做最有价值的事情，让美好的事持续发生，才是最重要的。大部分情况下，笑到最后的，并不是最拼命的。

是的，世界本来就是残酷的，意识到这一点真的很重要！

程序员很穷

程序员很穷，他们要么是显得很穷，要么是真的很穷。

前几天，一位做市场的同事跑过来问："池老师，我有一位朋友，快30了，想转行写程序，您觉得有戏吗？"我看了看满目疮痍的他说："如果是你就没戏。"

30多岁转行做程序员当然可行，毕竟历史上存在一些大器晚成的案例，这些经过渲染和修饰的案例给在时间长河中苦苦挣扎的人们带来了些许希望的火光，但那毕竟是火光，一阵风来过，兴许就灭了。如果你真的热爱技术和编程，渴望通过自己的代码实现别人的想法，或自己的创意，为世界带来更美好的产品，那么任何时候学习编程都不晚。编程给你带来的好处绝不仅仅限于你的工作领域，关于这一点，你看看李笑来老师就可以了，有时候我觉得，他简直是个专业的程序员兼产品经理。但是，如果你只是觉得程序员挣钱容易，那还是算了吧，因为程序员不轻松、不浪漫、不被人理解，也许，还很穷。

很多人羡慕程序员工作没几年就可以拿着看起来不错的薪水，但是，如果他们在未来的几年内技术水平没有突破性的提升，或者缺乏一点灵性和品味，那么可能在未来很长一段时间内，他们都会保持这个薪资水平，直到有一天，他们会接受，比自己小5岁或10岁的程序员，也拿到了和自己一样的薪酬。不是经常说程序员年薪百万吗？是啊，那是行业里的顶级程序员，他们为了让自己的水准达到这样的要求，经常要付出10年以上的刻苦努力和练习。初春，寒冬，清晨，深夜，当你们去欧洲浪的时候，当你们去卡拉OK唱的时候，他们都在不停地Practice、Practice、……

大部分程序员看起来都很穷，即使是极为成功的程序员，如果你没有看到他的豪华座驾，你也会觉得对面这个戴着眼镜玩手机的人是个屌丝。程序员对外在的东西鲜有追逐，鞋子、衣服，穿着舒服就够了，所以你会看到熟悉的格子衫、灰T恤、大裤衩、夹角凉鞋和永远的双肩背包，那个包，几乎是程序员的一切……偶尔见个红色耐克T恤，上书"Just do it"，抬头一看，哦，原来是罗老师。

不过，你们一定不要被程序员们的表象迷惑，他们有时候消费起来非常可怕，下死手，与腐女逛街相比毫不逊色。大部分程序员虽然对衣服不感兴趣，但是对电子设备往往缺乏免疫力，女生会花掉 2 万元换来一个 LV 包，程序员会花掉 2 万元买一台配备了 Retina 5K 显示屏的 iMac，然后双方都认为对方疯了。

关于程序员的消费观，一般是这样形成的，你工作了两年，写了很多代码，伴随的是没日没夜的加班，产品上线了，产品下线了，团队出发了，团队解散了，然后你会感到疲惫，生活没有希望，这样的日子什么时候是个头啊！你看了看破旧的 ThinkPad，对自己说，要不要买个 Mac 试试？然后你就有了一个 Mac，你突然发现了一个新世界，充满阳光和雨露，原来操作系统可以设计成这样……于是你觉得每过一段时间就需要阳光和雨露。你开始购买正版软件，不管多贵。你开始学习移动开发，你发现你需要两部手机，因为 iOS 和 Android 平台都值得学习。于是你有了一部 iPhone 和一部 Smartisan T1，后来你又有了 iPad 和 Kindle，然后很多硬件和软件都升级了，你有了好几台 Mac，移动的，台式的，好几部手机、平板和电子阅读器，一代的，二代的，好几代的。你的女朋友很迷惑（如果你已经有了女朋友），她会问，你买那么多手机、电脑和其他乱七八糟的东西干嘛？不都一样用嘛。你觉得很难解释，就说：你看这个新款有指纹识别功能，还有这个，从这边划入，就可以进行分屏操作……然后你的女朋友白了你一眼，默默的用你的信用卡刷了一个 LV 的包。

事情还没有结束，Google Glasses 走了，Kinect Box 来了，Oculus VR 还在路上，无人机已经飞起来了。"嗯，听说喷气背包能让人飞起来？要不要试试？""我身体不好，去跑步了。"跑步应该需要一套好的装备才不会受伤，于是你把自己装配得比专业马拉松选手还酷，另外，你似乎还需要一块 Apple Watch。如果这个最初玩 Mac 的程序员——你，竟然鬼使神差迷上了单反，那将是一场更大的灾难，据说一个徕卡相机要 8 万多元，镜头就不要再提起……

需求是没有止境的，这就和产品经理的需求一样。所以，程序员们虽然挣得不少，但他们花的也多啊。最终，他们还是很穷，至少是看起来很穷……

另外，程序员在心理上也很"穷"，大部分情况下，与行业内其他角色相比，程序员地位都不是最高的，待遇不是最好的，连加班都不是最多的。最惨的情况是：哦，程序员只是我们实现想法的工具！程序员很少一战成名，当年百度贴吧风头最劲的时候，人们只知道这个互联网产品是一个叫做李明远的年轻人做的，没人知道前端工程师是谁，后端架构师是谁，即使你通过一己之力完成的技术架构抗住了每天数以亿计的流量，那又怎么样呢，没有用户知道嘛。什么时候会知道呢？当你去极客邦的 QCon 技术大会上讲"构建高并发系统之百度贴吧实战"的时候，大家才会知道，喔，原来也有你一份功劳呀，然后转身就去找李明远签名去了。

程序员比较烦的是半瓶子醋的技术领导，或自以为懂了点技术的产品经理。关于商业模式，关于产品，关于用户体验，每个人都可以头头是道地说两句，比如我曾经看到无数的用户要为锤子手机、App、云服务、官网、电商提各种建议，还有一些创业失败的年轻人觉得锤科最大的问题是战略和商业模式，愿意免费为老罗提供战略咨询，等等。这都可以理解，但是谈到技术，懂就是懂，不懂就是不懂，界线是很明显的。

有些产品经理与技术人员打交道多年，多少也了解了一些技术架构和实现思路，这时候与程序员们聊天就要非常小心了。如果你顺嘴溜达出一些开源技术和架构名词，程序员们就会围上来笑嘻嘻地说"哇，你很懂技术嘛"，这时你要赶紧装作一脸无知的样子说"我懂个屁啊，也就知道个概念，我连'Hello World'都不会写"，然后程序员们就会放下手里的板砖，安心去编程了。

和程序员交流的正确方式是什么？当一个程序遇到瓶颈的时候，大部分程序员会非常无辜地说："现在就是最好的解决方案，没有其他办法了。"这时候别着急，拍拍他的肩膀温和地说："没事儿，你再想想，肯定有更好的解决办法。"如果你本身就是做技术的，也可以提供一些实现思路供他参考。一般情况下，过一阵他就会喜滋滋地告诉你："I have a better idea！"

选择了一个程序员，就去相信他！

最后，贫穷的程序员们还会相互鄙视。文人相轻，程序员似乎也是如此。写汇编的鄙视写 C 的，写 C 的鄙视写 C++ 的，C++ 程序员鄙视 Java 和 C# 程序员，Java 程序员和 C# 程序员相互鄙视，写 Python 的和写 Ruby 的相互鄙视，写 Scala、JRuby、Clojure 的一起鄙视 Java 程序员。写静态语言的和写动态语言的相互鄙视，写前端的和写后端的相互鄙视，Vim 程序员和 Emacs 程序员相互鄙视，然后一起鄙视使用 IDE 的程序员。

Go 语言程序员鄙视所有其他语言的程序员，所有其他语言的程序员都鄙视 PHP 程序员。PHP 程序员说，PHP 是世界上最好的编程语言，因为 Facebook 的扎克伯格也是这么说的。

程序员之间的鄙视链极其复杂，估计得用一个混沌算法才能描述出来，这能怪谁呢？只能怪我们自己了，谁让那些技术先贤们发明了这么多语言和技术框架，却没有制定出一个美国宪法那样的规章制度呢？毫无疑问，这个鄙视链会继续持续下去，直到程序员这个职业消失的那一天。

程序员穷，累，苦，加班，可能还不被理解，公司领导甚至不知道你是干嘛的。一个正常人成为伟大程序员的几率估计比飞机失事也高不了多少，那么，为什么还有这么多年轻人前赴后继加入这个群体呢？我想，是这个时代把程序员们推上了风口浪尖，当你看到自己的代码奔跑在成千上万台服务器上的时候，当你做的 App 运行在每个人的手机上的时候，你会觉得，一切都是值得的。

我是一个程序员，我喜欢这个职业！

千万别惹程序员

作为一个程序员，看电影的一大乐趣就是观摩电影中出现的那些技术场面。当年看不死小强的 24 小时，非常痴迷 CTU 的操作系统，电脑之间的交互操作像 Solaris，整体 UI 看起来又像是定制的 Linux，上网 Google 了半天而不得其解。后来国外一个朋友告诉我，很多国外电影里的操作系统画面为了达到炫酷的效果，都是用 Flash 做出来的动画，所以你看不到他们敲错程序，也没有人按退格键。

得知了这个消息之后，我怅然若失了很久，一直以来，我以为军方和 FBI 的操作系统不知比 Linux 高到哪里去了。

除了操作系统和 UI 界面，国外的科技电影镜头中还会出现大量的代码片段，分析这些代码，也为我们的编程生涯带来了很多乐趣。当然，产品经理和程序员的女朋友是无法理解这些快乐的。一个男程序员没有女朋友并不是什么丢人的事，有女朋友，凑巧她是个不懂技术的产品经理，这才是人生最痛苦的事。在可以预见的未来，这个程序员将度过自己灰暗的、不被理解的后半生。

哎，还是说电影吧。据说 2001 年拍摄的美国大片《剑鱼行动》中，休·杰克曼扮演的黑客在破解系统时使用了 C 程序，而且这些代码是真正的 DES 加密程序，完整的源代码来自 http://www.ic.unicamp.br/ ~ lucchesi/cracking-des/CH5/SEARCH.C。

休·杰克曼肯定不知道这些代码是什么意思，当年惊鸿一瞥，我也没看出这是什么语言编写的程序。不过可以肯定的是，这是一部优秀的科技动作影片，导演在制作程序相关的情节时，一定咨询过专业技术人员。

第一部《钢铁侠》里也有 C 语言抛头露面的镜头。在钢铁侠的心脏第一次初始化的过程中，那个破笔记本上陆续显示着一些 C 语言片段。有好事者最终找到了这段代码的出处，它来自乐高积木的固件下载程序，由斯坦福大学的 Kekoa Proudfoot 编写。完整的程序代码可以从 http://graphics.stanford.edu/ ~ kekoa/rcx/ firmdl3.c 下载。

《龙纹身女孩》的女主人公同样是个黑客高手，她常年背双肩电脑包，走位飘忽，宛若一个孤独的侠客行走在网络之间，遇到楼舍密室，要么跳跃穿行，要么潜入一窥究竟。在电影中，她轻松突破瑞典警察局的数据库，然后开始输入命令检索数据。屏幕上翻滚着绿色的程序代码和用户信息，但是无法看清她使用了什么 SQL 语句。这时候居然有程序员跳出来截取了屏幕画面，然后 PS 拼接再加上推演之后得出了完整的 SQL 语句。最终他给出的结论是：一个顶级黑客为什么会用 outer join 的方式进行表关联呢，性能明显不高嘛。

我想这个程序员一定没有女朋友！

国内的电影在这方面差距就非常明显了，早期看过一部中国黑客电影，当蠕虫病毒来袭时，屏幕上就出现一些丑陋的虫子动画，一闪一闪的，看起来非常恶心。还有的电影在展示网络攻击的时候，不停地在 Windows 的终端窗口输入一些 Linux 命令，结果就是：男程序员沉默，女程序员流泪。

最近看了吴京的动作片《战狼》，虽然情节有硬伤，但总算是吴京的用心之作，不过在程序员看来，这部电影算是被技术场面毁了。明明是入侵并发送炮团作战指令，但屏幕打印出来的却是一堆格式错乱的代码，代码逻辑就是根据输入的字符输出星期几，难道星期几就是作战指令吗？哎，建议吴京下次拍电影的时候咨询一个会 6 门语言的程序员，不谢。

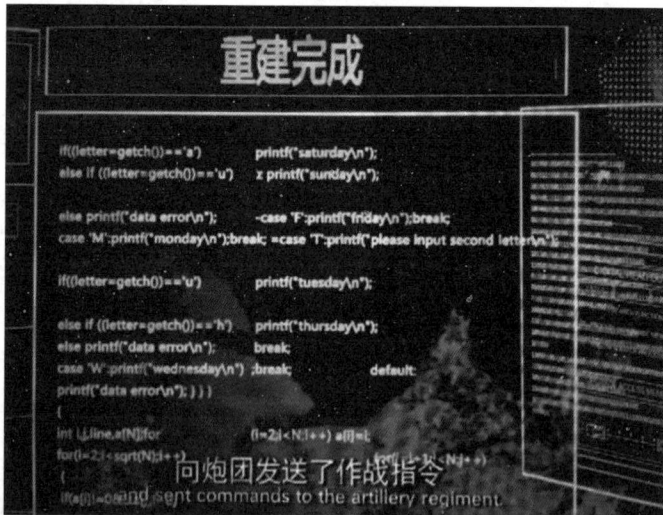

本来今天就想写写电影里代码的事情，结果携程网站挂了，具体原因未知，因为我和携程的 CTO 叶总就在一个微信小群里，当我和其他人在激烈地

讨论携程挂掉的原因时，叶总神情刚毅，一句话都没说。很多内外部消息显示携程是被攻击了，或被程序员误操作了，也有人说携程的数据库被一个叫做"物理"的家伙删除了，真实情况如何，恐怕只有携程的人才知道。可以肯定的是，这件事一定和程序员有关。

所以，别惹程序员！

当然，不要以为我们程序员都是看电影找 bug，不开心就删数据的人，那只是程序员中的极品。真正的高帅富程序员多了去了，比如最近看到一篇文章里提到的马克·安德森先生，他是网景公司的创始人之一，Mosaic 浏览器的开发者，现在的安德森·霍洛维茨基金创始人，投资了很多著名的科技公司。

2006 年，当雅虎出价 10 亿美元想要收购 Facebook 时，全天下的人都敦促扎克伯格赶紧接受交易套现走人。扎克伯格承受了巨大的压力，只有安德森不停地鼓励他坚持下去，他告诉扎克伯格，公司未来的价值远远不止这个。安德森坚信 Facebook 能够以前所未有的方式影响这个世界："你们需要的只是一点时间。"Facebook 现在的市值是 2180 亿美元。

安德森能取得这样的成就，我觉得和他的婚姻生活密不可分。他的妻子认为，安德森简直是她的梦中情人，集天才、程序员以及秃顶于一身。他们婚后经常在床上阅读，并且围绕各种问题展开讨论，包括智能手机的组件、二进制代码的工作方式、无人机的管制政策以及普京是否利用乌克兰来转移民众对国内金融危机的关注等，她表示，自己每天都在和一个活生生的维基百科睡在一起。

"集天才、程序员以及秃顶于一身"，感受一下！

所以，没事别惹程序员，对他们好一点，不懂技术不要对他们说这很容易实现，平时多送些小礼物，他们不开心了就请吃海底捞，加不加班都要给他们加薪，没有女朋友的给介绍女朋友，还没订阅 MacTalk 的让他们赶紧订阅……你会有回报的。

把时间“浪费”在美好的事物上

写了很多文章之后，不同时期的不同读者都会问我，为什么要持续写作，你不是程序员吗？不去好好做“编程”这么有前途的职业，写 MacTalk 干什么？

每次遇到这样的问题，我都要看看窗外的流云（当然有时候没有窗，有时候没有云）和手边的 Mac，然后感慨万千地回复：可能是因为接受了上帝的召唤吧，我愿意做个会写作的程序员。

生活本无规划，一切源于 Mac。

我是从 10.5（Leopard）这个版本开始使用 Mac 的，在用了那么多年 Windows 和“最好”的笔记本 ThinkPad 之后，我发现，世上永远存在你所不知道的美好事物。那种感觉，就像遇到了多年不见的知交好友，陌生而熟悉。

Mac 的 OS X 操作系统融合了传统 UNIX 和现代用户界面，既继承了所有 UNIX 的优良传统，如稳定、安全、脚本化、管道和强大的用户及权限管理等，又有一个无以伦比的用户界面。事实上，OS X 就是一个具备所有服务器功能的个人操作系统，这一点对 Linux/UNIX 用户有致命的吸引力。除此之外，对于 IT 从业者，我们还可以从 Mac 的工业设计和 OS X 的 UI/UE 上学到很多产品设计思想。

在意识到这些之后，我开始不断学习和挖掘 Mac 相关的知识，并试图发挥出 Mac 的最大效能，以提升自己的工作和编程效率。持续了一段时间之后，我开始写一些文字来描述和分享这些知识，并获得了一些反馈，那篇《开始使用 Mac》在我的博客上获得了几十万的点击率，并得到了广泛传播。那时并没有 MacTalk。

开始写 MacTalk 的那一天我至今都记得，2012 年 12 月 25 日，在忙碌了一整天之后，我开始在微博上谈论 IBM 的 WAS，IBM 的东西在技术含量和性能上是没有问题的，但是山高路远坑深，没有彭大将军，项目组每次求助时眼神都充满了绝望。在其他容器里运行良好的程序，部署到 WAS

上立刻瘫痪，让人极其恼火。能怪谁呢，想想只能怪 IBM 了。当我正在微博上骂到口吐莲花的时候，突然看到了一位读者的回复："与其在这儿骂无法改变的 WAS，还不如多讲讲 Mac。"

这条信息就像天空中偶然飘落的一根羽毛，它不停地在风中旋转，然后落到了我的掌心。于是写起来一发不可收拾，直到今天。

Mac 是因，Talk 是果，如果从因来看，Mac 只是打开了一扇窗，它带给我的远远不止一台个人电脑。

苹果公司具有独特的理念和气质

苹果公司成立于 1976 年，盛极而衰后东山再起，并成为科技公司的带头大哥。近 40 年的光阴穿透了每个人的身体，但始终没有带走苹果的理念和气质。如果说要把这些无形的东西赋予到有形的事件上，那么我们就要把时间的指针拨回到两个时间点，1984 年和 1997 年。第一个时间点 Mac 诞生，第二个时间点乔布斯重返苹果。这两个时间点伴随了两个著名的广告："1984"和"Think Different"。这两个广告体现了苹果不同阶段的企业文化，"1984"体现的是叛逆、海盗精神和反对主流文化的嬉皮士精神，而"Think Different"则伴随了乔布斯的回归，其时乔布斯大宗师气度已成，所以整个广告的创意设计和独白显得沉稳、平和、大气磅礴而充满时间的沧桑感。

广告词的最后一句：只有疯狂到自以为能够改变世界的人，才能真正地改变世界。从叛逆到疯狂，从海盗到大师，但内在的东西并没有改变，那就是特立独行，改变世界。

关于这两个广告，我在《MacTalk·人生元编程》里用了两篇文章进行详细的描述，这里不再多谈。

每个程序员都该使用 Mac

这个话题足够写个专题的，简单说两句。

OS X 是类 UNIX 的操作系统，苹果在收购了 NeXT 之后，花费了整整 4 年的时间，对原有的 Mac OS 和收购的 NeXTSTEP 进行了技术整理和融合，打造了 OS X 的底层框架，命名为 Darwin。Cocoa、Mach、IOKit、Xcode Interface Builder、开发语言和面向对象技术都来自 NeXTSTEP，而全新的 GUI（Aqua）、改进的文件系统、AppleScript 则继承自经典的 Mac OS，两套操作系统在 OS X 里得到了完美的融合！

根据以上描述，你就知道，你手里的 Mac 其实是一个具备优秀 GUI 的服务器，几乎所有的服务器端技术都可以在 Mac 上进行开发、调试和运行（前端就不用说了）。我曾经画过一张图来阐述这一点，如果你看了这张图，你就知道，OS X 几乎是为程序员而生的。

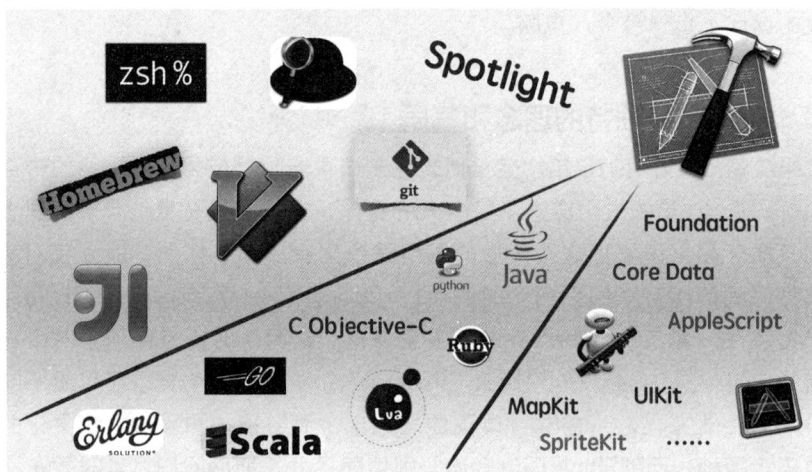

苹果的产品设计思路

毫无疑问，苹果在工业设计和软件设计层面都是世界级的，因为他们汇聚了世界最顶级的设计天才和乔布斯、乔纳森这样的设计领袖。但是，苹果的产品设计思路和设计流程一直不为外人所知。他们很少参加行业会议，也不会公开发表相关的论文和设计文档。乔布斯时代，你甚至无法猜到苹果会发布什么样的产品。虽然现在保密程度没那么严格了，但是也没有成形的文档来阐述这些内容。

我通过阅读《乔布斯传》《iGod》等图书，以及大量的个人和机构的博客文章，根据自己的认知和思考，大致总结了这么几点，不一定正确和准确，分享给大家。

1. 为自己设计产品，然后投放到市场上去让细分领域的人群去认知和追随。

2. 设计师的任务不是取悦和创新，而是像科学家一样去发现和揭示。

3. 为产品设计众多原型，不断淘汰和选择，确定最终的产品。

4. 从不过于依赖某一产品线，无论这个产品多么赚钱。

5. 创造伟大的产品，而不是赚钱。尽自己的可能把事物重新放回历史和人类意识的洪流之中。

乔布斯对这事儿是这么解释的：

"这事儿和流行文化无关，和坑蒙拐骗无关，和说服人们接受一件他们压根儿不需要的东西也无关。我们只是在搞明白了我们自己需要什么。而且我认为，我们已经建立了一套良好的思维体系，以确保其他许多人都会需要这个东西。"

人人都是产品经理

知道了上面这些内容，再加上你平时的积累和不断的思考，你已经是个产品经理了。

记住，永远去追逐那些美好的东西，这样就没有产品经理这个职位了，因为人人都是"产品经理"。

大数据时代的贝叶斯定理

今天给大家说说大数据下的贝叶斯定理，算是科普。如果有朝一日你能以之推算出搭讪美女的成功率，算我一份功劳。

每当有技术热点或新概念出来的时候，人群就会分成三种：炒作的、观望的和踏踏实实干活的。炒作的是不懂的，观望的是保守的，沉下来去研究那些浮萍下面的算法、引擎、框架和语言的人，才是最后吃到果子的人。云计算、大数据莫不如是。

随着搜索、社交网络、电子商务和移动互联网的发展，数据总量和增长速度已经到了常人（注：我这样的人）无法想象的地步。其中数学相关的知识是大数据应用和发展的原动力。

举个例子，比如贝叶斯定理。

搞数理统计如果不知道贝叶斯定理，那么你的人生肯定是不完整的。贝叶斯定理是贝叶斯推断的应用，是英国数学家托马斯·贝叶斯在 1763 年首次提出的。与其他统计学不同，贝叶斯定理是建立在主观判断的基础上的，它需要有大量的样本数据，并在数据的基础上进行计算，数据量越大，计算结果越能反映现实世界。

在计算机诞生之前，这个前提条件是很难满足的，所以贝叶斯定理在历史上很长一段时间内都没有得到很好的应用。然后，互联网时代来临了……

现在贝叶斯定理广泛应用于中文分词、垃圾邮件处理、机器学习、图像识别、拼写检查和一些常用的分类算法上。可以说，我们现在最常用的互联网服务上，贝叶斯定理无处不在。贝老爷子没能挺到今天看到他提出的理论在互联网时代大放异彩，也算是憾事。其实做基础研究和艺术创作的人都非常不容易，每天徜徉在知识的小黑屋里冥思苦想，时时刻刻准备改变世界，结果很多学术成果和艺术成就都是自己挂了之后才流芳百世的，这种事随便想想也会让人感到悲伤。

当然，这些伟大的创造者和先知先觉的神人大多是以认知世界和发现规律为己任，他们注定是要去拯救和影响一代又一代的后人，所以早已超凡脱俗长袖飘飘，肯定不会有我等这些俗人俗想。

关于贝叶斯定理，刘未鹏和阮一峰的博客上都做过详细的介绍，大家可以去深入学习。我这里做个最简介绍，希望能够帮助大家入门。

贝叶斯定理主要是用来描述两个条件概率之间的关系，先介绍下条件概率。

◆ $P(A)$：表示事件 A 发生的概率。
◆ $P(B)$：表示事件 B 发生的概率。
◆ $P(A \cap B)$：表示事件 A 和事件 B 同时发生的概率，也叫联合概率。

而条件概率的意思就是：事件 B 发生的情况下，事件 A 发生的概率，用 $P(A|B)$ 来表示。同理，$P(B|A)$ 就是事件 A 发生的情况下，事件 B 发生的概率。

用文氏图可以很容易地推导出贝叶斯公式，如下图所示：

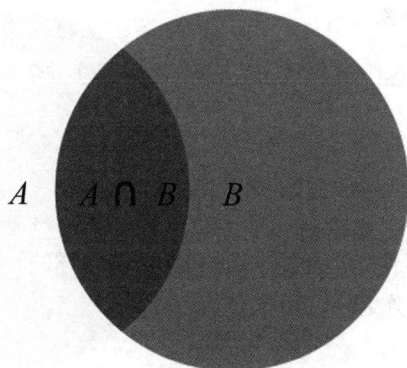

当事件 B 发生的情况下，事件 A 发生的概率就是 $P(A \cap B)$ 除以 $P(B)$，也就是：

$$P(A|B) = P(A \cap B)/P(B)$$

即：

$$P(A \cap B) = P(A|B)P(B)$$

同理可得：

$$P(A \cap B) = P(B|A)P(A)$$

换算一下就得到了贝叶斯公式：

$$P(A|B)P(B) = P(B|A)P(A)$$

也就是：

$$P(A|B) = P(B|A)P(A)/P(B)$$

用人话说出来就是：事件 B 发生的情况下事件 A 发生的概率等于事件 A 发生的情况下事件 B 发生的概率乘以事件 A 发生的概率，然后再除以事件 B 发生的概率。

我承认这句话更像是绕口令而不是人话，反正你们懂的，如果不懂竟然能看到这里，那么你赢了。

下面我们举个例子看看这个公式怎么用。有 A、B 两个一模一样的箱子，每个箱子里都放了很多黑球和白球。A 箱子里有 6 个黑球，4 个白球；B 箱子里有 1 个黑球，9 个白球。现在随机选择一个箱子拿出一个球，发现是黑球，请问这个球来自 A 箱子的概率是多少？

解题思路如下。

我们把"从 A 箱子拿出球"的事件设置为 A 事件，"拿出的球是黑球"设置为 B 事件。由于两个箱子是一模一样的，那么"从 A 箱子拿出球"的概率是二分之一，即：

$$P(A) = 0.5$$

"拿出是黑球"的概率也很容易算出来，把所有的黑球加起来除以球的总数，即：

$$P(B) = (6+1)/20 = 0.35$$

"从 A 箱中拿出黑球"的概率就更容易了，用 A 箱中的黑球数除以 A 箱中球的总数，即：

$$P(B|A) = 6/(4+6) = 0.6$$

那么根据公式，这个黑球来自 A 箱的概率就是：

$$P(A|B) = 0.6 \times 0.5/0.35 \approx 0.857$$

生活中，我们也常常会被类似的概率问题困扰，比如医患关系中常见的误诊问题，这些都是可以通过贝叶斯公式进行概率演算的，网络上有很多相关案例，有兴趣的可以去阅读学习（搜索"贝叶斯实例"即可）。

以前推荐过的书《黑客与画家》的第 8 章 "防止垃圾邮件的一种方法"，就采用了贝叶斯原理实现垃圾邮件过滤器，其中有详细的描述和实现思路，有这本书的读者可以去看看。

还有一个学习材料，是 PyCon 上的一个视频讲座，配有相关的 Python 代码库，相关网址为 https://sites.google.com/site/simplebayes/home/pycon-2013。

另外，如果你想从事大数据领域相关的工作，R 语言也是值得关注的一门语言，关于这门语言，我还没入门。

Linux 开发模式带给我们的思考

15 年前，我第一次在工作中使用 Linux 的时候，并不知道这个操作系统会对我的生活和职业产生多么大的影响。15 年后，我在《林纳斯，一生只为寻找欢笑》一文中写道：

当大家使用 Google 搜索时，使用 Kindle 阅读时，使用淘宝购物时，使用 QQ 聊天时，很多人并不知道，支撑这些软件和服务的，是后台成千上万台 Linux 服务器，它们时时刻刻都在进行着忙碌的运算和数据处理，确保数据信息在人、软件和硬件之间安全地流淌。

Linux 不仅仅从技术层面影响了人们的生活，其本身还产生了很多有意思的话题和文化，我读了不少 UNIX/Linux 相关的书籍，很多技术内容已经忘得一干二净，但那些话题、模式和文化，却像醇香的好酒、美丽的传说，历久弥新，不断地为我带来思考和启发……

最初的想法，并不是决定性的

Linux 并不是凭空创造出来的，当年林纳斯（Linus）只是觉得迷你版 UNIX 操作系统 MINIX 的终端太难用了，既不能登录学校里的 UNIX Server，也没法上网。这种功能缺陷对林纳斯这样的极客来说是无法接受的，于是他决定从硬件层面开始，重新为 MINIX 设计一个终端仿真器。

当时是三月，也可能是四月，就算彼得盖坦街上的白雪已经化成了雪泥我也不知道，当然我也并不关心。大部分时间我都穿着睡衣趴在相貌平平的计算机前面噼噼啪啪地敲打键盘，窗户上的窗帘遮得严严实实，把阳光和外部世界与我隔离开来。

经过不眠不休的编程之后，终端仿真器做出来了，但那个时候林纳斯已经意识到自己的雄心壮志远不止于此，神山上的另一座圣杯"操作系统"已经向他发出了召唤，于是始有 Linux。

另一个伟大的操作系统 Macintosh，同样起步于一个微小的项目，期间历经换帅、更名、争吵、妥协，最终与 NeXTSTEP 经过长达 4 年的整合才形成现代的经典操作系统 OS X（参见《MacTalk·人生元编程》）。

几乎所有成功的产品都是边走边看做出来的。伟大的梦想，常常始于微不足道。

所以，很多人问我如何找到一份长期稳定的工作时，如何开启一个能够带来巨大成功的项目时，我只能说，最初的想法，并不是一切，开始去做就好了。

好的软件产品，常常源于开发者自身的需求

林纳斯为给自己开发终端仿真器最终做出了让其名垂青史的 Linux 操作系统，沃兹因为热爱计算机设计出了 Apple I，乔布斯想把 1000 首歌装进口袋推出了 iPod。

如果有什么工作能让你保持长久的热情，那一定是做自己需要的产品。当年我们在给程序员开发工具平台的时候，我要求每个工具研发人员都使用我们自己开发出来的工具，而不是仅仅把工具推给测试人员和项目组的程序员。过了一段时间，我发现那个 IDE 突然增加了很多"善解人意"并"出人意料"的功能。

如果有一天放下现在的工作，我一定会找一件足以让我穷尽半生去探索和追求的事情，用"术"解决问题，用"道"创造解决问题的方法，顺便改变生活。

优秀的程序员知道如何编程，卓越的程序员知道合理复用

林纳斯并没有尝试从零开始编写 Linux，而是以重用 MINIX 的代码和理念作为开始，虽然在 Linux 最终的版本中几乎所有 MINIX 代码都被移除或重写了，但它在 Linux 成长初期确实起到了类似脚手架的作用。

卓越的程序员通常都很懒，我们把这种懒叫做"建设性懒惰"，因为他们知道，很多时候我们要的都是最终的结果，而不是勤奋的过程。如果有可以复用的基础，显然比从零开始更具有建设性。

在开源社区澎湃发展的今天，我们有了更多的技术选择。所以，当你拿到一个轮子的需求时，去社区里找找问问，如果有可以复用的东西，就不要再费劲去造一个新轮子，况且你无法保证自己造的轮子比旧轮子好用。

我从来不是卓越的程序员，我只是模仿他们。

如果你有正确的态度，有趣的事情自然会找到你

林纳斯从写下第一行 Linux 代码的开始，就保持了一个开放的态度，可以说，Linux 一诞生就被打上了开源的烙印，这一点对其后续的发展起到了至关重要的作用。因为开放和开源，Linux 吸引了全球的开源爱好者和顶级黑客，无数卓越的程序员为 Linux 贡献了源代码，同时，林纳斯在开源协作方面也展现出了编程之外的天赋，他井井有条地运作着庞大的开源社区，回复邮件，发起讨论，阅读代码，合并分支，Linux 操作系统在开源社区的推动和林纳斯的调教下以惊人的速度发展。

从来没有一款如此复杂的软件系统是以这种松散的方式构建的。几千名散落在世界各地的开发者，凭借着脆弱的互联网建立关系，他们利用业余时间，构建出了一个鬼斧神工般的操作系统，随即这个系统又成为互联网的基石，其间沧海桑田，让人叹为观止。

一切都源于开放的态度。我对这一点深有体会，从写下第一条 MacTalk 推送开始，我只想向世界传递我的讯息，结果各种有趣的人和事纷至沓来。但行好事，莫问前程。

为什么要登山？因为山在远方。为什么要阅读？因为历史在书里。为什么要写作？因为思想流淌在心头和指尖。就是如此。

如果你对一件事情不感兴趣了，最好的做法是找到一个有能力的接棒者

每个人的兴趣都会转移，林纳斯也不例外。在 Linux 进入稳定发展的阶段，他把更多的精力放到了开源社区上，但是这并没有降低 Linux 操作系统的代码质量，因为他找到了更多的顶级源代码贡献者。

在软件开发的项目中我们同样会遇到类似的问题。某个功能的开发者突然对该功能失去了兴趣，这时候，我们就有责任为这个功能找到一个可以胜任的接棒者，而不是强迫原来的开发者在原地踏步。

很多时候，我们厌倦了一件事情，并不是能力缺失，而是因为已经洞悉了这件事的所有秘密，于是转身离去，开辟新的征程……

把早期用户当作你的合作者或开发者，这是提高代码质量和产品质量的有效途径

林纳斯把 Linux 的源代码放到网上之后，很快就收获了一批既是开发者又是合作者的用户，他选取了其中 5 人组成了核心开发小组，除了 Linux 内核建设的最终决定权属于林纳斯之外，一切都是开放的，这 5 个人承担了绝大多数关键的开发和组织工作，在各自的领域组织自己的用户和开发者，推进 Linux 有条不紊地向前发展。

这些合作者和开发者就像筑巢的蜂群一样，围绕着 Linux 辛勤地工作，看起来杂乱无章，实际上细致严密，因为任何人的工作都在阳光下进行，没一个错误的产生和修复是隐藏在暗影中的。一个人的代码出了漏洞，立刻有另一个人冲上去打补丁，打完之后，两人交换眼神，握手，然后转身投入下一轮的开发和测试中。

通常一个几十人的项目组就能把整个公司搞得鸡犬不宁，这种事我们见得太多了，但是林纳斯却依赖自己的早期用户构建了历史上最大的合作项目，成千上万的开发者依赖邮件列表和相互之间制定的规则进行交流和研发，同时开展的项目经常超过 4000 个。

如果你找到了产品的早期合作者用户，那么你的项目已经成功了 50%。

即便是高层次的设计，如果能有很多合作开发者在你产品的设计空间周围探索，也是很有价值的。设想下一滩雨水是怎么找到下水口的，或者说蚂蚁是怎么发现食物的。探索在本质上是分散行动，并通过一种可扩展的通信机制来协调整体行为。一个外围的游走者可能会在你旁边发现宝藏，而你可能有点过于专注而没能发现。

现在很多创业项目在早期发布的时候常常采用邀请制，这其实是获取早期合作者用户的最佳时期，合理地选择用户并通过邮件列表、群组和线下交流活动等方式不断获取反馈，并让用户参与其中，会大大提高你的产品质量和代码质量。我参与过的早期项目中，有道云笔记·协作版算是做得不错的，可惜的是，产品版本正式发布之后，这种参与和反馈感渐渐消失了。

更多的创业产品只是把邀请用户当作普通用户看待，意义寥寥。正确的做法应该是把所有潜在的合作者用户加入你的邮件列表或特定群组，每次发布新版本时，向邮件列表发送朋友对话般的通知（而不是例行邮件），鼓

励他们参与，听取他们的意见，征求他们关于设计决策的看法，当他们发来补丁和反馈时给他们以热情回应。

你会有回报的。

最好的领导就是"不要试图去领导"

林纳斯是一个懒惰的程序员，所以他很早就认识到，好的领导者，并不是大包大揽，也不是让下属去完成领导部署的任务，而是让他们做自己真正想做的工作。好的领导者不应该总是去试图领导别人，他们要及时反思，修正自己的思路和决策，听取别人的意见，并把一些决策权交给他人。

作为整个 Linux 项目的领军人物，林纳斯只是在操作系统内核的争端上进行仲裁和决策，其他时候，大部分是集思广益，多头并进。林纳斯说：

我有时会赞同他们的工作，有时会批评他们的工作，但是大多数时候我都是放任自流的。如果两个人同时维护了相同的功能，我会接受两份工作成果，评估哪一份更可行。如果两者竞争激烈，那么我会同时拒绝他们，直到其中一位开发者失去了兴趣。

如果你是一位创业公司的领军人物，要常常反思的不是"我是不是做得太少了"，而是"我是不是管得太多了"。

及早发布，快速发布，并倾听用户的声音

很多人都习惯性地认为，除非是很小的项目，否则及早发布和频繁发布的做法有益无害。因为早期产品大都问题多多，过早发布会耗尽用户的耐心和开发者的雄心。这种看法直到互联网时代才开始有所改变。各大互联网公司为了抢占先机，开始无快不破，虽然第一代产品存在很多问题，但是他们会通过迅猛的迭代速度，快速推出第二代和第三代产品去弥补缺陷，赢得用户和占领市场。

其实这种策略 Linux 系统在 20 世纪 90 年代就开始采用了，林纳斯在早期（1991 年）发布内核的频率甚至超过了一天一次！他把用户当作了自己的合作者，他不断倾听用户的声音，以持续发布来回报用户，用自我满足感激励那些黑客和顶尖高手。有的人会提出问题，有的人会发现问题，有的人会解决问题，这一切都会淹没在 Linux 频繁发布的版本浪潮里……

当然，在那个年代，林纳斯能做到这一点，和他自己的才能与设计天赋不无关系。《大教堂和集市》一书中对林纳斯的描述是：

他更像是一个工程实施上的天才，他具备一种避免 bug 和防范开发走入死胡同的第六感，而且有一种能发现从 *A* 点到 *B* 点最省力路径的真本事，事实上，Linux 的整个设计，都透露着这种特质，并反映了林纳斯那种本质上保守而简洁的设计取向。

在移动互联网时代，及早发布、快速发布还会带来另一个附加值：如果你的 App 能够一周更新一次，那么用户永远不会忘记这些 App 和开发者，他们知道这些 App 的后面有一群鲜活的生命在不断地进行产品改进、性能调优、功能增强，通过频繁的发布，用户能够感知到这些数据之外的东西，并给你丰厚的回报。

如果一个问题解决不了，那么要问问自己，是不是提出了正确的问题

当你发现自己在开发中四处碰壁的时候，当你发现自己苦苦思索也难以确定下一个特征的时候，当你发现自己辗转腾挪也无法解决一个老问题的时候……停下来，喝杯咖啡吹吹风，你会发现，过了今天问题还是解决不了。

通常这时候，你不该再问自己是否找到了正确答案，而是是否提出了正确的问题，也许是问题本身需要被重新定义。

在不损失效能的前提下，不要犹豫，扔掉那些过时的特性吧。为了挽救 IE6 的用户，还不如去为那些愿意使用高级浏览器（支持 HTML5）的用户提供更好的服务。

设计上的完美并不是没有东西可以加了，而是没东西可以减

有时候，我们在设计软件的时候会尽可能让自己表现得聪明而有原创性，这让我们在前行的时候常常忽略那能够直达目的地的小径，我们被蓝色湖泊上飘荡着的雾气吸引，在高山上怒放的美丽花朵之间徜徉，而忘记了真正的目标。

在应该保持软件健壮性和简单性的时候，设计者常常下意识把它弄得既华丽又复杂。应该用自动内存管理的时候使用了引用计数，能够最简实现的时候使用了各种设计模式，也许在潜意识里，很多程序员认为，使用了复

杂技巧并难以读懂的代码才是好代码。

对于产品的设计和实现来说，增加功能和代码是最容易做到的，反而是代码减无可减，功能砍无可砍，最难实现。如果你的产品减少任何一个功能都会带来完整性和体验缺失的话，这款产品的功能就已经接近完美了，代码同样如此。

无论是产品设计还是编程实现，永远记住这样一个原则：KISS（Keep It Simple, Stupid），简单即为美。

Linux 可以说是 IT 发展史上圣杯级别的产品，它的故事没有终点。几十年过去了，Linux 散落在历史长河中的点点滴滴，依然像耀眼的珍珠一样在时间的深水河中发出璀璨的光芒。如果你是一个开发者，多读读 Linux 相关的技术书；如果你是互联网从业者，多读读 Linux 相关的故事和传奇。如果你两者都不是，多读读 MacTalk 就好了。

苹果为什么设计单键鼠标

我第一次见到 Mac 是在 2001 年，那时候洪恩有一个做音乐的流浪歌手，名为老郭，头发蓬乱，夹克坚硬，伊常常在午后橙色的阳光里，怀抱着吉他，安详地坐在 Mac Pro 前调音和谱曲。我清晰地记得，那个版本的 OS X 是 10.2 Jaguar，充满科技感的金属拉丝界面让我们这些用惯了 Windows 和 Linux 的程序员眼中充满了攫取的目光。奇怪的是，伊使用的鼠标没有像普通 PC 鼠标那样前半部分叉，而是一个浑然一体的半圆形，这一点让我们浮想联翩。

我凑过去问："这玩意儿是鼠标吗？为什么没键？"

郭哥懒洋洋地扭过头来，眼睛向上，鼻孔朝天，他告诉我："这叫单键鼠标，晓得吗？单击就是左键，按住 Control 单击，右键！"橙色的阳光打在伊的脸上，鼻梁上的眼镜变得五彩斑斓，我当时多么希望，阳光就是我的巴掌……

我和几位程序员面面相觑后走出了办公室，苹果不是最注重设计的公司吗？不是最人性化的公司吗？为啥生产鼠标会漏装右键呢？我们看着大楼对面清华大学破旧的东门，陷入了久久的沉思……

在我年轻的编程时代，这是少数几个困扰我的问题之一。直到有一天我用软件设计里的 KISS（Keep It Simple, Stupid）原则做了一个非常勉强的解释：单键鼠标，简单到傻子也能使用！

又过了几年，我在老罗（罗永浩）写的"苹果五部曲"中找到了支持自己的证据，他在"关于苹果的粉丝"一文中写道：

2005 年，迟钝的苹果公司终于推出双键式鼠标的时候，很多一直硬着头皮坚持使用苹果独有的弱智单键鼠标、嘴里还念叨着"复杂的社会，简单的苹果"和"Think Different"的苹果粉丝们终于装不下去了，纷纷冲出来购买，还在网上互相通知难兄难弟，"苹果鼠标有右键了！苹果鼠标有右键了！"是啊，苹果只用了短短的 20 多年就在鼠标上加上了右键，这是多么了不起的发展速度啊，要知道自行车可是诞生了近百年的时候，才有人给它加上了车闸的呀。

我第一次在一个朋友（他是个超级苹果粉丝）的办公室里试用苹果电脑的时候，很惊讶地发现苹果鼠标没有右键，更惊讶的是我发现苹果的操作系统是支持 PC 双键鼠标的，但我这个宝贝哥儿们说他一直都用单键的苹果原装鼠标，还告诉我："其实，没必要用双键鼠标，在 Mac 上，你只要单击鼠标的同时按住 Control 键就能调出右键菜单……"我看了看他，很心疼地对他说："兄弟，别这样，对自己好一点儿。"

复杂的社会，简单的苹果；标新立异，化繁为简。这可能就是苹果坚持使用这么多年单键鼠标的原因吧……

这个认知一直持续到我最近读了一本书，书名是《软件故事：谁发明了那些经典的编程语言》，书中的第 8 章"服务于大众的计算机：从 Gooey 到 Macintosh 的漫漫长路"谈到了鼠标的按键，我觉得我终于找到了苹果最初推出单键鼠标的原因。

在用户界面领域，一个很重要的争论点就是鼠标上的按键数目，这一争论一直持续到今天，现在你依然可以看到一个键、两个键、三个键和 N 个键的鼠标（我从来没用过超过三个键的鼠标），每个设计师都能为鼠标的按键找到存在的理由。

施乐最早的鼠标是三个键的，后来研究人员担心三个键会把用户搞糊涂，公司最终推向市场的鼠标装配了两个键。微软原封复制了施乐的创意，同样使用了双键鼠标。

苹果最终选择了单键鼠标，仅仅是为了标新立异吗？苹果公司在选择的背后确实有自己的用户哲学。苹果设计师特里布尔回想起在西雅图时路过电子游戏厅，他反复观看孩子们玩复杂的战争策略游戏，很多新手并没有查看操作指南，仅仅是通过站在旁边看有经验的玩家玩一两次就学会了。

特里布尔说：

关键是你看着别人这么做，自己就能学会了，你并不需要操作手册。这就是苹果公司在 Lisa 上采用、并在 Mac 上发扬光大的方式，最大程度地体现简单易学的理念。这么说吧，就像是在医学院里老师教授一个新技能：看一遍，自己做一遍，然后就可以去教别人了。

这种方式对视觉化的东西都适用，Mac 就是个视觉化的东西……这就是我们使用单键鼠标的原因。有一个按键时，你可以边看边学习；要是按键多了，你反倒看不清别人是如何单击的了。

直到现在，苹果的产品大都没有操作指南，所以，他们会把软硬件做到足够简单。对应单键鼠标的，可能就是 iPhone/iPad 上那个亮晶晶的 Home 键吧，无论你在屏幕上走了多久，轻轻按下 Home 键，就能安全地回到主界面。家的感觉！

关于 iPhone 的 Home 键，微信之父张小龙在题为"微信背后的产品观"的演讲中，利用很大的篇幅进行了讲解，有兴趣的可以去找来听听。

现在为什么会生产双键鼠标或多键鼠标呢？可能是早就过了"边看边学习"的历史阶段了吧。

苹果新贵 Swift 之前世今生

2010 年的夏天，Chris Lattner 接到了一个不同寻常的任务：为 OS X 和 iOS 平台开发下一代新的编程语言。那时候乔布斯还在以带病之身掌控着庞大的苹果帝国，他是否参与了这个研发计划，我们不得而知，不过我想他至少应该知道此事，因为这个计划是高度机密的，只有极少数人知道，最初的执行者也只有一个人，那就是 Chris Lattner。

从 2010 年 7 月起，克里斯（Chris）就开始了无休止的思考、设计、编程和调试，他用了近一年的时间实现了大部分基础语言结构，之后另一些语言专家加入进来持续改进。到了 2013 年，该项目成为了苹果开发工具组的重中之重，克里斯带领着他的团队逐步完成了一门全新语言的语法设计、编译器、运行时、框架、IDE 和文档等相关工作，并在 2014 年的 WWDC 大会上首次登台亮相便震惊了世界，这门语言的名字叫做"Swift"。

根据克里斯个人博客（http://nondot.org/sabre/）对 Swift 的描述，这门语言几乎是他凭借一己之力完成的。这位著名的 70 后程序员同时还是 LLVM 项目的主要发起人与作者之一、Clang 编译器的作者，可以说 Swift 语言和克里斯之前的软件作品有着千丝万缕的联系。

同样是 70 后程序员，差别怎么那么大呢？

关于作者

克里斯可以说是天才少年和好学生的代名词，他在 2000 年本科毕业之后，继续攻读计算机硕士和博士。但克里斯并不是宅男，学习之余他手捧"龙书"游历世界，成为德智体美劳全面发展的好学生。之后就是一篇又一篇地发表论文，硕士毕业论文即提出了一套完整的运行时编译思想，奠定了 LLVM 的发展基础，读博期间 LLVM 编译框架在他的领导下得到了长足的发展，已经可以基于 GCC 前端编译器的语义分析结果进行编译优化和代码生成了，所以克里斯在 2005 年毕业的时候已经是业界知名的编译器专家了。

注：很多计算机专业的大学生经常问我在大学里学点什么好，看看克里斯就行了。以目前的科技信息开放程度，如果你在自己感兴趣的领域里用心耕耘，再加上那么一点点天分，毕业时成为某一个专有领域的专家应该不是问题。那时就不是你满世界去找工作了，而是工作满世界来找你！

克里斯毕业的时候正是苹果为了编译器焦头烂额的时候，因为苹果之前的软件产品都依赖于整条 GCC 编译链，而开源界的这帮大爷并不买苹果的账，他们不愿意专门为了苹果公司的要求优化和改进 GCC 代码，所以苹果一怒之下将编译器后端直接替换为 LLVM，并且把克里斯招入麾下。克里斯进入了苹果之后如鱼得水，不仅大幅度优化和改进 LLVM 以适应 Objective-C 的语法变革和性能要求，同时发起了 Clang 项目，旨在全面替换 GCC。这个目标目前已经实现了，从 OS X10.9 和 XCode 5 开始，LLVM+GCC 已经被替换成了 LLVM+Clang。

Swift 是克里斯在 LLVM 和 Clang 之后第三个伟大的项目！

关于语言

2007 年之前，Objective-C 一直是苹果自家院落的小众语言，但是 iOS 移动设备的爆发让这门语言的普及率获得了火箭一般的蹿升速度，截止到今天，Objective-C 在编程语言排行榜上排名第三，江湖人称三哥，大哥二哥分别是 C 和 Java 这样的老牌语言。同时，苹果在 2012 年和 2013 年分别对 Objective-C 进行了大规模的优化和升级改进，增加了各种现代语言的特性，让编写 App 更加容易，更多的程序员投入到了 App Store 的生态圈里……

在这种情况下，苹果公司为什么会发布一门新语言呢？

这个问题没有标准答案，不过我们可以试着去分析一下，谈谈苹果的心路历程……

Objective-C 是 21 世纪 80 年代初由 Brad Cox 和 Tom Love 发明的，1988 年乔布斯的 NeXT 公司获得了这门编程语言的授权，并开发出了 Objective-C 的语言库和 NeXTSTEP 的开发环境。后来 NeXT 被苹果收购，Objective-C 阴差阳错地成了苹果的当家语言。掐指一算，30 年倏忽而过，OC 也成长为爷爷辈儿的编程语言了。

为了伺候好这位"爷爷"，苹果煞费苦心，把 GCC 的编译链先替换成 LLVM+GCC，又替换成 LLVM+Clang，做语法简化、自动引用计数、增加 Blocks 和 GCD 多线程异步处理技术……终于，OC 在 30 年后重新焕发出勃勃生机，并占据了兵器谱排名第三的位置。但是，苹果却有点烦了，OC 改进了这么多年，怎么看都像是在修修补补，用 Blocks 去实现一个类似 Python 的 lambda 闭包功能，看起来总是那么别扭。好吧，既然已经全盘掌握了 LLVM 和 Clang，为什么我们不去基于现在的编译器设计一门全新的语言呢？一门属于苹果的语言！你看，邻居谷歌家里叫做 Go 的孩子不是玩耍正酣吗？

于是 Swift 诞生了……

当然，事实的真相也可能是行动缓慢的乔老爷子把克里斯拉到一边说：

"I want to be swift to..."

"行了，您别说了，不就是想要 Swift 吗，我这就给您做一个去。"

于是 Swift 诞生了……

语法

Swift 是一门博采众长的现代语言，在设计的过程中，克里斯参考了 Objective-C、Rust、Haskell、Ruby、Python、C# 等优秀语言的特点，最终形成了目前 Swift 的语法特性。我在阅读了官方教程和做了些代码实验之后，自我感觉会喜欢上这门语言，在这里简单谈点感想，更深入的内容需要你们自己去深入学习。

1. Swift 是面向 Cocoa 和 Cocoa Touch 的编程语言，编译型语言，生产环境的代码都需要 LLVM 编译成本地代码才能执行，但是 Swift 又具备很多动态语言的语法特性和交互方式。

2. Swift 是一门类型安全的语言，可以帮助开发者清楚地掌控代码片段中的值类型。如果你期望输入的是字符串，类型安全的特性会阻止开发者错误地为其传递一个整数。这一切使得开发者能够更早地发现和修复错误。

3. 支持各种高级语言特性，包括闭包、泛型、面向对象、多返回值、类型接口、元组、集合等。

4. Swift 能与 Objective-C 进行混合编程，但代码分属不同的文件。

5. 全面的 Unicode 支持，你甚至可以用一只表情狗🐶作为变量名，实现以下操作：

```
let 🐶 = "大狗菠萝"
for n in 🐶 {
  println( n )
}
```

控制台会输出"大狗菠萝"四个字。

6. 编程语句取消了大部分语言使用的";"分隔符，只有一行写多条语句时才需要分号。

7. 很多人简单阅读了 Swift 的数据类型，就认为 Swift 没有类似 Set 和 List 这样的数据结构，其实 Swift 提供了两种 Collection 的数据类型：数组（Array）和字典（Dictionary）。这两个数据类型的表达式都用中括号标识。其中数组可以存储任意类型的变量，也可以强制声明存储同一种类型的变量。同时数组提供了类似 Set 的功能，你可以修改、追加、替换和删除数据的元素。另外，Swift 还提供了元组（Tuple）的功能，支持函数多返回值。

8. Swift 没有提供显式的指针，参数传递根据数据类型的不同分为：值类型和引用类型。值传递进行内存复制，引用传递最终传递的是一个指向原有对象的指针。这一点和 Java 的参数传递是类似的。需要注意的一点是，Swift 里的数组和字典虽然都是结构体（struct），但在参数传递过程中处理方式却不一样，默认 Array 是引用传递①，Dictionary 是值传递。而在 Java 中，由于数组和 Map 都是对象，所以传递的都是指针。

   在 Swift 中，如果你不想传递数组引用，可以用 **copy( )** 方法先复制一份出来，另外，也可以用 **unshare( )** 表示，这个变量不传递指针。

9. 闭包，Swift 终于提供了一种优雅的闭包解决方案，在 Swift 中，函数变成了闭包的一种特殊形式。全局函数是一个有名字但不会捕获任何值的闭包，内嵌函数是一个有名字可以捕获到所在的函数域内值的闭包，闭包表达式是一个没有名字的可以捕获上下文中的变量或者常量的闭

---

① Swift 发布没多久，Array 也被改为值传递了，为了保持原貌，这部分没做修正，只做说明。

包。下面是一个闭包表达式的简要示例。

在标准库提供的排序函数 sort 中进行函数传递：

```
let names = ["D", "B", "R", "C", "A"]
func backwards(s1: String, s2: String) -> Bool {
    return s1 > s2
}
var rnames = sort(names, backwards)
```

事实上更简单的写法是：

```
var rnames = sort( ["D", "B", "R", "C", "A"] ) { $0 > $1 }
```

10. 可选变量 Optional 的引入主要是为了应对一个变量可能存在也可能是
nil 的情况，这种情况在很多高级语言里都存在。比如你想使用 String
的 toInt 方法将 String 转化为 Int 类型，但是你并不知道这个转化
是否正常，这时候系统会返回一个可选变量，如果转换成功就返回正
常值，转换失败就返回 nil，如下：

```
let str = "123A"
let nn = str.toInt()
```

这时 nn 就是可选变量，想得到 nn 的值，可以通过 if 进行判断并通过
追加感叹号获取变量值，如下：

```
if nn {
    println(nn!)
}
```

可选变量的引入解决了大部分需要显式处理的异常，这部分工作也扔
给编译器去做了。想了解更多可选变量的用法，请阅读苹果的官方文档。

11. Swift 中的 nil 和 Objective-C 中的 nil 不同。在 Objective-C 中，nil 是
指向不存在对象的指针，而在 Swift 里，nil 不是指针，它表示特定
类型的值不存在。所有类型的可选值都可以被设置为 nil，不仅仅是
对象类型。

12. Swift 没有从语言层面支持异步和多核，不过可以直接在 Swift 中复用
GCD 的 API 实现异步功能。另外，没看到 Swift 的异常处理机制，可
能有了可选变量，异常的使用会非常少吧。

关于语法相关的内容，先写这么几点吧。

给大家推荐一篇王巍（@onevcat）写的《行走于 Swift 的世界中》，深入阅读必有收获：http://onevcat.com/2014/06/walk-in-swift/。

基本上，Swift 绝对不是玩具语言，而是一门可以被大众接受的工业级编程语言。相信假以时日，Swift 必将在 App 开发领域大放异彩。

性能

Swift 在 WWDC 上展示出来的性能还是让人非常吃惊的，在进行复杂对象排序时，OC 的性能是 Python 的 2.8 倍，Swift 是 Python 的 3.9 倍；在实现 RC4 加密算法的时候，OC 的性能是 Python 的 127 倍，Swift 是 Python 的 220 倍。总之 Python 在某一个深坑里膝盖中箭了，OC 也没好到哪去，而 Swift，就是快啊就是快！

对于这一点我并不是很理解，首先是 WWDC 上展示的语言层面的基准测试过于简单了，另外，OC 和 Swift 都是被 LLVM 编译成本地代码执行的，理论上针对 Swift 的优化同样可以应用于 OC，但是 Swift 居然比 OC 快那么一点点，难道 LLVM 单独针对 Swift 做了优化吗？我不是很明白，但觉得很厉害。

当然，还有更较真的程序员，他在第一时间针对于循环、递增、数组、字符串拼接等功能进行了测试，发现 Swift 的性能比 OC 还是差那么一点点的（http://www.splasmata.com/?p=2798）。

无论这些测试数据是否准确，我觉得性能是我们最不需要担心的问题，苹果已经全盘掌握了这个语言的方方面面，从底层编译框架到编译器再到语言设计，优化之路才刚刚开始，我们只要给这门新语言一点耐心就可以了。

所码即所得（Playground）

对于开发者来说，Playground 是本次 WWDC 最大的亮点。能够在编码的同时实时预览输出结果是每个开发人员的梦想，这一次苹果为大家提供了这样的福利。

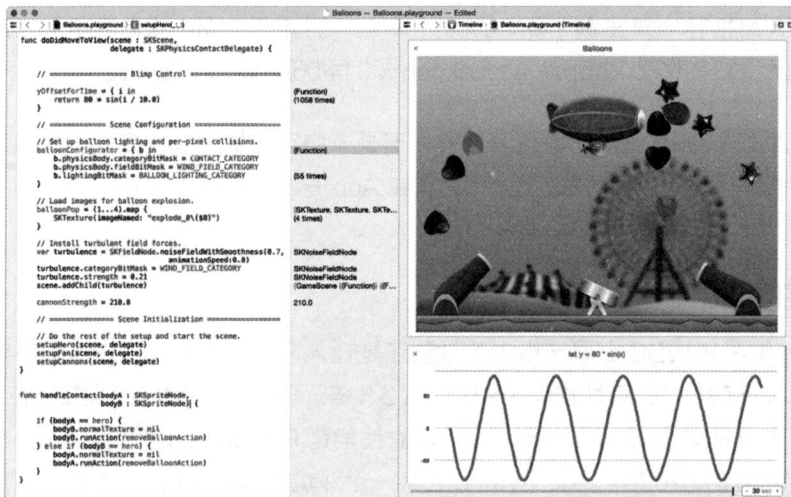

Playground 不仅实现了很多脚本语言支持的交互式编程，而且提供了控制台输出、实时图形图像、时间线（timeline）变量跟踪等功能，开发者除了可以看到代码的实时运行结果，还能根据时间线阅读某个变量在代码片段中值的变化。这真是太棒了！

最初看到这个功能的时候，我甚至以为每个 Swift 文件都可以基于 Playground 进行实时编码预览，仔细阅读文档后发现，只能在 XCode 提供的 Playground 文件中实现以上功能。看来 Playground 顾名思义，目前还只是为开发者提供了一个玩耍代码的地方。

当然不仅仅是玩耍，我们可以基于 Playground 做这些事情：

1. 学习。通过 Playground 学习 Swift，制作 Swift 教程实现交互式学习，同时还可以培训其他初学者。

2. 代码开发。执行算法程序，迅速看到算法结果，跟踪变量；执行绘图程序，即时看到图像结果，及时调整。执行通用代码，查看变量的改变情况。

3. 实验性代码。无需创建项目，直接打开一个独立的 Playground 文件即可编写代码，尝试调用新的 API。

对于 Playground，设计者克里斯是这样描述的：Playground 功能倾注了我个人很多心血和激情，我希望新的编程语言具备更好的交互性，更友好，更有趣……我们希望通过这门语言重新定义"如何教授计算机科学！"

开始使用 Swift

作为一门新语言，Swift 的定位非常明确，就是吸引更多的开发者加入苹果的软件生态圈，为 iOS 和 OS X 开发出更为丰富的 App，如果你是 App Store 的开发者，推荐尽早学习和掌握这门苹果力推的新语言。对于大部分新事物来说，越早介入，获利越多。如果你是一名 Web 相关的开发者，与其等待 Swift 增加 Web 开发的相关特性，还不如去学习一下 Go 语言 Web 编程。

如何开始 Swift 呢？

1. 下载 Xcode 6 版本。
2. 下载苹果官方提供的 Swift 编程语言电子书（https://itunes.apple.com/cn/book/swift-programming- language/id881256329?mt=11），中文版本（http://yuedu.baidu.com/ebook/6f6c3b1ef01dc281e43af000）。读。
3. 下载 WWDC Swift 的 Session 视频和 PDF。看。
4. 基于 Xcode 6 创建 Swift 语言的项目，在项目中创建 Playground，在其中调试玩耍。
5. 根据官方提供的 GuidedTour.playground 学习 Swift 语法特性。下载地址是 https://developer.apple.com/library/prerelease/ios/documentation/swift/conceptual/swift_programming_language/GuidedTour.playground.zip。
6. 熟悉了基本的语法特性、与 OC 的混用、与 Cocoa 和 Cocoa Touch 的交互、调试等功能之后，就可以构建你的第一个 Swift App 了。

可以说 Swift 是我所见过关注度最高的新语言，一经推出即万众瞩目，媒体和开发者在数天之内对 Swift 进行了长篇累牍的报道和讨论，英文手册迅速被翻译成中文，即使是江湖上的另一位大佬谷歌 2009 年推出 Go 语言时也没有如此浩大的声势。当然，这和 Go 语言的定位有关，作为一门系统级的服务器端语言，开发者的可选余地太大了，如果谷歌推出 Go 是用来取代 Java 开发 Android App，那可能情况就完全不一样了。

我为什么不希望苹果公司倒掉

截至今天，苹果公司的股价报收于 102.13 美元，市值突破了 6000 亿美元，达到 6115 亿美元。时隔两年，苹果再次成为全球市值最高的公司，比全球市值第二大的埃克森美孚公司高出了 30%。

在后乔布斯时代，苹果的股价曾经一度跌去三分之一，很多互联网分析师和金融专家开始唱衰苹果，市场上一片悲鸣之声。甚至有人认为苹果已成往事，就像微软一样，6000 亿美元永不重来。适时很多朋友问我的看法，我说，第一，咱自己的公司还处于有上顿没下顿的年代，就不用太操心现金堆积如山的苹果的未来了。第二，如果操心，那也是因为咱是苹果产品的用户，就我个人对苹果公司的了解，以苹果在技术和产品设计上的经年积累，以及庞大而稳定的产品生态圈和用户群，在未来的 5 ~ 10 年内，苹果会一直处于科技领域的风口浪尖，顶尖尖的公司里，苹果该有一席之地。咱就别咸吃萝卜淡操心了，还是回去把今天测出来的 bug 改了吧，对了，别引入新的 bug 哦。

很多人知道苹果公司可能由于 2001 年的 iPod，更多人知道苹果公司可能是由于 2007 年的 iPhone，但是，苹果并不是一家新锐的科技公司。从 1976 年 Apple I 诞生，到 1984 年 "超级碗" 上的 Mac，到 1997 年的 Think Different，到 2007 年的 iPhone 问世，再到今天，苹果公司已经形成了独特的理念和气质，无论是早期的海盗精神，还是 "只有疯狂到自以为能够改变世界的人才能真正地改变世界"，都诠释了苹果公司的产品设计理念，他们通过一套良好的思维体系和工业制度，把自己喜欢的东西精确地设计和制造出来，并送到用户手上。优秀的用户体验会让用户与产品建立情感上的连接，并确保用户会需要这个东西。

情感的注入是保证产品具备长久生命力的关键因素。

iPhone 可以说是现在这个时代的标志性产品，它将设计和商业完美地结合了起来。好了，现在拿出你的 iPhone，想象一下，我们先把 iTunes 去掉，这样我们就失去了音乐、播客、各种各样的 iTunes U 教程。然后再去掉 iBooks，我们就失去了一部分的阅读体验。再去掉 iTunes App Store、

Mac 和 Mac App Store，我们就失去了开发第三方 App 的能力和所有的第三方 App。再去掉 iCloud，我们就失去了云端的数据。再拿掉苹果的零售店，我们就失去了真机体验和良好的购物环境。再去掉广告、包装和手机上的苹果 Logo……，当所有的这些都不存在的时候，你确信自己手里还是一部 iPhone 吗？

当这样的手机厂商衰落的时候，如诺基亚、摩托罗拉，大部分用户只是一声叹息，转身就去买下一部手机了，留给厂商一个绝望的背影。

苹果不是这样的厂商，iPhone 也不是这样一个冰冷而精巧的物件，它是通往缤纷体验的入口。苹果围绕着 iPhone、iPad、Mac 这些冷冰冰的硬件，打造了一整套温暖的、注入了情感的生态环境，最终形成了一系列完整的用户体验，这才是软件和硬件设计的灵魂。从更广泛的角度来定义设计的时候，你会发现，只有产品设计者融入了情感，这些情感才会通过用户对产品的每一次使用和触碰传递开来，最终形成用户与产品公司的连接。这样的连接有多牢固，决定了这个公司在浪潮之巅能跳跃多久。

看到我每天都会使用的 iPhone、iPad 和 Mac，我想，我可能是最不希望苹果公司倒掉的那些人之一吧。如果有用户在意你的公司，关注你的价值，那这样的公司，在股票走势上不会差到哪里去。

实际上很多国内的产品公司已经在构建这样的设计链条了。我从 2014 年开始关注 Android 手机的设计，并使用了三部 Android 手机，分别是小米的米 3、锤子的 T1 和华为的 P7。

江湖传言，有多少人爱小米，就有多少人恨小米，现在看来，这句话同样适合锤子科技。但这两家公司确实在产品设计中注入了设计者的情感，并试图建立这样的生态环境。小米一直在打造自己的粗粮帝国，从 MIUI、手机、平板、手环到社区、营销方式，都提供了非常一致的体验。锤子虽然是后起之秀，产品线极为单一，但是锤子从一开始就把"情怀"和体验放在第一位，他们的网站、Smartisan OS、T1 手机无不传递了这样一种信息。

华为的 P7，似乎走的是传统大厂的路子。P7 本身的工艺设计可谓精良，轻薄、适手，Emotion UI 也非常漂亮易用，但是你在某些细节上能感觉出设计的不一致性。如整体的 UI 都是非常现代、扁平、缤纷、华丽，但是偶尔会蹦出一个厚重的、笨笨的界面，打破体验的平衡感，让人有种"你是在逗我"的感觉。其实从包装上也可以明显地感觉出来，iPhone 的包装让人感到简约，米 3 让人感到质朴，T1 让人感到喜悦，P7 就只能让人感到简陋，无论是外包装和内部配件，都很难说这是一个旗舰产品的包装盒。这种设计让人一入手的感受就是：这仅仅就是一部手机而已，无他。

作为一个有技术底蕴的华为帝国，不会没有意识到这一点，2013 年华为荣耀已经作为独立品牌经营了，相信华为在未来的设计中，会更加注重技术、设计和一致性体验的整合。

真正的好设计对于用户来说应该是透明的，它确实有用，你无法离开，就像空气一样。只有空气变糟的时候，你才会觉察出来。

再举个例子，近些年我一直在做开发工具和应用平台相关的工作，我们的用户是全天下最难伺候的程序员，给程序员开发工具可不是闹着玩的。自古文人相轻，老婆永远是别人的好，文章一定是自己的好。程序员同样如此。如果你胆敢给程序员做一个不好用的功能，他们会暴力不合作或非暴力不合作，动之以情、晓之以理、威逼利诱、请吃冰激凌，告诉美眉微信号都不能动摇他们的铁石心肠。他们完全不顾自己刚才被产品经理虐得体无完肤的残酷事实，转身就拿出永不妥协的精神和你死磕到底。

对于这样一群可爱的程序员，他们的情感诉求是什么呢？后来我琢磨出来了，除了 1024，大致有以下三点。

1. 程序员要写代码。
2. 使用你提供的工具时能获得能力上的提升。
3. 写有价值的代码以获得精神上的愉悦。

如果你提供的开发工具和平台能够满足这些需求，程序员会乖得像猫咪一样一口气写 8 小时的程序。这也是一种设计链条。

前几天看了一篇文章《张小龙：走出孤独》，其中的一段话很喜欢，送给大家：

一名多次见过张小龙的记者评论说，他更愿意活在自己能掌控的世界中，而对于无力去掌控的东西没兴趣。现在他可以掌控的东西越多，也就变得越发的强大和自信。他穿着短裤在办公室里走来走去，确保团队开发出的每一行代码和每一个产品细节都灌注了他的情感。

写到这里，身边的电话响了，接通后电话那一端传来女儿美妙的声音：爸爸，妈妈喊你回家吃饭呢。

好，吃饭！

云端的钥匙串

现代世界，互联网服务几乎渗透了人类生活的方方面面，无论你向左走还是向右行，密码管理都成为躲不开的问题。想当年"左青龙，右白虎，一串钥匙挂腰间"的日子一去不复返了，现在你得依赖云端的"钥匙串"。

关于密码使用的一些基本原则，我总结了一下。

1. 密码不要过于简单，比如使用 123456 或你的生日等，大小写字符 + 数字算是合格的密码。

2. 不要一个密码走遍天下，为不同类型的网站准备多套密码方案，分级使用。

3. 首次使用某些软件系统（如路由器），一定要改掉初始密码。

4. 如果可能，采用密码管理工具，如 1Password、Keychain 等。

既然密码是刚需，那么一定会有聪明人通过软件来满足这个需求，所以我们今天主要聊聊最后一点：密码管理工具。

上文中提到的 1Password 是一款跨平台的收费密码管理软件（OS X、iOS 和 Windows），很好用，但我今天并不准备介绍它，因为这家公司并没有给我推介费。有人说了，库房管理员库克同志同样没给过你一个子儿，你还不是巴巴地讲那么多 Mac 的事儿？

这……我思来想去，只能在未来的某一天和他算这笔总账了。

今天给大家介绍一下云端的钥匙串吧，iCloud 上的 Keychain，算是 Mac 上的原生应用。

OS X 在升级到 10.9（Mavericks）的时候增加了一个 Keychain（钥匙串）的功能，可惜很多 Mac 用户升级时可能没有注意到这一点。

写到这，我忍不住要插播一句，很多人的处事原则是，给不了解的东西固执地打上否定的烙印，而不是去试着了解。这种态度会让你错过很多风景。比如我一直以为《MacTalk·人生元编程》是给老爷们看的，没想到很多如花似玉的女读者一样捧在手中细细阅读，于是错过了很多人面桃花和 MacTalk 交相辉映的情景。这个教训告诉我，永远不要低估女同胞的理解能力和分享能力，如果你还有这样的风景，请尽快发给我，不要犹豫，世界就在前面等你。

插播完毕！

什么是 iCloud Keychain 呢？这是一个云端的密码管理软件。既然记密码是一件让人头疼的事情，那么就让软件去记好了。iCloud Keychain 会为你记住用 Safari 访问过的网站的用户名和密码、你的信用卡信息和 Wi-Fi 网络信息。它将你的网站用户名和密码存储在经过你许可的 Mac 和 iOS 设备上，并使用可靠的 256 位 AES 技术进行加密保护，Apple 也无法读取，还能让它们在每部设备上保持最新状态和实时更新。它还会在你需要的时候自动生成密码，或自动填写密码相关的信息。

总之，有了 iCloud Keychain，你就不用再去记那些该死的密码了。那么，怎么去使用这个钥匙串呢？

1. 在 Mac 上打开系统"偏好设置"→"iCloud"，让右侧的"钥匙串"选项处于选中状态。在其他 iOS 设备上同样操作。
2. 没有第二了，正常登录你的网站、设置 Wi-Fi 密码就好了，系统会接管一切。

当你第一次注册某个网站并输入密码时，Keychain 会为你自动生成不同安全等级的密码，等你下次登录时系统根据账户名自动填充。

你可以采用 Keychain 自动生成的密码，因为这些密码你自己都记不住，更不用说透露给你的敌人了。

当你想知道这些密码的时候，也很容易，打开 Safari →"偏好设置"→"密码"，输入你想知道的网站密码，如 apple.com，系统就会检索到你在这个网站的所有账户和密码，密码以"••••••"的方式展现，单击左下角的"显示所选网站的密码"，系统会提示你输入 Mac 用户的密码，之后就可以看到该网站的密码了。

当然，如果你自己的密码已经是分级并成体系的，不用 Keychain 自动生成密码也没问题，反正系统会为你记住它的。

一次使用之后，无论是网站密码，Wi-Fi 密码，还是信用卡信息，系统都
会记在心里，并贴心地在你的各个终端设备上同步。你不会找到这么好的
密码管家了。再也不会因为忘记密码被妈妈打！

有关钥匙串的详细信息，大家可以参考以下网址：http://support.apple.
com/kb/HT5813?viewlocale=zh_CN。

文艺中年

63

We Build Things

2015 年 4 月，我曾经写过一篇文章叫做《你到底是干嘛的？》，文章结尾我给出的答案是："再有人问我'你是干嘛的'的时候，我会告诉他，我在做事。如果你对我做的事情感兴趣，那么我们再好好聊聊。"

写完之后，就有读者质疑：人家问你干嘛的，你说做事，这样回答真的不会被打脸吗？其实会不会被打，真的和答案无关，这就像给女生拍照一样，摄影技术并不重要，主要看脸！

当然，"做事"这两个汉字，并不能完整地表达我的意思，"做事"的定义太宽泛了。后来，我在阅读一篇英文文章的时候，终于找到了两个英文单词——Build Things，这两个词组非常完美地表述了我的想法，从小到大，我大概都是处于一种"Build Things"的状态。一个人的时候是"I Build Things"，有了团队之后是"We Build Things"。如果你是设计师、程序员、作家、画者、摩托车维修工……那么，你的一生可能就是在"Building Things"。

有些人天生就是创造者和制造者，他们能够创造出这个世界上原本不存在的东西，或者把已经存在的东西打磨得更好。另一些人则更像是发现者和推广者，他们踏上青峰之巅，走过山外之山，在深潭和长河中寻找瑰宝和奇迹，然后把这些东西带到世人的面前，改变人们的生活。

这个世界同时需要这两种人。相对而言，我更喜欢前者的生活——I build things。

小时候住在农村，家里并不宽裕，我和哥哥的大部分玩具都是家人和朋友自己做的，包括陀螺、铁环、弹弓枪和弹弓等。弹弓枪和弹弓虽只有一字之差，但形状完全不同。弹弓枪用铁丝弯曲制成，有扳机有子弹，像一把手枪，可瞄准，弹射准确，携带方便，小时候"作案"一般都用这种。

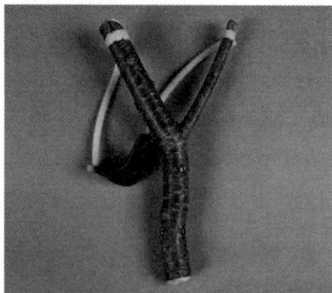

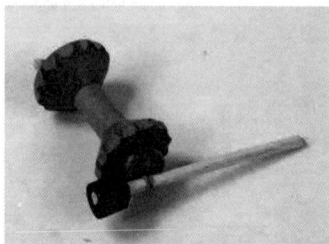

弹弓就大一些，弓架一般用分叉的树枝制成，猴皮筋做弓弦，即可进行远距离攻击，也能贴身近战。冯老师每次去广州微信总部携带的神器就是这种（也不知道裤衩的猴皮筋够不够用了）。

我小时候比较喜欢做弹弓枪，总觉得别在腰里很有安全感。后来还自制过自动线轴车、冰车等好玩的物件。总之，时代的物质匮乏，给了我们这些小孩足够的动手时间和动手能力，我也变成了一个喜欢"Building Things"的家伙。

再大一点，我又爱上了自制收音机，和几个志同道合的伙伴学习无线电技术，从各种渠道收集需要的电容、二极管和线圈，然后按照简易图纸焊接起来，把长长的细铁丝伸到窗外当作天线，当第一次听到喇叭里传来电台的声音时，我觉得那简直是天籁之音。当时喜欢无线电的圈子里有一个小孩特别出众，他读了很多无线电相关的书籍，能够制造出复杂的收音机和其他电子设备，如对讲机，我的很多知识都来自于他。但是他的学习成绩很差，初中毕业后就和老爸去一个汽修车间打工。我上高中的时候还去看过他一次，那时他已经完全脱离了孩子气，变成了一个成熟和沉默的维修工，双手布满老茧，眼神暗淡。我问他，你还在玩无线电吗？他说早不玩了，换不来钱。我沉默着走开了，从那以后一直没有再见。

那是 20 世纪 80 年代末的事情，其时，沃兹的 Apple I 和 Apple II 早已问世，苹果公司也上市了，而我们这群少年，还不知道计算机为何物。如果那个时代我们的教育和科技再发达一点，这个少年，没准儿也能做出一些什么吧。几十年过去了，也不知道当年的无线电少年，现在过着什么样的生活。

上了大学之后，我见到了真正的计算机，并开始编写代码。我惊奇地发现，计算机语言居然能够极为忠实地表达人们的思想，你制定什么样的规则，就会出现与规则相符合的结果。在计算机的世界里，你就是创作者，你对所发生的一切具有最终的控制权。

计算机并不像别人告诉我的那样，是冷冰冰的机器。对于喜爱编程的人来说，编程就是世界上最有趣的事情，充满艺术和优雅的气息。

你可以建筑一个这样的房子，有一个活板门，既稳固又实用。但是每个人都可以看出，一个仅以坚固实用为目的的树上小屋和一个巧妙地利用树本身特点的美妙小屋之间的差异。这是一个将艺术和工程融为一体的工作。编程与造树上小屋有相似之处……在编程中，实用的考虑往往被置于有意思、美观、简洁或有震撼力的考虑之后。

——林纳斯

从我的第一行代码运行在计算机上开始，Building Things，对我来说就变成了编程。有的人作画，有的人造楼，有的人谱曲，有的人歌唱，有的人写作，而我则希望，写代码，改变世界！

多年以后，我编写的一些代码依然奔跑在互联网的服务器上，我做的软件可能让某些企业或某个人的生活，变得好了那么一点点。现在，我来到了锤子科技，我发现团队里有众多喜欢"Building Things"的人，他们不仅能够写出健壮、简洁和优美的代码，控制页面的像素和服务器的每个线程，还能制作手工钱包，弹奏音乐，写出美好的文字，甚至他们能用世界级的工业设计水准制作出更好用的智能手机。

We Build Things！

朝花与老树

北京从秋转冬，天气渐冷，最近我开始承担起早晨送小领导去上学的任务，不艰巨，是光荣。每天清晨被小领导领着在校园里行走，感觉美好，比在上书房行走感觉还好。我看到的每一张笑脸都真诚和灿烂，朝阳和花朵，除了用来形容她们的美，还能做什么呢？我觉得这些孩子都是曾经飞翔在天际的天使，每天随着星辰起落，看流光溢彩，一不小心坠入凡尘，有的去了地球的那一边，有的来了这一边，有的脚着地，有的脸着地，有的进了我家，有的去了你家。然后，每个瞬间都是画面，包括欢喜、忧伤和艰难。

看着这一代 00 后，再想想我们的童年，谁苦难谁幸福，你还真无从判断。那时候虽然钱不多，但花得少啊；虽然没电话，但可以吼啊；虽然没网络，但邻居都认识啊；虽然没车开，但空气好啊，天也蓝地也净饭菜也放心……当然，这只是一个 70 后的土鳖想法，00 后过得咋样，还得多年后他们自己来评说。我们能做的，就是尽最大可能给他们提供成长的土壤，告诉他们一些人类都应该知道的东西，如什么是美好，什么是丑恶，如很多格言都是错的，然后看着他们慢慢地长大。至于长大以后，他们愿意留在东方，还是出走西方，都是他们自己的选择。

很多家长认为让孩子背井离乡去外国读书，是个荣耀，是件好事。我一直不这么认为，在一个正常的国度和家庭，这都不是值得炫耀的事情，所以这个选择也不应该由我来做。

说完了小的，再来聊聊老的。自己人生过半，爹妈也慢慢变得苍老，最近几年明显感觉到父母的变化，因为他们常常不经意间表现出一种依赖和疲惫，每次打电话，老妈总是喜欢和我唠个没完，撂下电话我就会非常伤感。

古人云，父母在，不远游。这句话拿到现代来看，有多少人能做到？中华大好儿女无不在青壮年背井离乡求学求工，尤其是 IT 这个行业，全中国扒拉来扒拉去就那么几个地方，北上广深杭，所以全中国的软硬件从业人员都在这些城市里左冲右突，奋力拼杀，每年和父母相聚的机会就那么几次，条件好点的可以把父母接到身边，但父母愿不愿意来又是个问题。我们身处在这样一个平庸的时代，大部分人远离家乡朝九晚五，还有的朝九晚九周六不休，生活似乎在变好，父母却越来越老，除了常回家看看，我们还能做什么呢？继续等待父母变得更老吗？

父母这一代人，生于忧患，长于苦难，经历过战争，经历过运动，经历过饥饿，半生颠沛流离，直到中年才算稳定，晚年算过上好日子了，子女又不在身边，只能老两口互相吵架唠嗑解闷。国家唯一的保障就是给退休金，退了十几年了，偶尔还给涨个工资，也算生活中的一个乐子。

看着父辈，仿佛看到了自己年老后的影子，他们工作了一辈子，还有退休金，咱们每个月交养老保险，老了能不能保险还未可知。今年下半年闹得沸沸扬扬的 65 岁退休方案，很多人在那儿骂，我没骂，因为我不知道自己什么时候退休，可能不工作就算退休了吧。

这块土地上的生活就是这样，你不能指望别人，也不能指望机构，你只能靠自己。等我老了，不缠着孩子们，她们能飞多远飞多远，能飞多高飞多高，晚年生活，我准备和老哥一起度过，加上两位领导，4 个人正好凑一桌，想打麻将打麻将，想打升级打升级，想看金庸看金庸，想看古龙看古龙。除了精神粮食，还得有配套设置，每个人 100 平方米的卧室，100 平方米的公共设施，我掰着手指头算了一下，至少得 1000 平方米，按现在北京的房价，得几千万。为这事，我又失眠了，如果不准备回乡下过冬，咱还得接着干！

老树终归会老去，朝花有一天会盛开，每个人都有自己的时代，自己的路自己走，走不动了，就是终点。

春眠不觉晓

作者按：就是睡不醒的意思……

今天是大年初五，春节期间老家不仅没下雪，而且霾了。对于 PM2.5 经常徘徊在 80 的一个小城市，春节期间污染成这样，我只能说 5 个字——"不是我干的"。终于，4～5 级的大风拯救了一切，今天的气温虽然零下 15℃了，但是看到蓝汪汪的天空，我宁愿再冷一些，能下点雪就更好了。

初二的时候，北京飘了点雨夹雪，虽然我没见着，但还是为北京人民高兴。憋了一冬天，终于同时见到了雨和雪，也算值了，至于大小，别计较太多。

我在老家的日子是闲散而舒适的。除了大年初一的早晨，其他时候都是从沉沉的睡梦中醒来，然后精力充沛地开始一天的闲适生活。上午一般去走亲访友，中午必然是香甜可口的饭菜。午餐后休息一下，就可以带着本书踱到老房子的正屋去进行正式的午休活动。房屋朝南，虽然空中有霾，但阳光依然温暖，午睡时需要拉上一个薄薄的窗帘。屋子里非常寂静，躺在床上看一会儿书，困意就没遮没拦地涌上来，随即陷入深深的睡眠之中。在平时的假日里，有条件时我也喜欢睡个午觉，但那时睡醒后看见黑漆漆的楼顶，经常会有种百无聊赖的感觉，会想到各种事、时间、衰老和生死，睡多了反而疲惫。在春节的老家就不一样了，甭管睡多久，醒来后都是春意盎然，心情愉悦，因为踏实，因为不担心明天，因为春天真的来了。

春节期间很多人选择出游，选择喝酒，选择打麻将、砸金花，我则选择了另一种生活，这条道路上既没有荆棘也没有鲜花，只有闲情和逸致，比如负责吃和睡，比如倾听家中大大小小领导的赞美、唠叨、抱怨、倾诉和命令（目前我排行第 8），比如看着她们在我身边如蝴蝶般穿梭不休，我只需要若有所思和频频点头就可以了，最多再加个"按照领导的指示办"，就行了。用一句话描述我的心情就是：在哪里摔倒，就在哪里躺下，然后睡过去……

今天早晨起来，我测了一下体重，虎躯一震，两斤到手。有位"湿人"曾经说过"每逢佳节长三斤"，我还有一斤的份额，我骄傲。

假期里，唯一给我带来些许困扰的就是各种聚会，亲戚聚会，朋友聚会，同学聚会，在春节期间轮番上演。对于前两者，我是不抗拒的，亲人是血缘和责任，朋友则是兴趣和扶持，得一知己饮茶畅聊，乃人生一大乐事。但是同学聚会就麻烦一些，不仅有大学同学，还有高中的、初中的，我以为没有小学的，结果昨天，我老爸被小学教过的一帮小学生叫去聚会了，老爷子看着一桌陌生人，喝了一杯茶，吃了一口菜，百无聊赖，没一会儿就打电话叫我去接他回家了。

聚会时的话题一般是忆当年，叹现在，展望未来，从车子到房子，再到孩子，最后酒过三巡菜过五味，抱头痛哭洒泪而别，拍拍肩膀都是兄弟，抬起头，路常走常新。十几年二十几年不见，人生的路已经不同，常常相聚岂是易事？人的一生如白驹过隙，一路走来会经历很多人很多事，同路的时候相濡以沫，分道了就相"望"于江湖，这样就好。

人生一世，真正的朋友，一只手应该数得过来。什么是真正的朋友？无论多久不联系，遇到困难的时候你会想到他；你会为这样的朋友甘心付出时间和资源；你能够随时向这样的朋友请求帮助，并且确定他会帮你。你的一部分生命，由这样的朋友组成。这样的朋友，通过聚会是找不来的。生命和时间有限，这样的朋友，谁都是只有几个而已。

祝节日安好，祝春光明媚，春安。

旅途中的思考

这个月各种事情缠身，仅逃离北京的动作就是要连续做5回，有规定，有自选，有坐车，有开车。

我不喜欢四处奔波，即使旅行，也喜欢到一个地方踏踏实实待着，看山、看水、看文章，而不是四处拈花捻草、合影留念。旅行中除了自己开车，坐其他交通工具都会感到疲惫和不适，再好的酒店，似乎也无法缓解人在旅途时神经的紧绷状态。神经疼的老毛病似乎很久没犯了，这次复发，可能和近期频繁旅行有关。

小时候，我对旅行充满恐惧，因为那时我的晕车症状非常严重，几十公里的车程常常晕得七荤八素，每每下车后狂吐不止。有一次，本着"不作死就不会死"态度参加了"不到长城非好汉"的八达岭旅游行动，一路上我的任务就是上车、晕车、吐、休息、吃东西，然后等待下一个景点和下一次轮回。那次旅行我在被动状态下拍了不少照片，每张照片里我都显得忧心忡忡。老师和同学们以为我是在厚重的城墙上思考历史，畅想未来，实际上我当时想的是："天高云淡，孙子才想当好汉。"那次旅行的后果是：我一星期内不知肉味，吃啥都恶心，只要有人提长城就脸色煞白摇摇欲坠。后来很多人告诉我，如果你是女生，我们会怀疑你是不是有了。

总之，早年间的旅行经历在我的记忆中留下了痛苦的印记，所以后来看凡尔纳的《环游世界80天》时，我极其钦佩书中的男主角斐利亚·福格，人家在旅行的过程中无论身处象背还是草筐，无论是骑着奔驰的骏马，还是登上宽敞的列车，他都能像坐在世界上最舒服的座椅上那么悠然自得，即使是在恶劣的环境下，也能让自己的身心得到最大限度的休整。这种天赋简直让我佩服到五体投地，每次看到这些场景我都要擦擦口水摸摸泪，然后立下永不旅行的誓言。

长大以后，晕车的症状慢慢缓解了，但旅行中的舟车劳顿从来不曾给我带来愉悦的感觉（除了自驾车），所以，我一般会避免频繁的出差或旅行。这次单月密集的外出，于我来说还是第一次。

相对于旅行，我更喜欢独处，即使是在旅行中。虽然平时我常常与很多朋友在一起交流，但独处似乎更能得到我的青睐。换句话说，我是个以独处为乐的人。几乎每天我都会有一到几个小时不与任何人交流，要么看书，要么听音乐，要么跑步，要么编程或研究点新技术，要么伏案噼噼啪啪地敲击键盘，看着屏幕上浮现出些许好看或不好看的文字，要么什么都不干，随便想点什么……时间像流水一样静静地从身边流走，而一些重要或不重要的石砾则会沉淀下来，以待在未来的某一天，闪现其本身固有的光泽。

如果你也常常旅行，那你在想些什么呢？

旅途中回复了几个读者问题，其中之一是"我是高中毕业，能不能把编程当作职业呢？"

答案当然是可以。

目前看来，编程算是最不注重学历的行业之一了，不要说乔布斯、比尔·盖茨都没有完成大学学业，即使是身边的例子，也俯拾皆是。前一阵儿，和道哥的公司安全宝有个合作，认识了他们公司技术团队的 Leader，这位小伙子在几个公司大老板面前侃侃而谈面无惧色，有种 Mac 在手天下我有的气势，让人钦佩不已。后来一问才知，这孩子不仅没上过大学，而且今年才 20 岁！我和几个老伙伴都惊呆了……在找回各自的下巴之后，我们几个老家伙对了对眼神，心里说：90 后，未来是你们的……

所以，你本布衣，只要躬耕于南阳，终能指点江山争天下！

年龄的故事

这个世界不仅仅 90 后有故事。

树的年龄被时间刻成了年轮植入树干，人的年龄则被时间刻在心里，形成了一段一段的线，每一段时间线都代表了我们的成长和经历，每一段都是一个故事。

——池建强 @MacTalk

周末受邀参加了一个私人聚会，聊天中发现参加聚会的 4 个人分别是 60 后、70 后、80 后和 90 后，非常凑巧。大家从技术、Mac、教育聊到野生动物、观鸟和南极，内容之丰富，视野之开阔让人叹为观止，感慨良多。

60 后是奚志农老师，他是著名的野生动物摄影家，"野性中国"工作室创始人。奚老师常年致力于中国野生动物的拍摄和保护，实践着用影像的力量保护自然的信念。他通过作品的发布直接或间接地保护了国家一级濒危动物滇金丝猴、藏羚羊等，他的作品曾获得英国 BG 野生动物摄影年赛"濒危物种"大奖、英国自然银幕电影节"TVE 奖"，是首位在这两项比赛中获奖的中国摄影师。

奚老师已经到了知天命的阶段，一身的风尘却无法遮挡飞扬的神采，他给我们讲了很多野外拍摄的精彩故事和野生动物的生存状况，有些故事让我们欢喜，有些让我们悲伤。

中国的资源和环境承受着前所未有的压力，野生动物的生存面临巨大的威胁。大自然不会说话，野生动物不会说话，我希望通过影像能替它们说话，把中国自然界最真实的声音传递和表达出去。

每天都有物种在灭亡，而我们还有那么多的物种，从来没有被影像记录过！

除了索取之外，每个人都该为自然做些什么！从奚老师温和的话语中，我

依然能够感受到一个 60 后的坚持和
决心。

80 后是一位北大做环境研究的美女
博士，看起来柔弱文静沉默，但是她
已经做了大量与环境保护相关的工
作，作为南极考察随行工作人员到
达过地球的最南端，并且在那个到处都是北的南极点游了个泳。聊到冬泳
的时候，北京的冬夜正飘着冷雨，我们都想起了那首"寒叶飘逸洒满我的
脸……像是冰锥刺入我心底"，浑身
哆嗦起来。对这样的 80 后女博士，
我必然是十分钦佩的。

90 后是 GitCafe 的创始人姚欣宇，
也是这次聚会的发起者。很多人是通
过代码托管平台 GitCafe 知道这个优
秀的年轻人的，但他的梦想却远不止于此，他要改变的是中国传统的 IT
教育，他希望通过学校、社区、线上和线下的整合，以更低的门槛让更多
年轻人参与到 IT 行业中，加入黑客的世界。让技术改变生活，让生活融
入科技。

从姚欣宇的身上，你完全看不到"90 后霸道总裁"的那种张扬和浮夸，
也感觉不到年龄带来的障碍，沉稳、大气、锐利而有锋芒，你会和他产生
共识和分歧，也会有激烈的讨论，但最终每个人都能收获自己需要的东西。
我想，这才是 90 后创业者应有的风范吧。

我骨子里是一个乐观主义者，始终对这个世界充满敬畏和希望，我相信她
会变得更好。在和这些优秀的人对话之后，我为自己的乐观找到了更多的
理由。无论世界多么浮躁，总会有人潜于浮华之下，在深水河中静静地打
磨那些精美的鹅卵石和珍珠，追逐自己的梦想。无论在哪个时代，这样的
人才是推动世界向前的力量。

那么年龄呢？年龄能够给我们带来什么样的思考？有的时候年龄不是问
题，有时候年龄却成了问题。

一方面，年龄会改变很多东西，我们会成长并有更多经历，我们变得更加
成熟，但不世故。无论天纵奇才还是少年成名，5 年以后往回看，我们会

看到自己的年少轻狂和无知无畏。时间，这个万事万物的主宰，会为我们带来更多的反思，以期看到更深远的未来。

高晓松，年少时恃才傲物，飞扬跋扈，觉得世间无所不可为。2011 年的一场酒驾，让他一路狂奔的状态变成偃旗息鼓，彻底安静。在监狱里，他完成了从发呆、听雨到四十不惑的蜕变，以后始有《昔年种柳》《如丧》和《晓说》问世。

韩寒，少年成名之后横枪跃马单挑各路神仙，沉寂孤傲，对世俗不屑一顾，终于经历长达半年多的"代笔事件"，后归于平静，始有《后会无期》和《告白和告别》。他成长为了一棵全天候的树，静静地立在那里，吸收大地的水分，继续写作、赛车和拍摄下一部电影。

罗永浩，以"老罗语录"声名鹊起于互联网，无论是做教师、做网站，还是做手机，嬉笑怒骂无所顾忌。在经历了 4 个月的"T1 产能问题"和"降价风波"之后突然变得沉寂，除了反思，他还在"埋头默默擦亮自己的武器，准备下一次的战斗"。

成长会让人痛苦，年龄会让我们明白年轻时听不懂的故事，最终我们做出的选择只可能是：付出可以承受的代价，并让正确的事情发生！就是这样。

另一方面，有些东西不应随着齿岁渐增而改变。比如梦想、信念，比如终身学习的动力和做事的坚持。在这一方面，日本作家村上春树简直是个楷模。这位多产的作家从 30 岁以后笔耕不辍，写出了大量优秀的、可以传世的小说和随笔，抚慰了一代又一代年轻人的心灵，同时代的大师，有的颓了，有的退了，村上先生却是不管不顾地写，然后产出了一部又一部的作品。他对自己的才能和创作过程是这样描述的：

天生才华横溢的小说家，哪怕什么都不做，或者不管做什么，都能自由自在地写出小说来。就仿佛泉水从泉眼中汩汩涌出一般，文章自然喷涌而出，作品遂告完成，根本无需付出什么努力。这种人偶尔也有。遗憾的是，我并非这种类型。此言非自夸：任凭我如何在周遭苦苦寻觅，也不见泉眼的踪影。如果不手执钢凿孜孜不倦地凿开磐石，钻出深深的孔穴，就无法抵及创作的水源。为了写小说，非得奴役肉体、耗费时间和劳力不可。打算写一部新的作品，就必得重新一一凿开深深的孔穴来。

随着年龄的增长，经历了形形色色的失误，该拾起来的拾起来，该抛弃的抛弃掉，才会有这样的认识：缺点和缺陷，如果一一去数，势将没完没了。可是优点肯定也有一些。我们只能凭着手头现有的东西去面对世界。

村上先生今年 65 岁了，岁月似乎忽略了这位勤奋的创作者，他的身上没有留下时光雕琢的痕迹，他依然奋力奔跑在创作的马拉松里，一如几十年前。

无论个人能力和成就，只要我们在让正确的事情发生，那么生命就可以获得持久的成长，并与众生进行平等的对话，无论是 60 后、70 后、80 后，还是 90 后。

年龄，有时候永远年轻……

让人绝望的冰王子

2014 年，世界杯终于结束了，最惨烈的对决烟消云散，美丽的焰火总是在燃尽的时候才会释放出最绚烂的烟花。我们唯一能做的就是，下一次的等待。

看了很多年球，由于性格使然，每个阶段喜爱的球星总是一些悲情英雄，他们可能没有抵达过最高的山峰，但是每个人都有自己的传奇故事，如巴乔、巴蒂斯图塔、欧文、博格坎普、劳尔等。世界杯看了这么多届，印象最深的还是 1998 年那次，那一年，有着"地中海一样湛蓝的眼睛"的巴乔、战神巴蒂、追风少年欧文、冰王子博格坎普和西班牙金童劳尔悉数亮相，其中欧文和博格坎普为全世界球迷贡献了两个精彩绝伦的进球，这两个进球被 BBC 收入 50 年来世界杯 10 大进球，一个排名第五，一个排名第三。

今天，我们就来聊聊博格坎普。

丹尼斯·博客坎普，1969 年出生于荷兰首都阿姆斯特丹，和林纳斯一样，也算是 60 后的尾巴。提到荷兰，我们总是想起旋转的风车、优雅的木鞋、精美的陶瓷、运河上的船屋和热情奔放的郁金香，当然，还有足球，足球的世界里永远不会缺少的就是荷兰队，因为他们是无冕之王！无论是克鲁伊夫、荷兰三剑客，还是博格坎普，都没能为荷兰队夺取过一个世界冠军，直到今天。

身材高挑的足球天才博格坎普，是三剑客之后的荷兰代表人物，三剑客之后的 10 年，如果没有博格坎普独立支撑，荷兰足球将失去整个时代的足球印记。博格坎普球风优雅，他具备大师级的停球技术和慢速过人能力，阅读比赛的能力一时无两，在职业生涯的早期，进球如拾草芥，一次又一次地把皮球缓慢地送入球门，在中后期，则通过一剑封喉的精准直传帮助前锋摧城拔寨，凡是和博格坎普合作的前锋几乎都获得了联赛的最佳射手。

在那个时代，在对足球的理解和控制能力上，唯一能够和博格坎普相提并论的，可能只有齐达内了。这两个人是 20 世纪末和 21 世纪初最好的足球艺术大师，他们都具备登峰造极的个人技术能力，包括盘带、停球、护球、射门，无一不是出类拔萃，如果说齐达内是名满天下的一代宗师，博格坎普就是隐匿山林的绝顶高手，他们共同为那个时代的球迷演绎了什么是艺术足球。

很多人曾经用"华丽"来形容博格坎普的球风，但是准确来说，那不是华丽，而是极致的简朴、简洁，他就像古龙小说里的绝顶高手，用最简单的动作达成了最有效的攻击效果，他的一脚触球、停球和挑球过人技术让人叹为观止。无论是几十米的长传，还是近距离的短传，无论是轻柔还是猛烈，只要博格坎普用脚触到了球，足球总是会乖巧地停到最合适的位置，停球和过人往往是同一个动作完成，根本不给后卫拖曳和撕扯的机会。

常常有这样的场景，在三四名后卫的围堵之中，博格坎普像一只在贴地飞行的雄鹰，他腾挪辗转，从容优美地穿越粗壮的大腿，绕过密集的人墙，在禁区内冷静施射，然后看着足球越过门将，划出一条优美的曲线，默默落入网窝。整个过程极为流畅，根本没有磕磕绊绊和拉拉扯扯，除了静止的土地和流动的风，博格坎普似乎是在一人独舞，当舞步终结的时候，剑已封喉。

除非在世界级的大赛上，博格坎普进球后很少欢呼庆祝，当他用标志性的慢速停球，过掉扑上来的后卫，轻扣，过掉另一个后卫，颠球，闪过最后的防守，面对门将将球踢进后，通常只是握一下拳，然后低着头慢慢地走开，留给对手一个绝望的背影。

再一次，这就是默然，晓得吧！

博格坎普一生进球无数，最精彩的两次当属在英超联赛攻破纽卡斯尔的进球和 1998 年对阿根廷的绝杀。

前者是他在禁区弧顶背身接球，用脚轻轻一挑，随即转身从后卫的另一侧完成人球分过，进入禁区后一脚推射敲开喜鹊大门，禁区之舞美到窒息。后者是在 1998 年世界杯对阿根廷的比赛终场前，队友德•波尔 60 米长传，博格坎普在奔跑中用右脚脚背将球卸下，在球二次弹起的瞬间用右脚扣过阿根廷后卫阿亚拉，面对门将罗阿，博格坎普在极小的角度下用右脚外脚背弹射出一记弧线球，足球将将越过门将，钻入球门远角，阿根廷被淘汰了。可怜的阿亚拉，在为追风少年欧文创造了长途奔袭世界波之后，又成就了另一个经典。那届世界杯就两个经典，阿亚拉都参与了，16 年之后，让我们再次感谢他：经典进球最佳配角非你莫属！

博格坎普拥有如此拉风的球技，但是却没有取得齐达内那样高山仰止的成就，主要是因为他性格比较低调，与世无争，你看看他进球后那默然的表情就知道了，哪有球王的那种舍我其谁的霸气。其实他只是在享受足球给自己带来的快乐而已，并不是要去争夺天下，所以他在国家队最需要有人挺身而出的时候，反而做出了退出国家队的决定，让人扼腕叹息。

当然还有另一个原因就是，博格坎普有恐飞症，不了解原因的时候我还觉得他矫情、做作，一个大男人居然不敢坐飞机。后来才知道事出有因。1988 年，荷兰青年队去苏里南比赛，博格坎普所在的阿贾克斯队当时拒绝放人，没想到荷兰青年队所乘班机失事，球员全部遇难。还有一次，荷兰队结束了 1994 年美国世界杯赛的事后，由波士顿回阿姆斯特丹，飞机起飞时间延后。到家后，有人告诉博格坎普，误点是因为有恐怖分子声称要炸掉飞机，警方不得不进行搜查，直到确信无炸弹后才起飞。博格坎普听后大惊失色，从此再也不坐飞机了。

好吧，这事搁我身上我也得恐飞。

从那之后，博格坎普常常无法参加一些洲际赛事，如果赛事特别重要的话，他就需要搭乘洲际列车、轮渡、自驾车等方式参赛，往往是，他灰头土脸赶到比赛现场的时候，比赛已经结束了，没结束的，长途旅途和舟车劳顿也会造成他状态的起伏。这些也是他退出国家队的主要原因。

博格坎普面容冷峻、不苟言笑又帅气逼人，因此获得了"冰王子"的美誉。同时，由于他害怕飞行，又被人们称为"不会飞的荷兰人"，对应克鲁伊夫的"荷兰飞人"。

我们来看看一些足球名星宿对博格坎普的评价：

温格：你能说他不是世界上最好的球员？如果还有更好的，我可没有见过。

伊恩·赖特：如果他在《星际旅行航海家》（电视剧）里，那么无论他到哪个星系，他都将是最好的球员。

范·加尔：这是一个来自其他星球的进球。（评价博格坎普的一个进球。）

亨利：我已经说了很多次了，博格坎普是我碰见的最好的搭档，他从不贪功，从第二个进球中就能看出这一点。他可以争取自己射门，因为今天是博格坎普日，但他没有这么做。他欺骗了门将，将球传给了皮雷，后者将球攻入。而这就是一支队伍中最重要的东西。这也是我崇拜他的原因，要知道他一直以来都是这么做的。我总是说他是我碰见过的最好的，有的时候你和一些人配合不需要用语言，只需要用眼神，丹尼斯就是这样的人。如果你在替补席或者在电视上看比赛，你会想着如何向他学习。他用一脚传球就将对手击毙，太令人惊讶了，他在球场的每个角落都能做出这样的事情。

我与很多球员一起踢过球，虽然博格坎普没有齐达内那样的花活，但我从没看到有谁能像博格坎普那样准确而迅速地阅读比赛。任何与他共事的人都会告诉你他有多伟大。

博格坎普就是这样一位足球艺术大师，牛到爆，但是低调一生，害怕飞行，却把艺术足球带给了全世界的球迷，把绝望留给了对手，他是领悟了足球真谛的天才球员。非常幸运，我在他的巅峰时期，目睹了这一切。

而你们，就只能看看视频了，通过下面的地址可以观赏到博格坎普优雅与实用并世无双的技艺：

http://v.qq.com/boke/page/a/0/p/a0130g151lp.html

似水流年

小领导渐渐长大，现在每个周末的主要任务就是陪她学习和玩耍。今天上午和小领导去上轮滑课，小家伙全副武装，金盔金甲外罩素罗袍，脚踏风火轮，我说你差一把火尖枪就成哪吒了。现在和我们当年玩旱冰鞋的年代真是不可同日而语。有了专业的教练和专业的工具，小家伙几个来回已经可以慢慢滑行了，看着她跌跌撞撞的身形，我抱了双臂站在一旁，不禁回想起了当年我在旱冰场穿板鞋、踩双排四轮滑冰鞋，裸摔到死去活来胸闷气短的日子……那真是个血雨腥风的年代。

现在的小孩条件好，课外活动也多，想学什么报个班就行。我们当年可从来没见过什么培训班，想学什么全靠自己摸爬滚打。小时候，我的活动范围极小，以家为中心画个半径 5 公里的圆，就把我的活动轨迹覆盖了。即便如此，我很小就在村外的水塘学会了游泳，初中学会了滑旱冰、围棋、台球等，基本上都是野路子。其中游泳最为凶险，水草缠住说没就没了，但是小嘛，就无所畏惧，那时候还常常在几丈高的城墙和山崖跑来跑去，现在想想，那时候一个失足，现在也就没什么 MacTalk 了。

但这些都不如旱冰场来得血腥。那时候的旱冰鞋都是双排四轮，我们穿着胶鞋或板鞋，选了合适的尺寸把脚放进去用鞋带绑紧，就可以滑了。没什么人教你，也没有护具，看别人怎么滑，你就怎么滑，别人怎么摔，你也怎么摔。旱冰场一般由平滑的水泥地构成，周围是铁栏杆，供初学者把扶。人多的时候，你常常遭到水平略高过你的初学者直接冲撞，每次都是火星撞地球的大片风范。在倒地的那个瞬间，你仿佛看到天上有烟火闪亮，等爬起来问"你为什么撞我"时，他会挠挠头不好意思地说："俺不会拐弯。"

不会拐弯和刹车的初学者最危险，因为速度已经起来了，但是无法控制，所以只剩下速度和激情。我有一次速度太快又不想撞人，直接冲向护栏，铁栏杆打在我的前胸，然后我后仰，平平地从栏杆下飞了出去又拍在地上，当时感觉整个世界都不好了，胸闷，无法呼吸，也说不出话来，当时我想，再也不要滑旱冰了。同去的小伙伴也吓坏了，还好，躺了一会儿就满血复活了。好了伤疤忘了疼，很快又开始摔得不亦乐乎。

由于碰撞时有发生，那时的旱冰场经常发生斗殴事件，如果滑着滑着突然发现板砖与旱冰鞋从身边飞过，赶紧找个安全的地方坐下歇歇，等打败的一方说："你等着，我去叫人"，就意味着争斗已经结束了，拍拍土继续滑行。

现在很多人推崇这种自学方式，认为自然生长出来的苗子才是好苗子，但是野路子就是野路子。我自学了很多东西，大都是会一点，很难达到精通的地步。参加过专业教练课的小孩就不一样了，他们有最好的条件和最专业的老师，往往能够在短期内达到较高的水准，而且也相对安全。

所以现在我并不抵触报班，只要条件允许，孩子也感兴趣，用科学和安全的方式掌握某种技能，远远好于我们的时代。回忆总是美好的，但不可靠，它就像被时光蛀虫蚕食了的木头，重新拿起来的时候总要忍不住去用新鲜的木屑去修修补补，虽然这些修补是真实的，但木头是虚幻的。可以回忆，但不要沉迷。

除了生活中的琐碎，我也向往"举脚游世界"的生活，开着车游历世界，停下车就看阿尔卑斯山上融化的积雪，看蓝色的湖泊里飘荡的雾气，看高山上怒放的花朵和笑容可掬的女生。爱因斯坦说了：

引导人们通向艺术和科学的最强烈动机之一是摆脱日常生活及其中令人痛苦的粗糙状态和无望的枯燥乏味，摆脱一个人自身总是在变化着的欲望的羁绊……就像画家、诗人或者哲学家一样，科学家努力要创造一个属于他自己的世界。他们中的每个人都使这个宇宙及它的结构成为他的感情生活的支点，这是为了以这种方法去寻找到他在狭窄的个人经历的旋涡中无法找到的宁静与安全。

努力去寻找自己的宁静和安全，是每个人一生的宿命。在这一点上，没人能帮到你什么。

他们曾使我空虚

今天继续美好的阅读时光——影响我的 10 部短篇小说之《他们曾使我空虚》，由王朔选文并做序。

王朔在某一段时间内是我最喜爱的一位作家。读惯了课本上的山药蛋和八股文，第一次读王朔的小说才发现，原来中国文字还可以这么写。不夸张地说，王朔开启了中国当代白话文的另类先河，说创造了一种文风也不为过。王朔用一种满不在乎的文风，写了一系列高水准的作品，在讨大众喜欢的同时，还写了自己想写的东西，不考虑文思与结构，仅这一点，在那个年代已经足够进入大师行列。

在冯小刚的《我把青春献给你》里有一段刘震云老师对王朔的评价：

冯老师，学生小刘写得再好，再有智慧，再有高度，那也是人类的智慧，人类的高度，在上帝面前，这种智慧和高度都会显得十分地渺小，而上帝眼下正握着王朔老师的手在写作。王老师不仅仅是王老师，王老师是上帝派驻文坛的使者。

在读王朔的《动物凶猛》的时候，我感受到了上帝的那只手。

王老师才气纵横，短句子写得天下无双，这一点大家完全可以从这篇短序中感受到。

基本上，当我空虚的时候，想要加倍空虚，我就读小说。在没有流行音乐安慰我们的时代，小说差不多是引导我脱离现实，耽于幻想的唯一东西，总能满足我精神上自我抚摩的愿望，不跟人在一起也不惊慌。我的情感发育是通过小说完成的，它使我接触到了另一个世界，一个个瞬间超越了平凡的生活。总的来说，我读小说不是为了更好地生活、寻找教义、获得人生哲理指南什么的，正相反，是为了使自己更悲观。美好的东西在小说中往往被轻易毁灭，看得多了，便也怀疑现实。日常生活很平淡，心碎的体验一般来自阅读，习惯了，也觉得是难得的享受，又安全，进而觉得快乐是一种肤浅的情绪，尤其见不得那些宏大辉煌标榜胜利成功的叙事，觉得大多是胡扯，自欺欺人，哪个人不是拼命挣扎，谁要你来激励？我不想变成畜生，很大程度上要靠优美小说保护我的人性，使我在衣食无忧一帆风顺中也有机会心情暗淡、绝望、眼泪汪汪，一想起自己就觉得比别人善良、敏感、多情以及深沉。很多时候，我还以为从小说中能发现人生的真相。

这就是我的阅读趣味，从小说中汲取堕落的勇气和抗拒生活的力量。话说得有点大，似乎又拿小说当先生当武器了，其实也不过是一个密友，需要了，找人家聊聊，不需要了，也很久想不起来打个电话。

这里选的 10 个短篇小说都是曾令我有所感的。识者可以看出我的偏好，也无非是殇情和调侃两类，《莺莺传》《白娘子永镇雷峰塔》《驿站长》《献给爱斯美的故事》《忧国》可算殇情，《没有毛发的墨西哥人》《刎颈之交》《关于犹大的三种说法》《采薇》《他们不是你丈夫》大多是调侃，卡佛略微正经一点，博尔赫斯玩得比较深。

调侃，是一种很重要的文学风格，现在我终于有机会证明这一点了。欧·亨利就不必多说了，这老先生是专门幽默的，小说连起来也可拍很长的情景喜剧。《刎颈之交》相当于咱们这儿的"两肋插刀"，都说的是男人间的一种神话，我叫"流氓假仗义"。其实你早该发现调侃的绝好对象是什么，都是那吹得很大的东西。

哪个人不是拼命挣扎，谁要你来激励？

温暖的旅程

很多人说人工作以后会变得功利很多，知己难寻知音难觅，我却不这么认为。所谓看似正确的结论，往往是一种浮在表面上的认知，只有拨开浮萍，才能见到水底的真相。无论是发小还是同学，无论是红颜还是蓝调，其实都是某种社交生活形成的、或疏或密的人际关系，能否成为至交好友，要看各自的性格、经历、思想和追求，而不是简单地用同学或同事来划分。

我个人就是这样，很多大学同学由于地域关系已经变得疏远了，但在工作和生活中却结识了很多可以信赖并相互扶持的好友。今天这部《影响我的 10 部短篇小说》（其实是 4 本书）就是这样一位朋友推荐给我的。我和他认识有 10 年了吧，这位兄弟的生活可谓波澜壮阔，起伏跌宕，无论是生活还是工作，其诡异程度足以撑起一部小说的情节，即使仅作为杂文素材，也可以写个几十篇了，所以我常常说他是个有故事的人。但是此人非常低调，每每谈及此事，他就会先 45 度角仰望天空，然后温和地对我说："你要是敢把我那点儿破事儿写进 MacTalk，我将穷尽后半生追杀你到天涯海角！"

看到他立下了永不分离的誓言，我只能暂时放弃这个绝佳的题材，唯一能够告诉大家的就是，他是一个 IT 界的文学爱好者，真的是爱好，因为他几乎一个字都不写。"因为写出来的，都是错的"，他说。

1999 年，新世界出版社出版了由当时最具实力的 4 位小说家余华、莫言、王朔、苏童联手推出的《影响我的 10 部短篇小说》。4 位作家以一流小说家的洞察力和领悟力，选出了对自己创作影响最大的 10 部短篇小说，集结成册，并为每一本书单独做序。我从网络上看到几位作家的文字摘录，已经感受到了这几位文学先贤的文字魅力，要么感性，要么尖锐，要么凝重睿智，要么灵动谐趣，于是不能自持，去孔夫子旧书网（kongfz.com）斥巨资购买了这 4 本旧书，如下：

文字不敢独享，今天给大家分享余华老师的《温暖的旅程》的节选。

余华老师选出的 10 部短篇分别是：

◆《青鱼》（杜克司奈斯）

◆《在流放地》（卡夫卡）

◆《伊豆的歌女》（川端康成）

◆《南方》（博尔赫斯）

◆《傻瓜吉姆佩尔》（辛格）

◆《孔乙己》（鲁迅）

◆《礼拜二午睡时刻》（马尔克斯）

◆《河的第三条岸》（罗萨）

◆《海上扁舟》（史蒂芬·克莱恩）

◆《鸟》（布鲁诺·舒尔茨）

《温暖的旅程》节选：

我经常将川端康成和卡夫卡的名字放在一起，并不是他们应该在一起，而是出于我个人的习惯。我难以忘记 1980 年冬天最初读到《伊豆的歌女》时的情景，当时我 20 岁，我是在浙江宁波靠近甬江的一间昏暗的公寓里与川端康成相遇。五年之后，也是在冬天，也是在水边，在浙江海盐一间临河的屋子里，我读到了卡夫卡。谢天谢地，我没有同时读到他们。当时我年轻无知，如果文学风格上的对抗过于激烈，会使我的阅读不知所措和难以承受。在我看来，川端康成是文学里无限柔软的象征，卡夫卡是文学里极端锋利的象征；川端康成叙述中的凝视缩短了心灵抵达事物的距离，卡夫卡叙述中的切割扩大了这样的距离；川端康成是肉体的迷宫，卡夫卡是内心的地狱。我们的文学接受了这样两份绝然不同的遗嘱，同时也暗示了文学的广阔有时候也存在于某些隐藏的一致性之中。川端康成曾经这样描述一位母亲凝视死去女儿时的感受："女儿的脸生平第一次化妆，真像是一位出嫁的新娘。"类似起死回生的例子在卡夫卡的作品中同样可以找到。《乡村医生》中的医生检查到患者身上溃烂的伤口时，他看到了一朵玫瑰红色的花朵。

这是我最初体验到的阅读，生在死之后出现，花朵生长在溃烂的伤口上。

据我所知，鲁迅和博尔赫斯是我们文学里思维清晰和思维敏捷的象征，前者犹如山脉隆出地表，后者则像是河流陷入了进去，这两个人都指出了思维的一目了然，同时也展示了思维存在的两个不同方式。一个是文学里令人战栗的白昼，另一个是文学里使人不安的夜晚；前者是战士，后者是梦想家。这里选择的《孔乙己》和《南方》，都是叙述上惜墨如金的典范，都是文学中精瘦如骨的形象。在《孔乙己》里，鲁迅省略了孔乙己最初几次来到酒店的描述，当孔乙己的腿被打断后，鲁迅才开始写他是如何走来的。这是一个伟大作家的责任，当孔乙己双腿健全时，可以忽视他来到的方式，然而当他腿断了，就不能回避。于是，我们读到了文学叙述中的绝唱。"忽然间听得一个声音，'温一碗酒。'这声音虽然极低，却很耳熟。看时又全没有人。站起来向外一望，那孔乙己便在柜台下对了门槛坐着。"先是声音传来，然后才见着人，这样的叙述已经不同凡响，当"我温了酒，端出去，放在门槛上"，孔乙己摸出四文大钱后，令人战栗的描述出现了，鲁迅只用了短短一句话，"见他满手是泥，原来他是用这手走来的。"

这就是我为什么热爱鲁迅的理由，他的叙述在抵达现实时是如此的迅猛，就像子弹穿越了身体，而不是留在了身体里……

推荐这套书！

我的阅读之路

很多人说中国人不读书，对于这一点，我是不大认同的。我自己非常喜欢读书，身边的朋友也有很多好书者。MacTalk 从 2013 年 12 月写到 2014 年 12 月，如果没有早期大量的阅读，完成这么多文字是不可想象的。除了教科书和专业书籍，我记得小时候最喜欢读武侠小说，金庸的《飞雪连天射白鹿》和《笑书神侠倚碧鸳》全部读过多遍，古龙比较知名的作品——《小李飞刀系列》《楚留香系列》《陆小凤系列》《七种武器》《大旗英雄传》《绝代双骄》等，也一并扫荡。比较狂热的时候，会在晚上做作业的时候偷偷看武侠小说，基本做法就是把武侠小说压在课本下面，一旦老爹老妈过来视察工作，立马起立做找书状，顺便把武侠小说塞到杂乱的书堆里。我一直以为自己做得神不知鬼不觉并为此暗暗得意，没想到有一次老爹进来拿东西，我又一次故技重施，老爹意味深长地看了我一眼，关门离开的时候幽幽道："小子，看小说别太晚啊，另外武侠也不是让你出去打架的！"我当场崩溃了，从此拜倒在我老爸的拖鞋之下⋯⋯

说起金庸和古龙的优秀作品，到现在我依然读得下去，尤其是金庸的书，每次开读都是像白开水一般，一旦读到三四十页就"彻底被你征服，切断了所有退路"，你只能把手头的事情统统放到一边，找个沙发躺下，几十万字一口气读完，然后长长吐出一口气，说，爽。但是读完之后往往老眼昏花腰酸背痛，其实很苦。金庸具备极强的叙事技巧和架构能力，每本小说都从最不起眼的一条潺潺小溪开始，你只要耐着性子顺着小溪前行，边走边看，很快就会应接不暇，你会见到江河湖海和大风大浪，波澜壮阔又百转千回，叙事线索千头万结，像是千年古树盘根错节，但到最后总能把所有的线索归集起来，串珠成链，读来让人意犹未尽。

古龙的东西现在看起来就有点讨巧，他跳出了梁羽生和金庸的框框，创造出了一种新的古式文体，比如渲染气氛要这样：

风

冷风

冷风吹

习惯了金庸的厚重之后，第一次读古龙的书吓得尿了一地，文字居然可以这么玩。古龙的书里几乎没有武功招式的描述，基本都是刀光一闪、见血封喉，一招之内生死立判，像小李飞刀李寻欢，一出场就跩得要命，一身绝顶武功似乎从娘胎出来就粘身上了，古龙为其装配了光的速度、鹰的眼神和熊的酒量，这还不算，古龙害怕自己的宝贝男主出什么意外，又设计了两个定律，一个是通用的男主不死定律，另一个是男主一出刀别人必死定律，这怎么打？不管说了多少废话，费心费力设计了多少阴谋，人家一扔刀子，你就得躺下等死，玩什么玩？

所以，如果有一天我退休了，可能会再翻出金庸的书来看看，古龙的就不好说了。

金、古两人的作品看得七七八八之后，开始接触一些当代作家的文字，最早看的是王朔和路遥，这两人风格迥然不同，我却都十分喜欢。

王朔的文字带着痞气，但充满激情和速度感，读起来既痛又快，叙事风格简洁，但是全篇都是"爷就这样"的混不吝和玩世不恭，虽然通俗，但文字绝不马虎，那种调调让读惯了八股文和土豆山药蛋文章的我眼前一亮，他早期的作品我几乎全部读过，《动物凶猛》《我是你爸爸》和《一半是火焰 一半是海水》感觉是巅峰之作。

王朔自述，可见一斑：

身体发育时适逢三年自然灾害，受教育时赶上文化大革命，所谓全面营养不良。身无一技之长，只粗粗认得三五千字，正是那种志大才疏之辈，理当庸碌一生，做他人脚下之石；也是命不该绝，社会变革，偏安也难，为谋今后立世于一锥之地，故沉潭泛起，舞文弄墨。

如果说王朔玩的是独孤九剑里的破剑式、破鞭式、破刀式，挥洒自如以无招胜有招，那路遥使的就是玄铁重剑，扎实厚重，一剑既出风起云涌。《平凡的世界》我读过两遍，100万字的作品，我花了几天的时间一气读完，这是"第一部全景式描写中国当代城乡生活的长篇小说"，书中的主人公在平凡的世界中不断地超越自我，超越自身的局限，最终成就了生命意义上的成功，困难、挫折、奋斗、痛苦和欢乐贯彻其中，气势恢宏结构严谨，读起来让人感到大开大合。这部作品也是路遥的绝笔之作，完成之后写了一篇创作随笔，叫做《早晨从中午开始》，有兴趣的可以去读读。

看了金庸、古龙、王朔、路遥之后，又杂七杂八读了很多当代中国作家的小说，包括王小波、阿城、刘震云、余华、莫言、贾平凹、冯唐等。很多文学爱好者说这些作家都是从模仿国外名家起步的，建议我直接去读外来的作品。但是你们知道，我理科出身，缺乏文学素养，在读了这些国内作品之后，已经把当时"学好数理化，走到哪都傻瓜"的小伙伴们远远地抛在后山的小水沟里了。当然，这两年书读得多了，才感觉出国外作品的好，翻回头来开始重新阅读那些国外的传世作品，谓之"回锅肉"读法，这是后话。

以上这几位作家，我比较喜欢的有王小波、钟阿城、刘震云和冯唐，其他人的作品好是好，就是读起来感觉淡一些，纯属个人好恶，没任何参考价值。

王小波不用说了，隐藏在程序员中的作家，在编程方面功力深厚，写过汇编写过C，写过杂文写过诗，但是写得最好的还是小说，巅峰之作是时代三部曲《黄金时代》《白银时代》《青铜时代》，之后又写了一部杂文集《沉默的大多数》，随即英年早逝。

王小波用他短暂的生命给世间留下了丰厚的遗产。有人欣赏他杂文的讥诮反讽，有人享受他小说的天马行空，有人赞扬他激情浪漫，有人仰慕他特立独行。在这些表象的背后，他一生最珍贵的东西，是对自由的追求。

我多次引用过王小波的文字，可能与这个写得一手好文章的作家是个地道的理科生有关，总觉得他写的东西理性十足，又感性细腻，行文自由奔放，让人感同身受。王小波在创作的巅峰时期早逝，让人扼腕叹息，如果他有更加自由的创作空间和时间，一定会写出更伟大的作品。我读他的随笔的时候，能够深切地感受到王小波对文字、意境、自由、责任、有趣和结构的追求，这种人是完全可以写出最好的作品的。

阿城的作品大部分是20世纪80年代发表的，包括"三王"（《棋王》《树王》《孩子王》）和6个短篇（《会餐》《树桩》《周转》《卧铺》《傻子》《迷路》）。虽然阿城的作品发布很早，但我年少时并不了解阿城，直到工作以后才开始阅读他的作品，一读之下，惊为天人！阿城对中国文字的运用到了登峰造极的程度，不但是小说的大行家，随笔也属极品，可以说是天生的文体家。读过棋王的读者都会同意，语言运用得出神入化，怪不得人说当代很多名家都是读着阿城的文字长大的。

钟阿城冷隽的笔锋，时而颠覆自己，时而挖苦别人，无往不利。1990年后旅居美国，作品渐少，但是"三王"在前，已经足够后辈高山仰止了。

摘录《棋王》中的一段：

拿到饭后，马上就开始吃，吃得很快，喉节一缩一缩的，脸上绷满了筋。常常突然停下来，很小心地将嘴边或下巴上的饭粒儿和汤水油花儿用整个儿食指抹进嘴里。若饭粒儿落在衣服上，就马上一按，拈进嘴里。若一个没按住，饭粒儿由衣服上掉下地，他也立刻双脚不再移动，转了上身找。这时候他若碰上我的目光，就放慢速度。吃完以后，他把两只筷子吮净，拿水把饭盒冲满，先将上面一层油花吸净，然后就带着安全到达彼岸的神色小口小口地呷。

阿城之所以在文字上达到了很高的成就，和他幼年博览群书不无关系，据说他在十几岁就遍览了曹雪芹、罗贯中、施耐庵、托尔斯泰、巴尔扎克、陀思妥耶夫斯基、雨果等中外名家的著作，他一直在默默学习创作。之后又研习了马克思的《资本论》、黑格尔的《美学》，以及《易经》、儒学、道家、禅宗等，这些营养进一步培养了他的创作风格，直到 1984 年，处女座《棋王》一鸣惊人，所谓飞必冲天！适年阿城三十有五。

才华如阿城者，也需要艰苦地阅读和练习，才能到达这种高度。

王朔、路遥、王小波、钟阿城之后，我又开始读刘震云的作品。王朔年少成名，恃才傲物，行走江湖鼻孔朝天，谁都看不上，但是他对刘震云却推崇有加，王朔对刘的评价是"刘震云是当代小说家里对我真正能够构成威胁的一位"，对朔爷来说，这算是最高赞誉。

刘震云生于 20 世纪 50 年代，和国外那帮计算机先驱（乔布斯、沃兹、盖茨、艾伦等）是同一代人，但他的成就主要在文学上。正式的创作始于 80 年代末，先后发表了《一地鸡毛》《官人》《温故一九四二》等优秀作品，确立了新写实主义风格。巅峰之作《一句顶一万句》，号称一本顶一万本，其中《一地鸡毛》《手机》《温故一九四二》等都拍成了影视作品，好看好评还卖座，实属少见。

《温故一九四二》是刘震云非常看重的作品，下面是他的自评：

我觉得它写得既感性又理性，是个好作品，包括它将要拍成的电影也是一个波澜壮阔、震撼人心的民族心灵史。1942 年，河南一场旱灾，死了 300 万人。更可怕的是，后代把这些事全忘了。中国是个特别容易遗忘的民族，这当然也和它经受的苦难太多有关系。那场灾害本来不该死那么多人，可是当发生旱灾的时候，一批人逃荒到原本荒凉的西北，饿死了。日本人进攻河南，蒋介石想把灾区甩给日本人，日本人坚持不进兵，不给蒋撤退的借口，双方军队形成了僵持，就在这僵持中，河南人一个个倒下了。

说起"一九四二"，让我想起了另一本书《我把青春献给你》，这本书是10年前冯小刚在《手机》剧本创作和开拍之间的间隙创作的，我从这本书里知道了把"一九四二"拍成电影的想法始于1994年，开始正经琢磨是2000年，真正上映已经是在2012年11月29日，期间历时近20年，鬼子都够打出去好几回了，一部优秀作品的诞生，居然要经历如此漫长的岁月，不禁让人感慨万千，人生不易，该睡得睡啊。

《我把青春献给你》这本书写得有趣，基本体现了冯小刚影视作品的风格，调侃不失真诚，场面感强，夸人骂人都下死手，其中涉及了很多人的故事，包括王朔、刘震云、姜文、葛优、陈道明等，可读。之所以在这一段扯出这本书，就是想告诉大家作家和作者的区别，冯导在导演方面虽然自成一派，于无声中响惊雷，荆棘中觅出路，最终盖了一座冯氏电影的殿堂，但文字还是玩票，就像刘震云为他写的序一样：

这不是一本思想笔记，这是一本给人解闷的书。大家读就读了，不必引申和联想。如果它在说萝卜，那就是萝卜，不会是火车和狗熊。萝卜皮通常是没用的，但是拌好了一样能登大雅之堂。

《我把青春献给你》就是这么一盘萝卜皮，书读起来赏心悦目，而且你会产生一种"这种书我也能写啊"的错觉，但是读了阿城、王朔、王小波、刘震云的书，是断然不会产生这种想法的。区别就在这里。

2013年冯导又出了一本书叫做《不省心》，不少内容源于《我把青春献给你》，其中贵族的描述变成了这样：

什么是贵族？想象一下，某贵族人指着故宫说：这院子不错，买了。穿燕尾服，戴假发，腰杆笔挺，像跳国标舞的随从凑耳边小声答：这院子本来就是您的。贵族一脸狐疑地问：是吗，我怎么不知道？轻答：这事太小了，不值得跟您汇报。贵族当时就扫兴了，说：上次我看上了纽约的中央公园，一问也是我的。真没劲。什么是贵族？早晨一睁眼无数窗帘就被徐徐拉开，从卧室一路走出去，人到门开，你要慢一步拉门，他就直接撞门上了，因为这种事从他生下来就没发生过。除了做爱和狩猎亲力亲为，其他一切都不伸手，油瓶子倒了都不扶。关心的全是某种蝴蝶要绝种了，非洲的鳄鱼在雨季到来之前有没有食物，当然了还有一见钟情心爱的女人。

有趣，但是没进步，不如《我把青春献给你》好看。之所以卖得好，是因为电影拍得好。

冯唐的文字我也比较喜欢，有人说他写字喜欢端着，有人说他搞得太杂成不了大家，我觉得尚可，该在金线之上，关于冯唐的话题我之前写过一篇《敬畏之心》，在这里不再多言，求同存异吧。

其他人的作品也陆陆续续读过很多，但印象大都变得模糊，记忆就像一缕轻烟时聚时散，完全不靠谱，不着调，有些书重新拿起来居然像新书一样读得津津有味，不得不让人感慨"岁月一把刀，刀刀催人老"。

当然，这些书远远不是阅读的全部，专业书、经济学、心理学、哲学、各种杂文集都是值得阅读的。另外，在屡次被身边的文学爱好者嘲笑之后，我开始硬着头皮读《百年孤独》《情人》等外国名家名著，等有机会再跟大家说说。

最后简单说说电子书和纸书的那点事儿。

很多人和我说，你看，韩寒的书在"多看阅读"的电子书平台上卖得还没你好，你多牛啊！真实的情况是人家主要走纸书渠道，根本没得比。这就和你刚开上三马，人家都开宝马了；你刚为夏利装上尾翼，人家都用火箭送嫦娥上月球找情郎了。豆浆加红糖就不该操轩尼诗和龙虾的心。

中国十几亿人，没读过纸书的没几个，不知道电子书的大有人在。你以为电子书便宜，一定会卖个几十万册，很遗憾，这是一相情愿的想法，事实远不如大家想得那样美好。数字阅读固然是未来的方向，但就目前纸书和电子书的销量而言，电子书还有很长的路要走，把发哥的话再退一步：电子书，还没上路呢。

当然，随着电子出版商的努力，民众正版意识的增强，软件和硬件的完善，电子阅读必将始于现在，美在未来。

阅读之路到这儿就算告一段落。看完这篇文章，你就该关掉手机，合上笔记本，泡一杯茶，捧一本书，安静地读一个小时，然后就着窗外的北风，睡个踏实觉。

寻找最好的文字

文字写得越多，就越想寻找那些美到极致的文字。每每阅读那些炉火纯青的文学作品，我会感到这是上天给予我辈的馈赠，是人类在历史的长河中留下的瑰宝，是时间在宇宙洪荒中结下的果实。虽然很多人匆匆而过不拾一珠，但是捡到宝石的人无不欣喜若狂。所谓"文章千古事，得失寸心知"，便是如此吧。

王小波在《我的师承》中写道：

小时候，有一次我哥哥给我念过查良铮先生译的《青铜骑士》：

我爱你，彼得兴建的大城，

我爱你严肃整齐的面容，

涅瓦河的水流多么庄严，

大理石铺在它的两岸……

这是雍容华贵的英雄体诗，是最好的文字……带有一种永难忘记的韵律，这就是诗啊。对于这些先生，我何止是尊敬他们——我爱他们。

冯唐在自己《唐诗百首》的自序里写道：

小的时候，对于世界心里没底，手不释卷，做加法，按照《书目答问》读汉语。三十以后，事杂时仄，成见日深，做减法，留七八种真的好汉语，反复读。其中三种是诗：《诗经》《唐诗三百首》《千家诗》。读多了，手贱，也诗经。

看了现代作家的文字，感慨之余，我也时不时顺着时间线往回捯捯，有时看看白话文，有时看看古文。前一阵子在"多看阅读"上购得《多看文库·唐诗三百首》（免费，有声书），于是最近有空就读读唐诗。

为什么要读唐诗，因为"唐朝的诗人是一群再也没有人能超越的天才，因为唐诗的意境，已经深深镌刻在我们的灵魂和骨子里"。虽然我们小时候在语文课中读了很多唐诗，但那仅仅是背诵，而不是阅读和领悟。这次一读之下，确是世间最美的文字，汉语的精深，在唐诗中被演绎到了极致。我不禁感慨，世界上再也不会有这么美好的文字了……

今天给大家讲一段唐朝诗人李商隐的故事。

说起唐朝的大诗人，大家一般会想到李白、二杜（杜甫、杜牧）、一白（白居易），李商隐要往后排排，但他自己的故事却很有意思。

813年，这个倒霉的孩子降生到了唐朝晚年间，距离大唐覆亡不足百年，那时唐朝已有衰落的气息。文字其实可以体现一个时代的气象，比如盛唐文字慷慨激越大气磅礴，中唐清冷寡淡，晚唐则充满了颓败的气息。大家可以感受一下我们这个时代的文字，说说我们处于哪一个阶段，不过人在雾中难以知山，结论想必是仁者见仁了。

李商隐的老爹是个卑微的小官，在他8岁的时候就去世了，李商隐过早地承担起了养家糊口的重任。一边抄书淘米砍柴做饭，一边写文作诗。十几岁时某个慈善家觉得他才高八斗，于是资助他参加高考，结果考了三年除了烤红薯什么都没考到。另一位崔戎先生赏识他的才华，带他去山东发展，结果这位崔兄很快就病死了。回家后，李商隐的好朋友令狐绹在主考官耳边反复磨叽，他终于中了进士，没想到当年冬天，这位令狐兄的老爹也死了，令狐绹要回家守孝三年，靠山又没了。

官场失意，情场也失意。小李同志和其他秀才一样，赶考途中按照惯例在洛阳结识富家女，按照惯例两情相悦并许下了三天后村外老柳树下不见不散的誓言。结果到了第三天，李商隐发现自己的行李被猪一样的队友顺手带去长安了。由于所有家当都在行李中，小李同志边跑边喊："人在呢，人在呢"，一路跑到长安。后果就是"是非成败转头空，江山依旧在，夕阳那边红"，等李商隐再次来到洛阳的时候，富家女已嫁作他人妇，小李同志悲愤的心情难以抑止，他痛苦地对自己说：没有高铁害死人！

治愈一段感情带来的创伤，莫过于开始另一段感情。最终，李商隐娶了上司的女儿为妻，形成了一段美好姻缘，但是也因为这场婚姻他被卷入了无聊的党派之争，后半生辗转于各藩镇之间充当幕僚，郁郁而不得志，46岁即忧愤而终。

可以说李商隐的一生是非常不幸的，或者说是不合理的。一千多年前上天看到这个星球上有一个才气纵横的孩子在唐朝玩耍，于是决定不停地抛给他各种颜色的球玩，但是每当这个孩子掌握了游戏规则，上天就残忍地把他手中的球抢走，过一段时间又扔下另一个不同颜色的球。这种给予机会和夺走机会的残酷游戏导致李商隐一生颠沛流离，倍受打击。就是在这种环境下，李商隐依然保持了完整而独立的人格，并在晚唐写出了属于自己的伟大诗篇。

晚唐的诗作在前人的万丈光芒之下已趋式微，但李商隐凭借自己的力量，把唐诗推向了又一个高峰，被誉为唐代后期最杰出的诗人。李商隐的诗文辞清丽，意蕴深远，看似写 A，又像说 B，实则喻 C，风格独特，以至于很多人看了他的诗作之后会问："李大人，您到底想说点啥呢？"李商隐则背负双手，仰望天空，一言不发。

今天为大家推荐李商隐的两首诗，为后人所熟知的是《无题》，如下：

相见时难别亦难，东风无力百花残。
春蚕到死丝方尽，蜡炬成灰泪始干。
晓镜但愁云鬓改，夜吟应觉月光寒。
蓬山此去无多路，青鸟殷勤为探看。

这是一首描写离别相思苦的爱情诗，很容易理解，但有些诗就不知道李先生要表达什么意思了，比如《春雨》：

怅卧新春白袷衣，白门寥落意多违。
红楼隔雨相望冷，珠箔飘灯独自归。
远路应悲春晼晚，残宵犹得梦依稀。
玉珰缄札何由达，万里云罗一雁飞。

我只能说，多读读，你会感受到千年以前一个诗人的寂寥和凄凉。

终于老得可以谈谈世界杯

2014 年世界杯期间经常有朋友问我："卖桃君可曾为世界杯写了一点什么没有？"我说没有。他们就正告我："先生还是写一点吧，我们很喜欢看你写的文章，再不写世界杯都快结束了。"

还真是。

我最早的世界杯记忆始于 1986 年，那一年很多订阅 MacTalk 的 80 后和所有的 90 后还未出生，我的记忆也很模糊。斗转星移，4 年倏忽而过，下一届世界杯意大利之夏随之到来，那时我才意识到，4 年前的世界杯上，全世界的光芒都投射在那个阿根廷的小个子球员身上，他就是阿根廷的 10 号——迭戈·马拉多纳！

于是我们找出当年的录像带和各种足球杂志，开始重温 1986 年世界杯的点点滴滴。1986 年，马拉多纳正值 26 岁，无论是心理、身体和球技都达到了巅峰状态，其时另一位天皇巨星普拉蒂尼——廉颇已老，马特乌斯羽翼未丰，整个世界杯成了马拉多纳一个人表演的舞台。他在对阵英格兰的比赛中打入的那记世纪进球，足以让足球爱好者回味一生：马拉多纳从中场拿球，先做了一个马赛回旋，之后持球奔跑了大半个球场，正面盘过 5 个英格兰球员，突入禁区，然后再过掉门将，将球打入空门。

那时候的马拉多纳几乎可以在球场上做到任何事，普拉蒂尼对此的评价是：我用一个足球能做到的，马拉多纳用一个桔子也能做到……那个时代的迭戈是不可阻挡的，他身体粗壮，个头矮小，带球速度奇快，常常在高速奔跑中完成匪夷所思而极具创造力的射门、传球和过人，阅读比赛的能力无出其右，百万军中取上将首级如拾草芥。更为可贵的是，那时的马拉多纳充满了向前的欲望，他在前突和穿插中用精妙的假动作和恰到好处的跳跃频频躲开对方球员的围堵和飞铲，实在躲不过被放倒后，不是倒地不起，而是毫不停顿地翻身继续拿球过人并将球打进。拉扯和飞铲也无法阻挡他前进的步伐！

由此我和小伙伴们得出一个结论，如果撕扯和飞踹都不能阻止一个人进球的话，那这人一定是个超级球星。后来我们在巅峰时的罗纳尔多和梅西身上都看到过这一幕。

到了意大利之夏，马拉多纳正如日中天，对手已经不再把他当作正常的对手，4年的时间也挥霍掉了马拉多纳的些许才华，他已经不是1986年的迭戈了。在那届世界杯上，我们看到的是马拉多纳不停地拿球，被放倒，再拿球，再被放倒，阿根廷跌跌撞撞杀入决赛，最终倒在了马特乌斯领衔的德国队脚下，那届世界杯属于德国和马特乌斯！尽管如此，马拉多纳还是奉献了精彩的世纪助攻：对阵巴西时，马拉多纳先在中圈拿球，利用盘带突破晃过三名巴西队球员后突破到对方半场，在倒地之前用一脚传球击败了最后的三个巴西后卫，将球传给了风之子卡尼吉亚，卡尼吉亚接球后晃过门将把球打入空门，强大的巴西队被淘汰出局。

至此，马拉多纳的巅峰已过，1994年世界杯属于谢幕之旅。

不过马拉多纳永不独行，也不缺乏对手，那是一个球星辈出的年代，荷兰有三剑客——范·巴斯滕、古力特和里杰卡尔德，德国有三驾马车——马特乌斯、克林斯曼和布雷默，意大利有忧郁王子——巴乔和清道夫——巴雷西，巴西有罗马里奥和贝贝托，法国有坎通纳……每个足球强国都大师云集。

等这一茬势头稍稍减弱，马上又一批巨星像雨后春笋一样涌现出来，巴西的罗纳尔多、里瓦尔多和罗纳尔迪尼奥，英格兰的欧文和贝克汉姆，西班牙的劳尔、瓜迪奥拉和莫伦特斯，意大利的皮耶罗、维耶里、马尔蒂尼和托蒂，荷兰的博格坎普和范尼斯特鲁伊，阿根廷的巴蒂斯图塔和里克尔梅，法国的齐达内和亨利，葡萄牙的菲戈和鲁伊科斯塔，等等，那个时代看世界杯简直是一种致命的幸福，想想都能笑出声来，随便哪个强队都能找到你喜欢的球星，你看着他们在球场上左冲右突，笑傲江湖，有新星崛起，有英雄落寞，让人欢喜让人忧伤，在世界杯期间你的命运仿佛和这些球星和球队紧紧地联系在了一起……

时光就像是深水河下的流沙，冷酷而无声无息。世界杯在每隔4年的夏天，依约而来，为所有喜欢足球的人打上一个盛大的烙印，然后悄然离去。慢慢的，比我年龄大的那一批大师渐渐远去。哦，不要紧的，和我同龄的一批大师已经崛起，我可以喝着冰啤继续欣赏他们的绝世脚法。慢慢地，和我同龄的巨星也渐行渐远。哦，不要紧的，比我小的一批巨星已经崛起，我可以喝着冰啤继续欣赏他们的绝世脚法。慢慢地，罗纳尔多退役了，巴蒂也退役了，劳尔也退役了，连1998年的追风少年金童欧文也退役了。今年是2014年，最后一位古典主义大师皮尔洛的演出也落下了帷幕。现在，除了梅西、C罗、罗本，我们还能看谁？

当年的世界足球先生和欧洲足球先生的竞争多激烈啊，最近这些年，除了梅西和C罗，我们再也听不到其他的声音，现在的世界杯，已经不再是我们的世界杯了，它们属于苏牙，属于竞猜，属于天台和从天台上下坠的人民……

我从来不是某个国家队或俱乐部队的拥趸，无论你多么喜欢一个俱乐部，当那个球队的灵魂不再存在的时候，你还会看一群陌生人踢球吗？是的，其实我是个伪球迷！

大师总是扎堆儿来扎堆儿走，我非常庆幸在喜欢足球的日子里有那么多足球大师陪伴着我，给了我那么多欢乐和忧伤。无论是名满天下的宗师，还是退隐江湖的高手，祝好！老兵不死，他们只是慢慢凋零！

自省

101

专访：谈技术、成长及锤子

提问：您觉得技术员是可以一直做技术，还是说管理才是出路？

池建强：技术和管理都是很好的选择。对于程序员来说，要看个人的兴趣和天分。大部分程序员因为性格的原因，喜欢做技术，喜欢与计算机打交道，而恰好又能把技术做好、做深，当然可以一直做技术。比如淘宝的多隆。

如果你喜欢技术的同时，又有很好的视野、格局和情商，当然可以选择涉足其他领域，比如咨询、布道、团队管理、产品设计等。另外，在技术领域遇到瓶颈，也可在其他方面寻求突破，比如微信公众号"二爷鉴书"的作者邱岳，以前也是个程序员，后来转作产品经理了，现在也在丁香园做得风生水起不是？据说他还偷偷修改程序员的代码……

如果你在技术或管理方面都很平庸，又缺乏一点勤奋，那么转哪个领域都没什么前途。最怕的是，学了三年编程，就天天想着去转这个转那个的，太浮躁。

关于 CTO，一个纯粹做技术的人，是做不了 CTO 的。CTO 要承担更多的角色，要有很大的格局和很好的前瞻性。

提问：在 90 后渐渐冒头的今天，您会怎么跟 90 后这代人解释"但行好事，莫问前程"这句话的含义？

池建强：我是在年龄大了之后才有这种感悟的，所以也很难和年轻人解释，据说彪悍的人生不需要解释（笑）。

做一件事情不再单纯是为了挣钱，而是想表达和创造，我觉得是一种很好的状态。在这种状态里，你做出的选择更偏向于事，而不是急功近利的念头。我觉得现在的 80 后压力比较大，90 后呢，相对好一些吧，压力大的时候做事就容易变形。

不是说大家不去追求前程和钱程，而是要有所平衡。

提问：您跟冯大辉先生是很好的朋友，冯大辉先生现在做的事对老百姓有很大的益处，其动机也很让人尊敬。像他这样的，是不是就是您说的"但行好事，莫问前程"的例子？

池建强：对，大辉做的事情我是很佩服的。他从支付宝出来选择了丁香园，如果纯粹为了赚钱，我相信他会有更多选择。但丁香园是一个他愿意投入精力和时间去做的事业，非常好。关于冯老师，我写过一篇《小道行天下》，有兴趣的读者可以去找来看看。

当然，我们也要注意到，冯老师在做丁香园的时候，生活压力已经没那么大了，所以他能更关注在做事上。我们经常宣扬苦难是一种财富，苦难是生活最好的老师，其实挺扯淡的，很多人能够心无旁骛地做事，都是因为生活压力得到了缓解，或者没什么生存压力了。所以要做到"但行好事，莫问前程"是不容易的。

关于创业，我个人以为，年轻人在牵绊很少的时候，比如20 ~ 30岁，更容易去创业和拼搏，因为没什么可以失去的，除了时间。30岁以后结婚、生子、车子、房子的压力都来了，反而没那么容易。到40岁之后，各方面比较稳定了，压力也没那么大了，也是创业的好时机。

提问：您在锤子科技云平台负责的研发团队是怎样的一群人？和您之前的预期是否有什么不同？在锤子公司工作是一种怎样的体验？

池建强：我之前的行业是传统企业软件，跟我个人的定位是不太符合的。我最早做互联网，后来是企业软件，现在又回到了互联网行业，对这个过程我很满意。

锤子科技是我一直比较关注的一家公司，进入这家公司之后，我发现和我想象的没有很大的差距，锤子和老罗并没有外界想象的那么美，也没传说中那么差，一切都很真实，我们只是在坚持做一些正确的、有品味的事情，这些正确和品味，却被很多人当作情怀。我加盟锤子，也算机缘巧合，老罗找到我，于是我就加入了。

我现在负责一个比较大的团队，在做很多有趣的事情，后续我会为这个团队写一些文章。团队的人做事很讲究效率，有紧迫感。遇到紧急任务大家会主动申请加班，因为我们的加班是要被批准才可以的。在这个相对比较"干净"的环境里工作，每个人都有那么一点小小的自豪感。我们在做一个商业决定时，会考虑很多其他公司不会考虑或不愿考虑的东西。

加入锤子，我并没有太大的惊喜，因为跟我想象的差不多，一个正常的公司，做事，并力图追求卓越，挺好的。

提问：有用户提到锤子便签、时钟等产品的体验和使用很赞，锤子科技云平台在用户体验方面，您认为有哪些别致之处？接下来会着重进行哪一块的改进或有什么其他的更新？

池建强：用户体验是我们最为重视的部分，因为老罗是公司最大的产品经理。我们有很多一流的产品经理、设计师和工程师，每个人都会想出一些优秀的、酷的功能，这就会需要我们花费很大的代价去实现这些创意。

我们的产品在设计和实现上的差别是像素级的，设计出来的 UI，含着眼泪也要实现，而且一个像素都不能错。比如更换系统主题、屏幕切换、购物商城、云便签等，你可以看一下，很多细节我们花了大量的时间和功夫，很多的功能效果要经历成千上万次的调试。锤子的 Smartisan OS 和其他的 Android 系统是不一样的，很不一样，我不会说我们的系统更好，不过你可以自己感受一下，包括我们的便签、时钟、日历、云同步等产品。现在锤子便签已经推出了 Web 版，有兴趣的读者可以尝试一下，我们要做出世界级的便签和轻量级的笔记应用。

关于 ROM 和云平台，我们还规划了很多有趣和好玩的东西，有些东西已经在实现了，不过这些成果，还是让老罗去发布会讲吧。

提问：您的 MacTalk 很受程序员喜爱，您是怎么写好这个公众号的？

池建强：最开始做 MacTalk 就是一个很纯粹的想法，教大家一些 Mac 使用和开发方面的技术技巧，后来越写越多，欲罢不能，就成了现在的样子。我本人比较喜欢写东西，博客时代写东西和公众号时代写东西的风格差异很大，博客时代程序员都写技术文章，现在我更多地把自己想象成一个专栏作家，技术内容反而越写越少了。

我自己写东西不大会去追逐热点，今天死刑、明天专车、后天离婚等，写那些东西可能会吸引读者的眼球，但对我来说有什么价值呢？我不会去迎合读者，自己觉得该写什么就写什么了，想表达什么就表达什么，我尽量做到有价值，有趣，偶尔有力量。当然，有时候会做一些数据实验啊什么的，其实运营微信公众号就像创业一样，有很多有意思的事情。

关于我的文章内容，能理解有收获的，您就读读。理解不了的，觉得没用的，取消关注也行。

提问：Docker、Spark 等面向大数据和云计算的新兴技术很火爆，它们也在云企业里开始应用。我个人觉得 Spark 和 Docker 会是很有用武之地的组合，我想学习 Spark，是否可以建议下学习路线和应用方向？

池建强：Docker、Spark 都是开源的技术，我自己也很看好，我们也在用。学习这些技术其实没什么捷径，由于是开源技术，网络上可以找到大量的学习资料，去学就好了。搭建环境，根据文档做出自己的第一个应用，然后尝试把学到的东西应用到实际环境中去，解决实际问题。如果你想在这些领域有更深入的了解，就需要去理解这些技术的根本和实现机制。

Docker 主要是 Go 语言写的，所以你最好能了解一下 Go 语言，读读 Docker 的源码。InfoQ 上有个专栏是讲 Docker 源代码分析的，就是个很好的指南。Spark 主要是用 Scala 实现的，支持 Scala、Java、Python 和 R 语言，那这些语言你是不是要去了解一下呢？技术的路上，衍生学习，学无止境！

提问：锤子以后会做智能硬件吗？

池建强：目前我们仍会以手机为主，但已经有专门的团队在做其他领域的研究和实践了，具体内容不方便透露。

提问：结合 Python、Java 的优缺点，个人觉得 Java 在大数据处理方面大有用武之地，这会让 Java 迎来新的春天和流行吗？

池建强：Python 和 Java 都是面向对象的编程语言，前者是动态解释型语言，后者是静态编译型语言，关于这两门语言的特点和介绍，可以写一本书。

Java 会迎来新的春天和流行吗？我觉得 Java 一直在春天里啊，Java 在 20 年来每个浪潮的转折点都恰到好处地站在了风口浪尖，直至今天。最早互联网出现以后，Java 有了 Applet 技术，然后就迎来了企业级开发的大潮，JavaEE 横扫天下，等到移动互联网时代，Android 又出来了，大批的 Java 程序员又站到了移动互联网的潮头。

作为一个工业编程语言，Java 的语法进步一直比较缓慢，但 Java 平台的生态非常好，Scala、Clojure、Groovy 都是 Java 平台的衍生语言，生命力旺盛。在大数据时代，与其他语言和平台比起来，也豪不逊色。

提问：Python、Android、PHP、Java、Web 看了一大堆，也动手实践了一些，但是还是感觉什么都不会，怎样才能让自己感觉有点进步呢？

池建强：这个得看你的状态，你是在学习中工作，还是在工作中学习。

如果是比较纯粹的学习，你最好选一门语言和平台深入钻研，这个领域会衍生出很多其他技术，足够你学习的，学完之后要实践，比如写个 App 或博客系统等，才会有更多收获。每个语言都有自己的生态圈，要融入这个生态圈里。如果你是工作状态，除了把工作中用到的技术掌握好，还应该学习其他的语言和平台，一个程序员至少要掌握两门以上的编程语言，才能相互印证，融会贯通。

为什么学了好久都觉得没进步呢？第一可能没那么久，第二可能你学的东西太多了。在编程领域，没有几年持续的专注学习和实践是不可能"感到自己有点进步"的。

提问：你怎么看待基于 HTML5 号称跨平台的 App 和目前类似 APICloud 这类的 HTML5 App 速成框架（或平台）在移动开发中的未来？

池建强：现在更多是混合开发吧，Native 技术和 HTML5 技术结合使用。微信中有很多技术就是基于 HTML5 做的。我认为短期内 HTML5 不可能完全取代 Native 技术。

提问：锤子科技是否有计划发布 OS X 平台上的同步管理软件？

池建强：我们会做好几款 Mac 软件，但具体做什么，还是等发布了再说吧。

提问：您认为什么是"极客"？（作为 MacTalk 的忠实读者，我沿着印象在搜狗里找到了你曾写过的一句话："这些就是我记忆中的苹果工程师沃兹，传奇极客。"我觉得极客是想并践行着"write the code，change the world"的一群人，但还是想请您谈谈，什么是极客。）

池建强：极客一般指那些智力超群，不善交际，但是对计算机技术和互联网充满热爱的人，他们愿意投入大量时间去钻研技术、编写代码，他们崇尚自由、热爱科技、支持开源，相信技术可以改变世界，在科技领域或有重大的发明，比如沃兹、Linus 等。

早期的"黑客"和"极客"表达的意思差不多，他们追逐绝对自由，蔑视权贵，他们会攻破一个封闭的软件系统，但是不做任何破坏。酷、特立独行和科技感是极客的特点。

极客是从国外传过来的一个词：Geek。他们的科技环境允许自己做更多喜欢的事情。沃兹在 20 世纪 70 年代就能接触大量的科技资讯，并开始设计电脑，做自己喜爱的东西。我是个 70 后，到 20 世纪 80 年代还没见过计算机。中国有没有早期的极客我不敢说，但是现在中国有很多厉害的黑客，哈哈。

提问：请池老师谈论一下老罗吧？

池建强：谈论老板合适吗？要是谈论霍泰稳就爽了，比如他把老员工带出国去浪，却让新员工在闷热的办公室努力工作，这样真的好吗？

有时候，老罗对细节的追求是不计代价的，这让我们很崩溃。另外，他太忙了，我很多时候都找不着他。老板太忙，说明我们办事不力呀。（老罗脾气不大好，这一条发布时请剪掉！）

谈论老罗可以写一本书，不过现在还不是时候……

提问：老师您现阶段的工作告一段落后，以后想做的事是？

池建强：我不知道现在年轻人怎么想的，我年轻的时候就想，干到 40 岁我就退休，去享受生活，去做自己喜欢做的事情。但真的到了 40 岁，你会发现，真正喜欢的事，愿意长久去做的事，还是工作，我想我会工作到70 岁吧。

比如你，如果你有了一个亿，你就会想，我为什么要在这个闷热的屋子里录这个节目呢？等到你真的有了一个亿，可能工作的欲望会更强烈，只不过做事的层面不同了。

当然，我可不是工作狂，我挺喜欢的一种生活是：有一天，我们把锤子做得很成功了，我就去过一段旅居的生活，世界各地地跑，每个地方住半年，然后写写东西，跟读者交流交流。我不大喜欢到处走的那种旅行，我喜欢在一个地方待着。就像日本作家村上春树，他从 30 岁开始写小说，一直到现在还在写各种东西，满世界地写，非常值得尊敬。

提问：老师怎么看待 90 后？

池建强：最大的 90 后今年也 25 岁了，各个公司里的 90 后开始多起来，但世界还是属于 70 后和 80 后的，我们公司的开发大部分都是 80 后，少量优秀的 90 后开始充当主力。

我觉得 90 后是正常的一代，无比正常。他们在一个相对开放、宽松和充满科技感的时代里成长，比我们当时的视野好得多。可能有些人会看不惯下一代，我不这样，我觉得挺好，尤其是 90 后的程序员，踏实，有进取心，充满才华。

老罗说："虽然科技行业史无前例地涌现出了很多年轻的、了不起的人物，但整体上，这个世界的真正主人，永远是 40 岁以上的男性。我只是陈述事实，并没有为此感到高兴，坦率地讲，仅从这一点来说，我对这个世界是相当失望的。"

我也是。

提问：最后，请您给读者朋友们一些人生寄语吧？

池建强：但求好事，莫问前程！

不管做什么，从年轻的时候，你就要对你做的事情有深入的了解，不肤浅，不浮躁，坚持去做一件事情，同时有意识地去提升自己的能力。

每个人都知道运动和良好的饮食可以保持健康和身材，但少有人做到；每个人都知道坚持、练习和恰当的方法可以让我们脱颖而出，出类拔萃，但少有人做到。世界上优秀的人本来就是少数，认识到这一点，你会更容易理解这个世界。

北京之北

今天的文章写给在北京北部奋斗的兄弟姐妹们。

第一次认识到北京的辽阔是在 1996 年，那年的夏天很热，一如今夏。暑假里，我从老家来到北京找假期留校（北科大）的表弟玩耍。一出西站，浑身就被热浪席卷，感觉非常不适。北京的海拔比老家低 500 米左右，在家乡习惯了天高气爽、坡上牛羊，来了北京处处不适应。作为一个汗人，从西站长途跋涉到军事博物馆地铁口，已经汗透重衣，上了地铁，晃悠了近一个小时，终于到了西直门，找了一辆公交车，继续向北。

那时的北京还时不时刮一场沙尘暴；那时的雾是一种美好的东西，起雾的时候大家会深呼吸，唱北京有最清新氧气；那时的三环刚刚全线通车两年，四环还躺在规划局的图纸上。我和公交车师傅一起，一路向北，穿过三环，穿过虚拟的四环，走在坑坑洼洼的柏油马路上，由于年久失修，马路被磨损得不成样子，马路两旁是稀稀拉拉的杨树，越走越是荒凉。看着公交车上的人越来越少，我问司机："师傅，这还是北京吗？"师傅说："北京大着呢！"又走了一段还没到，我又问："师傅，这还是北京？"师傅说："悟空，你也太心急了，刚走了一半呢。"于是我不敢再问了，虽然他不会念紧箍咒，万一不开心把车开到荒郊野外也不好啊。其实我的担心是多余的，那时已经在荒郊野外了。

终于看到了北科大的校门，瘦小的表弟正在门口等着接我。我说你们学校怎么在荒郊野外啊，校门也这么破。他说，还行吧。第二天，表弟找了两辆破自行车，扔给我一辆，说："走，咱们去找林研所的表哥玩（我们还有个博士表哥在林业研究所）。"于是我们上了车，再次向北向西。我说："要骑多久？"表弟说："怎么也得一个小时吧……"我听了差点从车上掉下来，骑那么长时间真的不会骑到铁岭吗？真的不会，我们穿过了虚拟的万泉河快速路和五环，到了香山脚下，也到了林研所。

从此，我知道了北京是个"大"城市，我也开始在北京之北兜兜转转……

最初，我在北京工作和生活是以五道口为中心的，后来听说这里成了"宇宙的中心"。我当时住在五道口东升乡的三层楼里，对面是破旧的清华东门和一片开阔地，我们常常中午去那里踢足球。左侧是虚拟的清华科技园，那时是一片低矮的厂房。2002 年的时候，马路对面的华清嘉园已经建起来了，一平方米要五六千元，这个价格对我们这些外地人来说是天价，我们纷纷跑到上地买房。后来听说华清嘉园的房子居然涨到一平方米 10 万元了。就在那个"10 万"的时间点，有人写下了这些文字：

早晨，我站在 36 层房子的阳台上，为自己倒了一杯 37℃的 Water。我轻轻吹干浮在上面的水垢，望向窗外。虽然雾霾满天，但闭上眼，就能感知不远处的最高学府，当年差 300 分没有考上的大学，如今做了我的邻居。

楼下是忙碌的上班族，他们像蚂蚁一样在地铁和公交车上滚来滚去。我愉悦地聆听，看脚下卑微生命的喘息。

这里是五道口——宇宙的中心。

我没有过上这样的生活，因为没有买华清嘉园的房子。

后来虽然工作变迁，未立业而成家，但是基本都在北京之北晃悠。北京的经济、科技和环境伴随着房价火箭般的速度一同发展，有的变好了，有的更糟了。互联网大潮席卷全球，中国大好的 IT 儿女，纷纷投身到北京之北，各大科技公司、软件公司、互联网公司纷纷入驻清华科技园、中关村软件园……真是纷纷又纷纷啊，可以说北京之北汇聚了中国最多的 IT 从业人员。

终于，到了 2007 年，用友集团北京的所有分公司、子公司全部入驻新建的"用友软件园"，软件园的位置在北京最北，永丰基地，也就是出了五环，到了上地，再往西往北 10 公里就到了。在那边开车，一不留神就能开到六环外边去。我的公司其时还属于用友集团，所以一同搬迁到了永丰。这个决定让很多人的生活更好了，有些人的生活变糟了，我属于前者。虽然 2007 年的永丰基本上属于鸟不拉屎、猫狗都嫌的地界儿，但是车少、树多、路好，自然环境极佳，离我家也近，每天车程不到半小时。

2007 年到 2009 年那段时间，上下班是最开心的，宽阔的北清路畅通无阻，西山清晰可见，早晨的朝阳和傍晚的落日让人心醉，恍惚间，我会产生一种在北美的某个小镇上班的感觉。可惜，现在的永丰已经车水马龙，人声鼎沸，各大公司再次向北进驻永丰，原来静谧平和的日子已经一去不复返了。

用友软件园内的环境非常优美，工作和生活所需一应俱全，有时候我觉得，自己在这个园子里工作了这么久，一部分原因就是喜欢这儿的楼宇和草坪吧。以前有很多读者让我介绍一下自己的工作环境，这次就一并说了。

虽然用友目前有点儿颓，但这儿依然是一个奋斗的园子，几千人在此写下的代码，支撑了成千上万家企业的运营。

这是我在北京工作最北的地方了②，未来会怎样，没有人知道，也许我会继续北上，回家乡编程和写作也未可知。无论如何，我要祝福这些在北京之北创造了各种奇迹的中年、青年和少年，希望他们在敲打键盘编写代码的同时，能够买得起房，买得到车，看得起病，读得起书，养得起娃，互联网的世界因为他们而精彩，他们值得拥有更加美好的生活！

---

② 2015 年年初，我离开了用友软件园，加入了锤子科技。

希望可能意味着一切

注：希望是好事，但仅仅有希望是不够的。

答读者问。

尊敬的池老师，您好！

我是您 MacTalk 的忠实读者，一直在读您的微信公众账号，不过没买您的书（能解释一下这是为什么吗？）

说说我自己的情况吧。2007 年二本毕业，之后人生方向混乱，基本是被家庭左右，尤其是母亲，无论如何都要我回这个北方小城市。刚毕业时南下广东做过销售研发广告（做研发时做了个投资，积蓄打了水漂），2010 年来到北京打工半年，很快家里人觉得我什么也没做出来工资又低，被迫回到老家，在事业单位混（我并不想混，也在努力改变现状，可能是我内心不够强大，并未改变很多事，都是领导说了算）。

2012 年年底我开始自学 OC，也是我的第一门编程语言，我的智商 120，但学这个感觉吃力。2013 年和网上几个人一起搞了个工作室，虽然做了一些东西，但是前景似乎并不好，我们几个人里也没有能独立写网站的。当时有了自己做个本地应用的想法，于是 2014 年 3 月，上线了一款移动 App，之后发现自己不满意，改了一版 UI，10 月准备上第二个大改的版本。2014 年 6 月，学 Swift，准备用 Swift 重写 App。2014 年 8 月，学 Python，准备做点科研相关的数据统计，另外听说 Python 写网页也不错，动了一点心思，想学学。昨天上 CocoaChina 看招聘信息，很想去试试，但均有精通 C/C++ 和熟悉网络相关的要求，自己能力似乎又不到。学又不知道学些什么。年龄大了，似乎安全感越来越少，本来就不安分，现在就想做点什么学点什么。

说说自己的感受。

1. 在这个世界上房子是国家的、车是国家的，只有思想和做事留下的名字是自己的；

2. 追梦可能是衣食无忧或者一无所有的人才有条件去做的，我这样半吊子混的，只能在有限的小空间追自己的梦。

两个具体的问题如下。

1. 我想做个好程序员，以现在的情况看，我是否只学 Swift 就够了？
2. 对该学些什么比较迷茫，请池老师指点。

希望池老师能给一些建议，也希望池老师放到微信上，给更多网友一些建议，少走些弯路吧。我今年 30 岁了，微信上我作别人的倾听者，在这里写下自己的一部分人生，不知元编程是否已开始……

我的 2126

写于 2014 年 8 月 23 日

我的 2126，你好！

读完你的邮件以后，我陷入了短暂的混乱时期，等恢复过来之后，我花了 20 分钟帮你把这份邮件的内容重新梳理并试图做到：

1. 正确还原你的意图；
2. 让 MacTalk 的读者能够正确理解你的意图。当然，想想这封邮件是你在 iPad 上敲出来的，我对自己花费的这点工夫也就没什么怨言了。

看到你写的内容，不知道为什么，我突然就想到了 20 年前的那部电影《肖申克的救赎》。我第一次看这部电影的时候，电影的名字叫做《刺激1995》，以后每隔几年就要重温一遍，这部伟大的电影曾经激励过几代年轻人，我非常清晰地记得在安迪越狱前的那个黄昏里，他和牢里的老朋友瑞德的对话：

安迪：你有可能假释吗？
瑞德：我？有啊！要等我老得神志不清才行，我出狱后没什么地方去。
安迪：我跟你说我要去哪儿，芝华塔尼欧。
瑞德：什么？
安迪：芝华塔尼欧，在墨西哥，太平洋边上的一个小地方。知道墨西哥人怎样说太平洋的吗？

瑞德：不知道。

安迪：没有回忆的海洋！我要在那度此余生。没有回忆，只有温暖的阳光，在海边开个小旅馆，买条破船，修葺一新，载客出海，包船海钓。

瑞德：芝华塔尼欧？

安迪：你在那地方也大有可为。

瑞德：我在外头吃不开的，我一生都耗在肖申克，我已体制化了，就像老布。

安迪：你别小看自己。

瑞德：我不这么认为，我在牢里让你有求必应，一出社会电话簿里样样有，但我连查都不会查，太平洋？狗屁，大的我心都毛了。

安迪：我不会，我没有杀我的妻子，也没有杀她的情人。我犯的错已偿清，一间旅馆，一叶扁舟，这种要求并不过分。

瑞德：你不该有此妄想，完全痴人说梦，墨西哥和这儿是天南地北。

安迪：话是没错，远在天涯海角。不过人总得去做选择，要么忙着去活，要么赶着去死（Get busy living，or get busy dying）。

那个长夜时间慢得如同刀割，斗转星移，黎明重现，安迪已然逃出生天，奔向太平洋边上的芝华塔尼欧。为了这一个夜晚，安迪用了整整 20 年的时间挖了通往自由的地道，伪造了自己越狱后的身份，并在最后爬过了500 码充满恶臭的下水道，重获后半生的自由！瑞德假释后，根据安迪的提示找到石墙下那块黑色的火山玻璃，下面压着安迪写给瑞德的信：记住瑞德，希望是个美好的东西，或许是人间至美，而美好的事情永不消逝。然后两个老家伙开始幸福地生活在一起……

如今 20 年过去了，我依然能够记得这个故事，它告诉我的是，希望可能意味着一切（Hope is everything），但仅仅有希望是不够的。

扯了半天电影，估计少量 80 后和部分 90 后已经去找片源了，留下来的继续往下看。我们重新回到读者"我的 2126"的问题上，你在经历了各种看起来非常混乱、实际上也很混乱的工作和学习之后，依然保持了"追梦"的心态，并且能够把这些经历写出来发给我并让我作为公开信发到微信平台上，还是让我非常钦佩的。换了我，估计就做不到这一点。有梦想就有希望，而希望是人间至美。

从邮件中看得出来，你的迷茫来自于对环境的不满和自身能力的缺失，但这两点恰恰都是你自己造成的。每个人大学毕业之后就该主宰自己的生活道路，一个成年人如果还纠结家庭和母亲的阻力，至少证明了一点，那就是你还不想那么独立自主。无论是在外闯荡风雨飘摇，还是回归老家安稳度日，选择了，就是你自己的选择，抱怨是没有意义的，因为你失去的是自己的时光和生活。

当然，不断的选择和尝试并没有错，你可以去创业、打工、跳槽，每次选择都代表了你的眼光和判断，这个谁也管不着，很多时候运气的成分更大一些。但是，这期间唯一不能停止的，就是提升自己的能力。你可以想一下，自己在某个领域深入学习的最长时间是多久？无论是研发、产品、销售还是编程语言，很多年过去了，如果缺乏积累的话，就只能喟叹自己能力的匮乏。

关于学习方法，我已经谈过很多了，还是直接回答你最后的两个问题吧。

1. 想作一个优秀的程序员，只学 Swift 显然是不够的。在现在的 IT 行业，单一编程语言几乎干不成任何事，但是这并不妨碍我们从单一语言开始学习。如果你认定自己以后 5 年都要扎根在移动互联网领域，那就从 OC 和 Swift 开始，拿出一两年的时间来精耕细作，由表及里，理解技术的大部分细节，并开发出自己的产品。两年的时间并不长，你想想从毕业到现在多少个年头已经倏忽而过了。在这个过程里，你会发现自己还需要 HTML 和 JavaScript 的知识，还需要数据库知识，还需要服务器端开发的知识，由点及面，逢山开路，遇水搭桥，经年以后，你会发现妈妈再也不用担心你的能力了，一路上也许还会碰到意外的惊喜。

2. 回答完第一个问题后，发现第二个问题也回答了，很显然，你的元编程已经开始……

记住，有的鸟儿注定是无法被困住的，因为它们的羽翼是如此的流光溢彩。当它们飞走时，我们只能由衷地祝愿它们获得了自由和更广阔的天空。

所以，埋怨环境是没有用的，要成为那样的飞鸟！共勉。

你是牛儿我是渣

你是牛儿我是渣，到底是渣还是沙，风风火火闯天涯。答读者问。

池老师，你好！

深夜打扰，是有一事相问。

我大学花了很多时间在学生会，学习一般，后来去了一个培训机构学习编程，我的专业是电子，后来我在那个机构留下来当老师。现在已经一年多了，一直在这个机构教嵌入式平台驱动课程。一开始的时候非常有热情，但慢慢地我感觉自己写程序的天赋一般，虽然我对这个行业有点热爱，上班不觉得痛苦，但始终做不到狂热专注的状态。比如说晚上就不愿意看代码了，喜欢看其他方面的书。

我对自己一直很怀疑，没有太多的自信。老大交来一个任务，总是担心完成不了。我想请问，你学习编程的也会有这种不自信吗？有时候觉得自己很喜欢编程，有时候又觉得对这个兴趣一般。

在学生会做事情时，始终相信自己能比别人做得更好，但是在编程上却做不到。虽然很努力去学习，课程也上得不错，但总觉得距离一个优秀的程序员还很远，特别是微博上看到一些大神的讨论，觉得自己是一个渣渣。现在有一个师兄创业，请我加入，当然也是普通的员工而已，做的事情或许是我擅长的。

但我对这个行业始终有点不舍，不知道通过努力能否成为优秀的工程师呢？我应该怎样选择？

Mr·明智 10 月 24 日，凌晨

Mr·明智，你好！

虽然你看不到这篇文章，但还是很感谢你的问题，你让我今天有了写一点东西的冲动。另外，我也很佩服你的坚持和毅力，很想知道在常年收不到 MacTalk 的推送文章的时候还坚持关注这个账号，你是怎么做到的？

我能理解你的困惑，在信息化和互联网主导的这个世界里，新鲜出炉的毕业生或职场新兵实在是有太多的选择，时机、市场、空间、薪水、兴趣、创业、打工，一个选择涉及的因素方方面面，五花八门。有时候选择多得会让人忘记初心，忘记为什么要选择。我们这一代人毕业的时候选择就少一些，我当时看到自己最好的选择就是去北京顺义郊区的一个厂子里擦散热器和测试电路板，然后，时光荏苒，我就四十而立了。

前几天另一位读者拿到了两个 Offer，也在问我类似的选择问题。To A 还是 To B，似乎是个问题，在我来看，都不是问题，因为这两个选择都太好了，都是互联网一线公司，一个是去做最赚钱的游戏，另一个是去做最有前景的互联网金融，哪个选择都是对的。但刚毕业的小同学却迷茫了，因为要考虑 A 公司的势头、B 公司的风投、游戏的前景、支付的未来……哪个选择看起来都是错的，或都是对的，因为我们无法预知未来。如果现在让我重新去选择生活，那么 10 年前我已经挣得了人生的第一桶金了，目前正在阿尔卑斯山山腰的小木屋里抽雪茄、品红酒、写文章，而不是依旧拿着空桶在雾都北京转悠，编代码，写文章，去奥森跑步……

回到你的问题上来，你面临的选择是要么留下继续从事编程相关的工作，要么去参与师兄的创业公司，因为"那里的工作或许是你擅长的"。

关于职场初期的选择，我的个人建议是：要么看薪水，要么凭兴趣，然后在漫长的职场生涯中把二者合二为一：干着自己喜欢的工作，顺手把钱挣了。很少人能够在开始工作时就把这二者完美地结合起来，即使有，可能也不是你我。所以当前的选择并不重要，重要的是选择以后的努力与方向。

另外，你对编程这个行业恋恋不舍，却又担心自己的天赋一般，所以才迷惑，不自信和矛盾重重。而在我看来，你的努力程度根本不足以证明自己在编程这个领域天赋平平。每个人的天赋其实就是我在《高晓松——恋恋风尘》一文里写道的"百分之一的基因"。在每个人的心里，有百分之一的地方是不长粮食只长花儿的，那块田地，不长玉米，不长土豆，不长白薯和小麦，但是只要有花粉落在上面，就会长出鲜花和雨露。但是，如果你想找到这块"百分之一"的田地，就需要付出百分之百的努力。

你看到的那些技术大神们在网路上从容不迫侃侃而谈，是因为他们在背后付出了超出常人的努力。我的老朋友冯大辉老师曾经给我讲过一个故事，当年他在支付宝时工作强度非常大，一到系统上线或数据迁移就更加疲惫不堪，常常熬了一个通宵，早晨 5 点钟刚刚爬上床去睡觉，7 点多又被电话叫醒，等他赶到公司的时候，发现另一个牛人程立根本就没睡觉，人家还在那神采奕奕地编码呢。看到这个场景冯老师感慨万千，原来牛人不仅技术好，天赋高，比你勤奋，还不用睡觉。那时冯老师就暗暗许下誓言，一定要在另一个领域闯出一番事业……8 年以后，"小道先生"名动江湖。

通往肥胖的道路上往往是一马平川，而瘦人之旅却是艰险崎岖，就是这样。

人的一辈子活满了，最多也就 3 万多天，我们不可能从开始就知道结局，也不可能像朝阳升起和夕阳西下那样精准地规划自己的每一天，未知才是最美好的，所以，最初的选择可能没有想象的重要，在路上，才是最重要的。

你是牛儿我是渣，到底是渣还是沙，风风火火闯天涯。

祝好，希望你在某个网站能看到这篇文章。

池建强 @MacTalk 2014 年 10 月 27 日，晚

我在大学里学到的几件事

对于学生而言，每年的六七月都是一个特殊的季节，有的人考试，有的人毕业，很多人即将走上新的旅程。最近收到了不少大学生的回复，让我写一点关于大学的文字。我依稀记得在去年写过一篇我对大学生活的一点感悟，翻了出来细细阅读，发现还不算过时，简单修改之后，推荐给大家。

我觉得我可能在大学里学到了这些东西。

找到学习的方法

大学里会教你很多走出大学校门后再也不会用到的知识，这一点最为人诟病。但是以我的经验，总会有些知识在你日后的生活中发挥作用。关键是你无法判断哪些知识会在什么时间点发挥作用，所以精力足够的话，尽可能涉猎更多的领域，多学一点是一点。

例如，你上大学时，一心想做一个改变世界的程序员，于是，你清晨在煎饼果子的感慨里复习算法，深夜在方便面的唏嘘中编写程序，你在毕业之前已经是某个尖端领域的行家里手，结果毕业没多久你突然决定改行去做律师了……即便如此，你也可能在某次案件的资料搜集中用到了某些计算机编程知识。就是这样。

另外，大学更多的时候提供的是环境、资源和似乎无穷无尽的时间，你要通过不断的试错找到适合自己的学习方法，授人以鱼不如授之以渔。如果你在毕业的时候具备了快速学习新知识的技能，那么后续的道路上无论有多少艰难和坎坷，都不能阻止你迎接鲜花和掌声。

时间很重要，对于大部分人来说，大学几年是唯一一段可以肆意妄为的时期。你可以自由地支配自己的思想和行为，你可以不用舍弃什么或拥有什么，时光流淌，也在为你歌唱。走出校门之后，可能再也没有这么大块的时间让你用来学习和思考了，要珍惜。

学会忍耐

大学之前，我从来没有和家人以外的人长相厮守过，入学之后，你就要和6个素不相识的人挤在一间10平方米的屋子里过生活，你不得不学会与别人和平共处的能力，忍受别人的磨牙、梦话、各种气味和各种习惯。半夜惊醒，看到对面床上的兄弟在盘腿打坐，不要尖叫，翻个身继续睡觉。那时候的大学里，宿舍夏天没有空调，天气热到铁质的床栏开始发烫时，要能睡着，睡不着去水房接水把身体冲到冰凉，继续睡觉。要学会不早睡也能不迟到，学会在没有任何准备的情况下发言，学会别人抄自己作业的时候微微一笑，学会收敛自己，善待他人。

我的大学专业是机械电子工程，凡是电子和计算机相关的课程我都能学得很好，但机械就差强人意。我的每一张机械图纸都是通宵达旦完成的。当晚自习结束，已经完成绘图工作的同学们陆续离开教室的时候，我一边痛恨为什么要画这些一模一样的螺钉、螺母、螺纹和轴承，一边去买了方便面和水，用一晚上的时间去对付那些主视图、俯视图、左视图和断面图，各种粗实线、细实线、波浪线、双折线常常搞得我焦头烂额，我经常拿着改了好几版的图纸告诉老师，这是我能画出的最好作品了。老师摇摇头说，你画得还不够多。当时我的心都碎了。

在这个阶段，我学会了忍耐孤独和面对绝望。

天外有天

在大学里，你会遇见更高的山，见到更长的河，你会发现天外有天。无论你在高中的时候有多么优秀，大学里总有比你更优秀的。他们不但比你聪明，而且比你勤奋。当你早晨在睡梦里醒来时，对面的数学课代表已经去教室里上自习了。当你开始过四级的时候，人家已经过六级了。当你考了三次最终以62分的成绩冲破六级封锁线的时候，人家已经开始英语演讲了。你的围棋被杀到复盘，乒乓球打到崩盘，你在所有的优势项目里一败涂地。

这时候，要承认天外有天，并认识到人生是长跑，曙光在前方！

善待离别

人生自古伤离别，大学生活也是一样。尤其是毕业季，很多人哭得声嘶力竭，抱着桌子腿不肯走，或者抱着人腿不让走，仿佛一放手就是错。其实不必如此，大学生活只是人生的一段经历，一群人由于各不相同的目的走到了一起，相互扶持，带来欢乐和悲伤，走过了这一段之后，相忘于江湖就好。人的一生中能够不断与你发生交集的人就是有限的那几个，照顾好他们，然后不断向前。

我很早就认识到了这一点，所以毕业的时候不仅没有流泪，反而是高高兴兴地去上班了，因为又有了新的起点。当然，由于我那时比较幼稚，不懂得用若有所思和频频点头来掩饰自己的心情，被部分同学斥为白眼狼和冷血动物，每每想起常扼腕叹息，你们要注意这一点。

热爱运动

每一所大学都提供了丰富的体育项目供你选择，不要总是沉浸在宿舍、自习室和小树林里，认识到运动对你未来生活的重要性，选择自己喜欢的一项或几项并全身心投入其中。大学时，我疯狂地喜欢踢足球，常常在烈日当空的球场上来回奔跑，踢得灰头土脸，眼镜飞满天，但是身心愉悦。我喜欢的另两项运动是羽毛球和游泳，它们一直陪伴我到现在。

要知道，无论大学里的肚子如何平坦，腹肌如何分块，不热爱运动的话，它们迟早会隆起并合体。

大量阅读

老妈说我是个爱读书的孩子，因为我在初中和高中的时候已经把金庸和古龙的小说都读完了。后果就是大学时大家都在恶补这两门"专业课"时，我开始在图书馆阅读大量感兴趣的专业书籍、小说、史料、哲学和各种杂文。相对于专业书籍，人文类的书给我给了更大的帮助，它们让我站在历史的长河中看起落，在人类的文明中听潮汐，我开始思考"我是谁""从哪里来""到哪里去"这样的终极问题，虽然到现在也没想清楚，但是我知道了比学习某个技能更重要的事情，就是认知世界。人类所能想象到的所有美好和黑暗，都能从书里找到。

智者说：A reader lives a thousand lives before he dies. The man who never reads lives only one. 你想活一千次，还是只活一次，自己选吧。

好好谈一场恋爱

大学里的时间肆意流淌，你会产生一种"年华不老，青春永驻"的感觉，你会觉得校门之外会有无数俊男或美女在等着你，但残酷的现实会告诉你，这些都是错觉。大学里的女生才是最美好的，能够认识到这一点的男生，就去好好谈一场恋爱吧，请珍惜你的心动女生。

反正我们家大领导是我在大学的时候就挑好的，你们自己看着办。

追求卓越，不要追求完美

刚上大学的时候，常常想拥有完美，完美的比赛、完美的活动、完美的作业、完美的考试、完美的女友，后来发现，完美的东西都不长久，追求完美会让自己和他人都陷入尴尬的境地。事实上，我们基本上不可能把所有的部分都做得十分完美，最好的办法就是容忍或去掉那些不完美的部分，争取这一次把事情做对，下一次再把事情做好，下下次让事情变得卓越……

追求卓越，让事情变得更好，而不是追求完美。

毫无疑问，大多数时候，生活才是最好的老师，这位老师平时沉默寡言，只是在旁边看着你奔跑、跌倒、前行、转圈，偶尔在你懈怠或迷茫的时候站出来说一句："醒醒，该上路了"，或者让你去学点什么。这时候，你就该起身奔跑或去学点什么，而不是继续呼呼大睡。生活的召唤，永远是我们前进中最好的原动力。

大学生活也是一种生活，只不过是一种值得让你回味一生的特殊生活，如果你还在上大学，好好珍惜它。已经毕业的同学也不用伤感，你们还有MacTalk！

等待，并相信时间的力量

缅怀翻译家孙仲旭先生。关于翻译和抑郁症。

今天早上看到了一则令人震惊和不安的消息：翻译家孙仲旭在广州因抑郁症弃世而去，年仅 41 岁。

准确地说，孙仲旭先生是一位业余翻译家，他平时在某航运公司任职，业余时间从事文学翻译工作，已经出版的译作有 30 多本。如果你是一位热爱读书的中青年，我想你一定读过孙先生翻译的小说，虽然你可能没记住这个名字。不要紧，我们看看以下这份书单好了，你应该可以回忆起那些曾经带给你感动、颠覆和触碰心灵的瞬间：

◆ 《一九八四》（有电子版）
◆ 《一九八四·动物农场》（有电子版）
◆ 《麦田里的守望者》
◆ 《门萨的娼妓》
◆ 《小人物日记》
◆ 《梦想家彼得》
◆ 《有人喜欢冷冰冰》
◆ 《第三大道的这间酒馆》（有电子版）
◆ ……

由于平时读了很多国外的译作，自己也从事过翻译工作，懂得翻译的艰辛，所以对优秀的译者我总是充满好感和尊敬。这些翻译家或通晓两门或多门语言，或同样是优秀的写者，他们把世界上最好的作品通过自己的理解和认知，用准确、优美和简洁的文字呈现给另一个国家的民众，这是一件非常了不起的工作。有时候我觉得，翻译家对于世界文学的推动作用，丝毫不逊色于那些伟大的作家，他们不仅要理解那些作家和诗人内心深处想表达的东西，而且要把这些内容以本国人民最能够接受和理解的方式呈现出来。

有时候翻译家的译作，几乎可以形成一种新的文体。比如翻译家穆旦的译作《青铜骑士》：

在金光灿烂的天空，

当黑夜还来不及把帐幕拉上，

曙光却已一线接着一线，

让黑夜只停留半个钟点。

这些文字读来如同黄钟大吕，大音唏声。

当年，我读了王道乾先生翻译的《情人》之后，才知道了译文可以让异国的小说达到什么样的文字境界，他们几乎代表了当时中国最好的文学语言。傅雷、林少华、孙仲旭等，这些翻译家用自己的才能、技巧、永不休止的推敲功夫，把那些伟大写者的传世文字带给了中国读者，或漂亮，或雅致，或沉重。这些作家包括普希金、杜拉斯、罗曼·罗兰、村上春树、奥威尔等。

一个读了那么多书，翻译了那么多优秀作品的翻译家，能够和国外最伟大的作者进行心灵对话，最后竟然是因为抑郁症英年早逝，这真是让人感到沉痛之极。斯人已逝，庸人自扰，我们唯一能做的就是，记住他的名字，阅读他的作品。

另外，很多人对"业余"翻译家感到不解，这是因为在中国，专职的翻译工作是无法养家糊口的。一般情况下，出版社付给译者的酬劳是 60 元 / 千字（如有错误请纠正），这样算来，你呕心沥血耗费半年时间翻译了 50 万字，获得的酬劳是 3 万块钱，对于优秀的译者来说，这种投入和产出完全不成正比。不要说译者，就是很不错的畅销书作者，大部分也是兼职写作，除非每一本书的销售量都能到达几十万册，这样的作者在中国凤毛麟角。

现状如此，希望大家多读书，读好书，不要去买盗版书，无论是纸质的还是电子的。这样对出版社、作者、译者和读者，都百利而无一害。

最后说说抑郁症。我个人是个乐天派，即使在生活最艰难的时候，也会像"自如"说的那样，"过段时间就好了"。所以年轻的时候基本上没为什么事发愁抑郁。年龄渐增，性格里增加了更多理性的东西，可以让我更好地认知世界。所以一路走来，很难理解世界上为什么会有抑郁症的存在。但是我身边的亲人和朋友，的确出现过类似的症状，这让我对抑郁症患者有了多一些和深一些的了解和认知。

下面的文字是我一位曾经患过抑郁症的朋友写的，在保证文字本意的情况下我做了一些改动和调整，希望有帮助。

我想很多人都不知道抑郁症患者的世界是什么样子，人生下来就被教导要快乐，远离苦痛，所以，当看到身边的朋友郁郁寡欢，我们恨不得一下子就把他从那个状态里拉出来。世界如此美好，你怎么能抑郁呢？你就是想太多了！你应该去做点这个，你应该去做点那个，你应该这么想想！啊呀，就是太闲了！你就是不懂事！你出去散散心就好了！

对于这些处于情绪最低谷的人来说，耳边很容易充斥着这些好心人的劝导，可是这些看似热心的话语，几乎都没什么效果，有时候还会起反作用。抑郁的人愈发觉得孤单，无人理解。敏感的心会把很多规劝当成是指责。你的好心，有可能会激起他的愤怒。如果是亲人，可能会发生争执，如果是朋友，可以会产生疏离。

如何给抑郁的人一个安全温暖的环境，帮助他走出来，以下是一些建议。

1. 如果他愿意和你倾诉，那么就耐心地听他讲。即使内容非常荒唐，也不要直接尖锐地指出，尽可能地去理解和体会。有时候默默地听就好了。

2. 陪伴。如果患者不反感，陪伴能让他感到温暖。注意观察他的反应，并调整你们之间的距离。

3. 接纳。如果你是他感觉比较安全的人，那么他在你面前可能会有不太寻常的表现，比如情绪化，或者异常的低沉，这些都是情绪的释放，接纳他的情绪，适时适量地给与安慰即可，不用太担忧或紧张。

4. 明确界限。接纳，但不纵容。在接纳的过程中，如果他确实侵犯到了你，那么在接纳的同时，请他明白你已经感到不适了（避免用指责攻击的方式）。这样在疏导情绪之外，也让他明白两个人之间的边界。如果边界不清，会慢慢破坏两个人的关系，对于双方，都是伤害。

5. 运动也是缓解抑郁症的一个方式。和他去长跑、去打球、去对抗，去感受空气、感受风、感受汗水和冰镇啤酒，最终会感受到幸福，并驱走坏情绪。

与抑郁的人相处是很有挑战性的，你可能会束手无策，也可能会激发自己强烈的情绪。你会急切地希望患者去就医、吃药。现在去医院挂精神科，几乎都给开药，有一些观点认为抑郁是体内某某物质缺乏，所以需要靠吃药治疗，对于仅靠吃药就能治疗的观点我持保留意见。在状况确实很严重的情况下，可以用药物作为辅助治疗，但从根本上来讲，抑郁是心病，心病还需调心。然而，当前国内心理学从业者良莠不齐，如何选择确实是个难题，我觉得唯一可行的建议是，让抑郁的人听从自己的感觉，感觉对了，便可以跟。无论多么糟糕的情况下，人都有自己的方向感，尽管有时候微弱到感觉不到，你需要相信他有带领自己走向光明的潜在动力，要相信他，相信自己的感觉。

有的时候，我们必须要等待，并相信时间的力量。

孙仲旭先生表示过，《麦田里的守望者》是一部对他的人生有重大影响的小说，2010 年有一篇专访是关于孙仲旭和《麦田里的守望者》的，我非常喜欢那篇文章，整理了一下放到了 MacTalk 上，回复"麦田"即可阅读。

最后，如果不开心了，就去想想无关紧要的事，去想想风吧，明天会更好的。

你需要多久才能变成一个"傻瓜"

微信之父张小龙曾经在《微信背后的产品观》一文里讲到:"产品经理要有傻瓜心态。"这里的傻瓜并不是真傻,而是一种外行心态。张小龙说,自己要经过 5 ~ 10 分钟的酝酿才能达到傻瓜状态,马化腾需要 1 分钟,功力最深的是乔布斯,传说他能在专家和傻瓜之间随意切换,来去自如,所谓"Stay foolish",便是如此。

你需要多久才能变成一个"傻瓜"?

我最早听到的类似的说法并不是来自于张小龙,而是一本书,书的名字叫做《像外行一样思考》,作者是美国卡内基·梅隆大学(CMU)的计算机科学和机器人研究所的金出武雄教授。金教授的学术固然在同行眼里高山仰止,行文也极为流畅。关于写作,他的观点是,无论写科普还是论文,都要像创作小说那样写出引人入胜的独特观点。这一点和 MacTalk 秉承的写作原则一脉相承。

金教授在 1980 年的春天从日本到了美国,开始了自己的学术研究生涯。他信誓旦旦地对自己的妻子说:咱们只去 5 年。30 年过去了,他带着这个弥天大谎参与了人工智能和机器人领域相关的各种研究,工作兢兢业业,为美国人民的人工智能事业做出了卓越的贡献,其中包括:自动驾驶汽车,能够进行火星探查和火山口探查的机器人,自动驾驶直升飞机,虚拟现实和三维视频等。

关于这本书的创作,金教授如是说:

听过我的演讲或言论之后,有很多人表示:"你的话,简直就是谎话、几乎都是谎话、是玩笑、像是真话、是真话、是自吹自擂、虽然很有建设性但……杂七杂八还有点意思。"于是我想,要不要把这些收集起来,写一本书呢?

于是这本书就这样诞生了,比《MacTalk·人生元编程》的问世还要腼腆一些。

书看起来像是一本介绍"如何做学术研究"的著作，但其中的内容远不止于此。无论是学术研究、技术、产品、演讲、写作、互联网、教育、思考的本质等，书中都有涉猎，并且观点独特，思路新颖，适合各个创造性领域的人群阅读。

金教授有个观点叫做"Best First"，意为最好的东西一定要放在最前面。无论是演讲还是写书，金教授都遵循了这个规则。观众或读者都希望开始的时候就看到最好的东西，很多演讲或图书做了冗长的铺垫才进入主题，岂不知那些铺垫已经耗尽了听众和读者所有的耐心。"Best First"还有一个好处就是：先把最重要的部分呈现给大家，之后在任何时候都可以结束演讲和阅读。

这真是个有趣的观点。写到这我想起了 Linux 的缔造者 Linus 在自传里写的一句话：

我对生命的意义有种理论。我们可以在第一章里对读者解释生命的意义何在。这样可以吸引住他们。一旦他们被吸引住，并且付钱买了书，剩下的章节里我们就可以胡扯了。

颇有异曲同工之妙。基于此，我们就知道，书中的核心内容毫无疑问是第一章：像外行一样思考，像专家一样实践。这一章节给我带来的思考最多。

读了十几年书，又工作了很多年，我们终于从鼻青脸肿混到了白衣飘飘，成为了某个领域的行家里手。工作中开始得心应手游刃有余，不断有新人或老人来找你解决问题，你微笑着迎接各种挑战，淡淡地送走困难，你挥一挥手，不带走一片云彩……殊不知我们已经陷入了一个创新匮乏区。我们无法像外行那样自由地思考，无法像"傻瓜"那样去体会真实用户的感觉，我们成为了专家，常常考虑的是"能不能实现"和更多的"不可能"。

这时候，金教授就会从书里爬出来拍拍你的肩膀，轻轻地在你耳边低语：要像外行人一样自由发散地找出创意，然后以专业人士的方法去付诸实现。

对于外行人来说，因为没有相关知识和经验的束缚，就可以大胆假设小心求证。他们一切构想的根源都是"我想要这样"，而不是"能不能实现"。每个外行都抱着一种"能实现"的积极态度，美妙的创意才会相伴而来。而专家就很容易被困在通常的做法中，难以产生飞跃式的想法。某些成功了的，已经存在的方法、经验和知识反而会导致想象力匮乏，创意缺失。

当你以一个专家的身份说出"不可能"三个字的时候，你已经输了。金教授如是说，为此他还举了一个真实的例子：

2000年左右的时候，有个人告诉我说：雨滴原本是透明的，但在雨天开车的时候，我们看到的却是白色的雨滴，这妨碍了开车。之所以会这样是因为车头灯照在雨滴上，光线发生了像在水晶里一样的折射。那时我就想，能不能做出这样的车头灯，它不像传统车头灯一样对着某个方向无区别地发射光线，而是先探测雨点的位置，而后仅仅向没有雨滴的空隙投影光线，这样的话岂不就像看不见雨一样了吗？那是我像外行一样的想法，实在是有点天马行空。我和汽车公司的技术人员谈论了这个想法，他并不接受，说：这不可能。虽然我觉得从技术上说没有什么做不到的事情，但还是先把这个想法搁置了。

7年后，金教授终于做出了让雨滴消失的车头灯实验室版本，并且因此拓宽了新视觉系统和应用的前景。

跳出现有的成功是最难的，即使是天才也不例外。

发明现代计算机原型的天才科学家冯·诺依曼，在别人向其展示高级编程语言时，这位天才的回答是："汇编是多么美妙的语言啊，有了汇编你们怎么还会用到其他语言呢？"这是多么愚蠢！从那以后，几百种高级语言诞生了。

他就不能理解我们这些看不懂汇编语言的程序员的心！

很多成功的企业巨头被后来者追上并击败，同样是因为企业经营者无法走出过去的成功经验导致的。即使无法颠覆别人，也应该顺应时代的潮流做出自己的改变，每个创业者，都应该读读这一章节。

金教授还在书中讲述了"计算机向人类发出挑战——问题的解决能力与教育""表达'自己的想法'，说服别人实践！""寻求决断与明示的速度"等内容，同样值得仔细品读。下面是一些有趣的观点摘录。

关于反对

明斯基教授，您总是能在各种领域中想出很多创造性的、引人入胜且能够引导新方向的构思。请问您的诀窍是什么呢？他回答说：这个很简单，只要反对大家所说的就可以了。大家都认同的好想法基本上都不太令人满意。

关于迷茫

金教授说，越能干的人越迷茫。

如果你工作时，经常在"能不能行呢"的不安感和"啊，成功了"的成就感之间往复行走，那么恭喜你，离成功已经没有几公里了。交织着这两种感觉的体验将成为你智慧和体力的强有力基石。

就算是卡内基·梅隆大学的计算机科学系和机器人研究所的博士研究生，他们出类拔萃无所不能，也避免不了这种感觉。不，应该说，正是这种人，才更容易陷入不安和迷茫。

这也从某种程度上解释了我为什么会经常处于一种迷茫的状态……

关于记忆力

很多人常常感慨：我就是记忆力不行……言下之意就是除了记忆力我其他方面都很行的。真是这样吗？

日常生活中，对于人的知觉、思考、行动等，追本溯源，最终都会落到记忆上来。如果头脑中没有知识和信息作为工具、材料，是不可能发挥规划能力与创造能力的。构思就是通过重组脑海中的记忆而产生的。如果没有良好而广博的记忆内容做基础，根本产生不了什么好的构思。因此，最有效的学习方法就是记忆。把他人长时间思考总结得出的成果记忆下来，不仅高效便捷，也能为自身的思考扩展基础。当然，这里所谓的记忆，是指"经过理解的记忆"，这一点无需多言。

所以，今后看到高晓松在脱口秀中谈古论今纵览天下的时候，不要再说"我就是记忆力不行"，差距是全面的。

关于颠覆

科学的进步就是不断突破极限和开辟新的领域。很多人认为世界已经停止前行，但那并不是真相。

计算机的发展日新月异。20世纪60年代，计算机像竞赛一样指数发展，但到了20世纪80年代，发展速度减缓，甚至有人说计算机不会再进步了，还举了很多例子：硅晶体上不能画再细的线了，不能制造出更小的晶体管了，硬盘的存储密度不能再增大了，等等。根据这些说法他们得出的结论是：发展瓶颈终将到来。

关于不可能原则

第一条：科学工作者声明某件事情是可行的时候，基本上他不会错。但当他说不可能的时候，他很可能错了。第二条：发现极限在哪里的唯一方法就是超越极限，尝试向稍微超越这个极限的领域迈进、冒险。第三条：无论是哪种技术，只要它是非常先进的，那看起来都跟魔术没什么区别。

关于演讲和交流

在与他人交流的过程中完善自己的想法。无论什么样的构想，最初大都只是个偶然的想法。锤炼构想的方法就是跟他人交流，在交谈中验证是不是一个有价值的想法，并且获取相关知识，修正不完备的地方。升华构想的关键是"交流"，因为他人有很多自己角度的认识和想法，借鉴过来才能完善自己的构想。

关于用户

开发系统的人头脑中一定要有"用户是在与系统进行对话"这种概念。事实上用户不是通过一点点阅读操作手册记住系统的使用方法的，而是通过使用在头脑中形成印象：系统对每一项操作的反应是什么。因此，即便是再简单的操作，要是系统的反应不一致，只会使用户混乱，产生不信赖感。系统与用户的关系，就像老师与学生的关系，老师的举止行为前后不相同，就根本不能博得学生的信任。

创造的基础是模仿

模仿、相似，这样不是很好吗？最初的想法的确是相同的，但在此基础之上添加东西、使之升华的水平高低才是决定胜负的关键。因此，大部分的创造都是在模仿的基础之上增加其附加价值的东西。独创、创造，不是无中生有的魔术。

最后，回到我们最初提出的问题，如何在专家和傻瓜之间进行自由切换呢？其实金教授已经写在书里了：

思考的时候，要像外行一样单纯直接，实践的时候则要像专家一样严密细致，并且要有以专业知识和方法武装起来的"我做得到"的乐观主义精神。要记住，独特的、好的创意和好的结果，不管是对研究而言，还是对商业运营而言，都不是自己突然冒出来的东西，那一定是刻苦的努力和长期的思考带来的。

每个 MacTalk 的读者都该读一读这本书，如果你没时间读书，至少要读一读这篇书评！

你为什么不移民

身边很多朋友移民了，尤其是 IT 相关的技术人员。与人聊天时常常有人问我，你怎么还不移民？我只好回复："老了，移不动了。"对我来说，移民最好的时代已经过去了，何况我也从来没有真正动过移民国外的念头。但是移民热从来不是现在开始的。

在我工作过的几个公司里，似乎洪恩软件的同事移民的最多，而且说走就走，不着一点痕迹。

记忆中最早移民的是一位赵姓同事，我们暂且叫他赵君吧。赵君是南方人，身形消瘦，个子不高，来了北京很多年，依然保持一口南方口音，说起来惭愧，我这个北方人，来北京没几年口音就完全变成京腔了，常常被很多人问，你是北京土著吗？这时我就红着脸低下头小声说，俺还暂住着呢。基于此，每次听到赵君的口音，我都为自己的忘本难过。另外，关于南方人和北方人，传统的观念总是认为南方人懦弱，北方人勇武，其实纵观历史，南方人在民族大义方面总是表现得更坚定一些，历史上有很多南朝和南方人，他们常常在北方被灭的情况下独立坚守和斗争，包括近代的中日战争，也是北方早早沦陷。了解了这些东西，我有时候就会为自己是北方人惭愧个十分钟半小时的，同时也很喜欢和南方的同事交朋友。

赵君就是我的好朋友，从职责上来说，他就是那个时代的产品经理，时不时提一些产品需求让我们实现，但是他的弱点是不懂代码，经常被我们忽悠说，这个不能做那个太麻烦。那时候我们被他称为"牛娃"，他经常背着手围着我们这些程序员团团转，然后感慨，你们这些牛娃啊，永远不明白我的心！然后，吟唱着"我要这天，再遮不住我眼，要这地，再埋不了我心，要这众生，都明白我意，要那些程序员，都烟消云散……"边唱边走，渐行渐远。

然后，突然有一天，他告诉我，自己要移民了。我说你要去哪儿？他说要去丹麦，那是一个充满童话的国度，那里没有程序员。然后他就义无反顾地走了，带着他的小女朋友去了丹麦。再以后偶尔相逢于 QQ 之上，再以后渐渐地失去了联系，直到今天。不知道他在丹麦过得好不好，毕竟那里的童话属于他的下一代。

今天已经无法考证他的移民和"程序员逼迫产品经理远走异国他乡"有没有关系，我只能在此祝他一路安好，生命中再也没有程序员。

第二位移民的是一位美丽的王姓姑娘，当时我们做数字校园的时候，她就坐在我的旁边。王姑娘身材修长，气质娇好，一双大眼睛柔情似水，常常身着一袭白色长裙，让人想起白衣飘飘的年代。王姑娘很快和公司内一位才华横溢的帅哥出双入对，我们都称之为郎才女貌，一对儿璧人。可惜两人性格不合，不久后分手，很快王姑娘和另一位不起眼的男生双双去了捷克，让人大跌眼镜，为什么每一朵鲜花下面都有一滩肥料呢？后来兜兜转转听说王姑娘在捷克也并不幸福，最终把全部精力用在了求学上，据说她当时为了练习英文写作，每天要用英文写两千字的文章，这样写了半年，终于能够在英语写作的时候完全抛弃中文的念头。想一想还是挺可怕的，现在让大家每天写一篇千字文，能坚持下来已属奇迹了，况不用母语乎？

王姑娘后来也音讯皆无，听说辗转去了墨西哥求学，所以回想起洪恩那段时光的时候，常常伴随着一个白衣飘飘的东方女子在加勒比海的墨西哥湾翩翩起舞的样子，但是人的影像却再也看不清了。

第三位移民的是一位程序员，那是一位 2000 年左右的前端程序员，虽然他也能写后端程序，但显然他更偏好 JavaScript，而且热衷于网络灌水，他不停地在 QQ 上灌水，在 BBS 灌水，在 MSN 灌水，在洪恩在线的论坛灌水，在水木清华 BBS 灌水，他的工作就是不停地编程和不停地灌水，于是我们忘了他不停编程的事情，把他叫做"水管"。

水管很瘦，常常踢踏着一双烂拖鞋来上班，坐下就开始编程，喝红酒，灌水，编程，睡觉，十分放浪形骸。但是他的工作总能及时完成，完成之后灌水之余还能帮助别人写点程序。那时候，他在参加一个 BQQ 的项目，就是基于浏览器的 QQ，期间使用了大量的 JavaScript 技术。他最爱写的是正则表达式，有一次他让我帮着看看一段程序出了什么问题，我看到了一屏幕曲径通幽的代码问道，这是什么？他说，这一整屏幕代码表示了一个正则表达式。于是哥屈辱地走开了。

水管想移民，我是很早就知道的，他一直向往美国的生活，所以按部就班地考了托福和 GRE，然后就无情地抛弃了我们这些奋战在一个壕沟的程序员们，带着女朋友毅然出国了，然后念了硕士，念了博士，念到头发都白了，终于开始工作。这是移民后唯一一位依然和我保持联系的朋友，通过微博，通过微信。

他常常告诉我，微软又裁员了，Visual Studio 的经理被裁掉了，纽约刮台风了，纽约断水了，水到腿肚子了，等等。一般水到腰的时候我就会问一句，当年学的泳姿没忘吧？他说没忘。那就用蛙泳，我嘱咐道。之后就陷入再一次的沉默和下一次的唤醒。

然后，更多的朋友离开了，他们去了美国、澳洲、加拿大、新西兰和很多国家，我甚至为他们签过很多推荐信，有些人甚至已经从国外回来了，我却依然没有移民。

所以人们忍不住问我，你为什么不移民？

其实移民这种事，可以扯出一箩筐的东西来，包括国仇家恨、世界和平、全球变暖、全球变冷、国外的晴空、国内的雾霾、国外的教育和国内的户籍……很多人因为这些东西选择了移民，而我没有，我们做程序员这一行的，早就练成了一颗坚固的心和强悍的身，这点困难不算什么。我最终没有选择移民离开这个国家的原因其实很简单，就俩。

第一，小时候常常被教育爱国，于是就爱了，当年但凡中国和其他国家发生摩擦的时候，都是义愤填膺，恨不得自己扛枪上阵，每次都是被老爹一巴掌打掉眼镜后作罢。一旦有人说中国不好，就想上去和人家拼命，只要有中国队的比赛都要在电视前呐喊助威，每次都被中国足球队伤到脾胃而痴心不改。

渐渐长大以后，走了更多的路，读了更厚的书，慢慢开始淡化国家的概念。国家本身就是政治、利益和各种主义的产物，纵观人类的历史，国家存在的阶段不超过十分之一，所以人更多地应该关注这个世界，理解这个世界和民族的兴衰，看全人类在历史长河中的起起落落，才不枉来人世间走一回。我不觉得移民是什么值得高兴的事情，也不觉得把子女早早送到国外读书是个体面的活动。从长远来看，人应该更多地关注历史和未来，从近处着手，人应该努力改变身边的环境和生活。

所以于我而言，我更愿意像村上春树先生那样，旅居各个国家，写字、编程和认知世界，而不是成为那个国家的人民。

第二，这片土地上有太多值得我留恋的东西，亲人、朋友和熟悉的环境，都让人难以割舍。老爸老妈年岁渐增，需要陪伴，子女幼小，需要抚养，兄弟相依，朋友相见，其乐融融，心向往之。移民之后，还能剩下什么？再好的环境也难以比拟这些，况且我又是个保守的老男人。

曾经有个年龄和我相仿的朋友卖掉了北京的豪宅移民澳洲，因为没技术、英语差，找不到工作，于是生了俩娃，一边领政府补助，一边消费带去的积蓄，生活过得挺好，他的工作除了照顾孩子就是钓鱼烧烤，因为驱车几十公里就是大海，烧了半年后，我在 MSN 上问他说，你终于过上自己想要的生活了吧，他告诉我，现在闻到烧烤的味道就想吐，准备去做点小买卖了……

补充一句，这个兄弟在国内时可是个优秀的产品经理哦，根本停不下来……

回忆总是不可靠的，它就像被时光蛀虫蚕食了的木头，重新拿起来的时候，总要忍不住去用新鲜的木屑去修修补补，虽然这些修补是真实的，但木头是虚幻的。所以，写了这么多故事，都是随想随写，如果文中的人物不幸看到了这篇文章，千万不要对号入座，因为，说的就是你吧……

我脑海中常常想起这样的场景，老爸在漠北举旗，老哥在天津起意，我于京城振臂一呼，分分钟我们就全家团圆了，何苦来哉移民国外，享受隔海想念的苦处？

人生已至四十不惑，该想明白的都想明白了，没想明白的估计也想不明白了。后面的时间只要把想明白的事情做好已是大幸。有机会就游历世界，没机会就衣锦还乡，就这样吧。

跑步，根本就停不下来

我从小到大一直都很喜欢运动，但受限于身体素质，无法成为专业运动员，此为人生一憾。

小学的时候，最喜欢打乒乓球，还受过几天专业训练，凭着这点老底子撑到大学还能去打打校级比赛。

从初中到大学这段时间，则疯狂地迷恋足球，喜欢球王马拉多纳和风之子卡尼吉亚，热爱荷兰"三剑客"和德国"三驾马车"，同时是巴乔、巴蒂斯图塔、欧文、劳尔和罗纳尔多的球迷。我不仅看，而且下场踢，虽然踢得烂，但是特别喜欢踢。很多人看了我踢球的技术之后表示"不明觉烂"，大哥，你说自己踢了这么多年球，谁信呢？谁能证明，肯德基能证明吗？原味鸡能证明吗？土豆泥能证明吗？香芋派能证明吗？这时候我就会慢条斯理地拿出眼镜布擦拭我厚厚的近视眼镜：飘飞的镜框和碎裂的镜片能证明！

工作以后，踢球的机会越来越少，场地是问题，体力是问题，凑不齐人是最大的问题，慢慢地，虽然没有仪式，但是我已退役。我退役之后，我喜爱的那些球星也相继退役了，早知道如此，我就退得晚一点了……

离开足球之后，打了一段网球，发现这玩意儿很难控制，而且找不到志同道合的小伙伴，遂放弃。终于，2007 年，公司搬到了新落成的用友软件园，其中有一座漂亮的体育馆让人赏心悦目，我终于找到了新的运动方式——羽毛球。

羽毛球是一项室内运动，易学难精，刚开始打时，总是输得劈头盖脸意兴阑珊，但是我能厚着脸皮坚持打，一边打球一边学习，看别人打，看视频打，看林丹和李宗伟打，慢慢地，水平开始提升，越打越有兴致，一直坚持了 8 年。这也从侧面印证了我那句话：兴趣没你想象得那么重要。

到了今天，羽毛球还在打，我又增加了一项新的运动形式：跑步。

这件事还要从 2013 年的百度年终技术沙龙说起，那次我去参加了 InfoQ 和百度组织的"技塑人生"活动，大家扯了一些和技术不相干的东西。倒数第二上场的是百度的跑者"阿勇爱跑步"，他讲得非常好，幽默有趣，声情并茂，如果不是后面还有一个老家伙出场，就完全镇不住场子了。会后，我认识了这个爱跑步的家伙，加了微信，许下了互相联系的誓言。后来，他就不停地在朋友圈里发各种跑步的信息，去颐和园跑，去地坛跑，去天坛跑，在北京跑，在杭州跑，慢慢我就知道了，这家伙是专业跑步的，业余百度的。后来见了面，我问他这个问题，他沉吟了半晌，说，百度也挺忙的……

后来被阿勇拉进了百度跑鞋微信群，不对，是跑协，里面有一群帅哥美女，每天像神经病一样跑来跑去，边跑边喊，好爽啊。于是我被感染了。决定跑步。

在我刚刚做了这个决定之后，就收到了阿勇寄来的书《一个人去跑步》和《爱上跑步的十三周》，好吧，不跑都不行了。

于是，我选择了周末在奥森跑步。跑了几次之后，初步感受是：根本就停不下来！在空气质量好的情况下，奥森简直是跑步的最佳场所，清晨的微光，颤动的树梢，柔和的跑道，跑道上充满活力的帅哥美女和男女老少，跑动中的一切都那么美好和灵动。跑步产生的天然鸦片和兴奋剂"内啡肽"会让你愉悦一整天，你会忘记自己的年龄，忘记时间，忘记疲劳，忘记烦恼，一路奔跑！

跑步是成本最低的运动之一，你只需要一双好鞋、一点时间和一个健康的动机就可以上路了，至于跑步的注意事项、时机、技巧，我还在学习中，希望以后有机会再和大家分享。

最近我常常回顾之前走过的路，去掉那些故事、案例和失败的经验之后，乏善可陈，唯一值得拿出来说说的就是，我能够坚持一些东西。几十年过去了，最基本的价值观没有变，然后坚持写了十几年程序，坚持打了 8 年羽毛球，坚持写了很多年的文字。

坚持其实只是一种选择，可能是好事，也可能是错觉，在跑步这件事上，我希望自己同样能够坚持下去。

每个人都应该找到值得自己坚持的东西，如果你还没找到，那么开始跑步吧。

人生就像跑步，不论你高矮胖瘦，有天赋没天赋，都可以从零做起，慢慢地成长起来；人生就像跑步，那些高手，你没必要羡慕，他们能在跑道上挥洒自如，是因为他们付出了比你多得多的努力和汗水；人生就像跑步，不需要那么多废话，一切靠实力说话！

——来自跑步指南

自省

跑步，根本就
停不下来

141

跑步的时候我在想些什么

作为独立存在的个体，人只有在来到这个世界和离开这个世界的时候没有任何外物负载，其他时间，即使你孑然一身，也总要随身携带一些东西。比如跑步的时候，你至少得带上手机和钥匙，前者可以让别人找到你或你找到别人，后者可以让你找到家。

把这些物件放到兜里，跑步的时候会觉得非常累赘。于是我弄个了腰包，装了手机和钥匙，系到腰上去跑了。跑了一公里的时候觉得腰部很不舒服，无论怎么调整都无法缓解疼痛。于是停下来休整，并把腰包改为挎包，然后跑完了全程。停下来休息的时候，我想，在人生的各个阶段，每一次位置和负重的调整，都可能会给你带来不适或痛苦，我们只有不断地调整，才能继续前行吧。

有时候，我们可能需要一个更为舒适的腰包。

最近在读村上春树的《当我谈跑步时我谈些什么》。村上是我最喜欢的日本作家，没有之一，因为除了村上，我只读过川端康成的作品，但并不喜欢。至于松本行弘，只是个技术写者，算不得作家。村上在这本书里写了很多关于跑步、写作和生活的思考，读的过程中给我带来了很多启发。我想我的下一本书可能会叫做《当我编程时，我在想些什么》。

我读书的时候女儿常常跑过来看，看到我在读这本跑步相关的书，就问我，爸爸你跑步的时候在想什么？这种问题常常是很难回答的，我总不能说我在想如何区分迎春花和连翘，或者是周师傅和康师傅的故事，女儿现在看原版中文字幕的美剧已经能咯咯大笑了，搪塞不来。那我在思考什么呢？村上说人在跑步的时候思绪往往是空白的，要么是在空白和宁静中跑，要么是为了获得这种感觉而跑。

我大致如此。

跑步的时候最常出现的念头就是"累，渴，我是先歇会呢还是再歇会呢"这是种既没思想也没人文的东西。偶尔有些念想，等你抹抹脸甩把汗，这些念想就像那些掉落的汗珠一样消失无踪了。灵感更是如此，它们就像天空中变幻莫测的云，倏忽来去。等你停下来想寻找一些什么的时候，你会发现，天空还在，那片云已经没了。所以，无论是跑步，还是行走，如果你的脑海里出现了一些值得记录的东西，那就把它记下来，或录下来，否则你可能一辈子也不会再想起。

说到思考，我不得不说这是一件非常有意思的事，因为每个阶段思考的结果，都会为你带来不同的风景和导向。例如，年轻的时候我对待金钱的态度是，得多挣点钱，因为家庭压力大呀！我从不相信什么"苦难是生活最好的老师""伟大是熬出来的"，愿熬您去熬，我吃完这顿饭还得去挣下个月的房贷呢。既然想都这么想了，做法必然跟随着想法，所以在那个阶段虽然做了一些事情，但也错过了更多东西。

等到基本的生活问题解决了，我对金钱的态度又变成了"多少是多，要什么自行车"。这种转变一方面和我自身对物质生活没有太多的要求有关，另一方面也体现了我个性中缺乏某种冒险精神，在生命中需要"目标坚定，勇往直前"的时候，我反而开始放缓步伐，小步慢行。

现在回想起来，我觉得自个儿把这俩阶段给弄拧巴了，该思考的时候想着钱，该挣钱的时候去思考了。如果说现在的我想给过去的我捎句话，我希望当初的我能把这两个阶段重来一遍。但时光无法倒流，现在的我只能希望你们没有把这事弄反。至于我自己，现在貌似能够做到两者兼顾，也算幸事！

关于金钱，说到底也是一种资源，这种资源和其他资源没有太大区别，资源越多，你的自由度越大。有些人说赚钱不是最重要的，做自己喜欢做的事才是最重要的，但如果赚钱能让你做更多你喜欢的事，那么你就该去赚更多的钱。贫穷和无为，拯救不了你，也拯救不了世界。财富在某种程度上，会帮助你到达不曾到过的地方，领略没有见过的风景。

当然，我们也必须清醒地认识到，当你去追求一些东西的时候，就会失去另一些东西，正所谓原配与小三不可兼得也。对比这些得到的是不是值得投入，看看那些失去的是不是那么珍贵，然后找到自己的平衡。姜文在描述《寻枪》的剧本时说："寻枪是个大戏，你的枪丢了，你可能不知道，但是我姜文的枪丢了，我知道。中国还有很多人连枪都没有，更别说去找了。"其实说的就是得失和平衡的事儿，当然，您再往深里想想，也行。

以上这些文字，权且当作我在跑步时想到的一些东西吧，虽然文章是我坐在书桌前写出来的。

如何克服焦虑——深度优先处理

9 月下旬的一天晚上，我回到家，感觉气氛有点凝重，大领导严肃地看着我说，班里组织了"家长课堂"，希望有能力的家长去为孩子做一些开拓视野的讲座。小领导说，爸，您有能力吗？

这话说的，想你爹前知 500 年，后知 500 年，仰知天文，俯察地理，中晓人和，运筹帷幄，决胜千里，未出寒舍便能卖桃 3 斤，何惧一个小小讲座。稳妥起见，我报了一个程序员专属主题，叫做"计算机简史"。小领导一听我可以参与这个活动高兴坏了，跑过来爬上我的肩膀拍了拍说，老同志，你表现的时候终于到了。然后跳下去兴高采烈地去做数学小报了。

我的演讲时间初步定在了 10 月下旬，从此这件事成了家里的一件大事。大小领导常常在我写代码或写文章的时候跑过来有意无意地问一句，准备得怎么样了？她们甚至要求我在十一长假期间完成演讲内容的准备和 Keynote 的编写，这让我变得有些焦虑，近些年工作上的事情已经很少能让我焦虑不安了，只有家里这两位领导交代的事情，丝毫马虎不得。

不过，按照我这么多年做事的风格，提前完成基本是不可能的，只能按照自己一贯的节奏准备，长假期间读书并开始考虑演讲的结构，节后返京，大领导说我的演讲可能安排到 11 月初了，我于是放松下来，但每天会提醒自己这件事的存在。结果计划赶不上变化，我的演讲时间提前到了 10 月下旬，当我从大领导那里得到这个消息的时候，只剩下 4 天准备时间，这时候我一页 Keynote 还没有写（似曾相识的场景）。

于是，我立刻进入了一种"深度优先处理"模式，当天晚上什么事情都不做，不发微信，不读书，不看美剧，不刷微博，压力和焦虑让我习惯性地处于一种极度专注的模式，我大概用了两个晚上就完成了"计算机简史"的演讲准备和 Keynote。由于之前已经进行了大量的思考和阅读，所以 Keynote 制作过程中冒出了各种有趣的想法和创意，大致结构是下面这样的。

1. 用大航海时代类比互联网，用船类比计算机。
2. 通过图片和实物告诉小朋友"什么是计算机"。

3. 计算机发展史。

4. 40 年前的计算机和现在智能手机的计算能力对比。

5. 科技巨人的故事。

6. 未来的一天（视频）。

文字、图片、动画和视频，帮助我为孩子们讲述了一个完美的故事，现场的效果好极了。卖桃君伟岸与深邃的形象得到了保全和加强，与小领导的双边关系更加融洽，家庭地位一举从最后一名提升到了……第三名！

生活在这样一个快节奏的时代，每个人都背负着各种压力和责任，我们常常会面对一些让人产生焦虑的事情，比如一次公开的演说、一个项目策划、一次考试、一篇约稿等。这些项目毫无疑问都有最终截止日期，没有截止日期的东西是不会让我们焦虑的，比如吃饭、睡觉和正常的工作，因为时间似乎没有尽头，一切都来得及。但是，一旦划上了那条该死的线，整个世界就改变了。

焦虑会像空气一样无声无息地进入我们的体内，追求完美、害怕失败和错误的心理预期会让压力倍增，然后我们不得不通过拖延和逃避来缓解压力。但是，随着时间流逝……那条线会缓慢而坚定地向我们逼近，当我们变得更加恐慌并不得不开始着手准备的时候，时间已经不够了，后果要么是没有完成，要么是草草完成，然后等待下一次焦虑的降临。

我年轻的时候常常处于这种焦虑之中，我希望自己在处理类似事情的时候能够从容不迫，如庖丁解牛，游刃有余。我幻想着自己在截止日期到来之前的一周已经搞定了所有事情，然后拔剑四顾，眉宇苍茫。但理想是丰满的，现实是骨感的，无论我多么努力，无论是主观原因还是客观原因，每次最好的结果都是"如期完成"。那时候我常常绝望地问自己："你知道自己有多努力吗"？答案就飘在风中。

很多年后，我终于找到了解决这个问题的终极答案，从此，我告别了焦虑和拖延，成为了一个幸福的程序员。我开始与每个伙伴沟通，告诉他们编程与写作的快乐，我给每一段代码和每一篇文章起一个温暖的名字，它们告诉我的，我会告诉世界上的每一个人！

这个终极答案就是开篇我讲的那个故事，如果归纳成四个字，那就是"拖到最后"！

看到这想必各位读者已经准备磨刀霍霍去卖桃了，Please，请先还刀入鞘，容老衲把话说完。

既然已经知道了无论怎么努力都很难提前完成，还不如踏踏实实等待截止日期的降临，具体的做法大致如此。

1. 确定截止日期和最晚的开始时间。如 11 月 30 日要提交演讲稿，那最好 11 月 25 日开始动手准备。

2. 25 日之前不要开始真正的准备工作，踏下心来忙其他事情，但是要留出点时间来做相关的思考和阅读，有好的创意或想法，记下来。

3. 不要焦虑，但是告诉自己的大脑，月底还有这么一件事情在等你，别忘了。

4. 一旦进入预订的启动时间，立刻开足马力工作，截止日期带来的恐惧和焦虑会帮助你迅速进入"深度优先处理"的状态，之前的阅读、思考和想法会让你专注、果断、创意十足，也许你真的能在这个时间段提前完成既定目标。

当然，在焦虑面前有些人没有进入"深度优先处理"模式，而是进入了"深度游戏"模式，巨大的压力让他们无法面对，不得不沉迷到游戏中去躲避明天即将来临的考试、演讲、项目交付等，从心理学角度，这也是可以理解的。

没有什么能够带走焦虑，但你总会找到方法，带着焦虑活下去，与它和平共处。你也许会烦躁不安，也许会在凌晨的噩梦中惊醒。每一天，当你早上醒来，那将是你想到的第一件事；每一天，当你晚上睡去，那将是你想到的最后一件事。直到有一天，它开始变成第二件事……

如何优雅地对待他人的批评

昨天分享了"计算机简史"的 Keynote 版本之后，收到了很多反馈。好评如潮就不用说了，对于喜欢 MacTalk 的读者来说，只要我的作品没有差到离谱的程度，你们的评价都是"好好好"，只不过好的程度不同罢了，如"不错""真好""太棒了""这是我看到的最好的 XXX""精彩绝伦"等，再肉麻的话我都不好意思贴出来了。这种赞美当然是一种力量，也是 MacTalk 坚持到现在的原因。但是，我们不可能也没有必要让所有人都来赞美自己。

今何在曾经写道：我要去找到那力量，让所有的生命都超越界线，让所有的花儿同时在大地开放。让想飞翔的就能自由飞翔，让所有人和他们喜欢的人永远在一起。

我年轻的时候也曾经去寻找过这种力量，后来发现，我们村里既没有鲜花，也缺少飞鸟，同时禁止早恋，遂作罢。长大以后慢慢知道，这种力量只存在于书和文字里，于是心态也就平和了，没有力量能让所有人喜欢你的作品。是的，昨天就碰到了两个挑战我的读者。

一个说："尽管卖桃君对 Keynote 不吝赞美和天花乱坠之辞，但是当看到您分享的 PPT 水准的 Keynote，我大概也只能表示错愕了。"

看到这种充满挑衅意味的回复，如果是冯老师那样的暴脾气，就直接顺手拉黑了。而我，为了维护卖桃君一贯的温和嘴脸，温情脉脉地回复："欢迎指教，您能发个自己做的 Keynote 或 PPT 给我学习一下吗"？结果人家顺手把我拉黑了。无语问苍天！

另一个读者就做得非常得体而优雅："终于有机会挑战一下卖桃君啦，好激动。恕我直言，您的 Keynote 虽然比 PPT 的平均水平强不少，但是在配色、图片、字体选择和流程设计上问题多多。您看看我这个。"然后就给我发了他做的 Keynote。

在经历了上一次挫败之后，看到这个留言我感动得只想唱许巍的"蓝莲花"：没有什么能够阻挡，你对自由的向往……还得是 Remix 版。这就是传说中优雅批评别人的不传之技吗？我非常激动地打开了读者发来的Keynote……

情形并没有你们想象的那么惨。这位读者对 Keynote 的设计技巧和页内动画、过场动画掌握得非常不错，页面也足够精美，但是很遗憾，我不喜欢。

第一，他的幻灯片大小采用了 4∶3 的长宽比，我已经很久没用过这个比例做幻灯片了，就像无法忍受 4∶3 的显示屏一样。

第二，这位读者在幻灯片里大量地采用了斜体，这可能是他的得意之作，但斜体是我绝对避免使用的字体之一，因为"我认为"给读者的阅读体验非常不好。在写 MacTalk 的初期，我曾经用过斜体来表示引用的文字，结果被冯老师从初一嘲笑到了十五，而且是下个月十五。

第三，这个幻灯片里采用了大量的过场动画，虽然看起来很炫很酷，但是我们呈现给听众的内容才是最重要的，有机会大家可以去看一下苹果发布会的 Keynote，那里面的每个动画都是为了突出内容，而不是动画效果本身。

第四，没有第四了，再写的话我担心失去这位优雅的批评者。

说了这么多，并不代表这位读者的作品有问题或不好，因为我不是他的听众，正如他也不是"计算机简史"的听众一样。

那我做"计算机简史"的思路是什么呢？大致如此：

第一，我的受众是三年级的小朋友，幻灯片一定要简洁、干净、有趣，所以我选择了纯净的白色主题作为幻灯片母版。这样他们的注意力不容易被分散，也不累眼。

第二，给小朋友讲计算机简史，其实就是给他们讲个故事，讲为主，幻灯片为辅。有一张白色背景的幻灯片上只有"互联网时代"5 个大字，这一页是我用语言为他们描述互联网时代的宏大背景用的。

第三，开头没有提纲，因为小朋友听故事不需要提纲。结尾没有总结，因为有视频，那个视频真是太重要了，放 5 分钟的效果超过了我讲一个小时的效果。

第四，动画只是为了表达内容和吸引小朋友的注意力，整篇都是动来动去的画面会显得作者很幼稚。

第五，无论是演讲、文章还是软硬件产品，设计者和受众才是最需要关注的因素，其他人的意见根本不重要。听完以后，只要小朋友们觉得好、开心、叔叔最棒，那么这次演讲就是成功的。

第六，小朋友们很开心！

如何给别人提意见或如何面对别人的意见，其实是一件非常微妙的事情。面对别人的产品和期待的眼神，一定要确认他是不是想要真正的意见或批评。我曾经看到一对亲密无间的好基友，一个是产品经理，另一个是设计师，有一次设计师拿过自己的作品让产品经理提意见，小产说："挺好的。"小设说："别闹，说真的。"小产说："确实不错。"小设发火了。经过再三确认，小产以为小设要听真话，就嘿嘿笑着说："你这个颜色真的像一坨屎啊。"从此二人反目成仇，基情消散，让人扼腕叹息。

很多时候人们想要的，都只是无情地赞美而已。

关于如何优雅地面对批评，我的做法就是写一篇 MacTalk。反过来说，如何优雅地批评别人呢？我的建议是不批评，赞美永远比批评有力量。对此，冯老师给出了另一种做法，关于我的 Keynote，他是这么说的："怪不得有人说池老师的 Keynote 做得不好呢，人家是给小朋友看的啊！"

一针见血，一拳暖心，叹为观止！

40 岁了，还有没有路走

我还不到 30 岁，看这有用吗？当然，再不看就晚了，因为你也年轻不了
几年了……

年轻的时候常常会产生一种错觉，无论看长河落日，望滚滚长江，还是在
史书中阅尽人世沧桑，人事渺小，你还是感到，日子会这样一天天长长久
久地过下去。至于年老色衰，跟我有什么关系呢？我还是个孩子啊。

等你到了 30 岁的时候，你会在某个时刻发现，时间怎么变得快了一点呢？
但是你并没有在意，你继续奔波，为了房子、车子和老婆孩子奋斗，偶尔
晚上看看美剧，偶尔去郊区度个小假，也能自得其乐。你并没有意识到自
己已经三十而立了，我还是个孩子啊。

30 ～ 40 岁这 10 年，像暴风骤雨一样从你生命中消失了，同时消失的可
能还包括你的理想、青春和精力。没人再把你当作孩子了，除了你的父母，
他们变得更老了。这时候很多人开始诅咒时间，怎么时间的脚步比兔子的
短腿倒腾得还快呢？

有段时间我特别不能理解，为什么年纪大了，会觉得时光如梭，大把的时
间像奔腾的流水一样，瞬间消失不见，而小时候却觉得漫漫长夜，无心睡
眠，天天盼望什么时候才能长大呢？后来我读了一篇文章——《时间越来
越快》，才明白了其中的道理，原来：

在整个生命过程中，我们对于时间的感知会随着大脑的发育、记忆影响的
扩大、认知功能的衰退而发生变化。

那么我们日常所说的时间到底是什么呢？毫无疑问，时间是每个人都能感
知的现象。然而，时间在我们身上并不像沙漏中的沙子那样平静地流逝，
这一特性使时间成为相对的概念。其实在生活中，每个人都曾有这样的体
验，有的时候会觉得度日如年，有的时候却会觉得光阴似箭。

年龄的增长具有一项十分特别的特点，即时间的流逝会随着年龄增长显得
越来越快……

看了这些文字的年轻人，你们就知道了，时间会变得越来越快，你们也年轻不了几年了，要珍惜。

前几天有位十年前的老同事问我："好久不跳槽，不知道现在的市场行情怎么样？面试的时候，我该和人家要多少薪水呢？"我想了想说："20万到40万吧。"他听完显然很失望："啊？这么点啊，人家毕业几年就能挣这么多呢，我都工作10多年了。"我听了沉默不语，过了许久说道："谈的时候你也可以尝试多要点嘛。"然后就挂断了电话。

那个同事我还是有一点了解的，基本上是把工作当作吃饭的工具，缺乏乐趣和激情，代码写了很多年，但只问收获不解耕耘，属于1年经验干了10年的那种。看到互联网大潮风起云涌，心中不甘寂寞，能力却乏善可陈。

作为一个普通人来说，我个人的感受是，25～30岁属于尝试期，你有资本做各种尝试，技术、产品、设计、市场或者创业，摔倒了，打败了，拍拍土、爬起来默默准备下一次的战斗。过了30岁，你应该找到了自己的兴趣和方向，也积累了足够的经验和技能，是时候成长并做出一些成就了。你轻抚着雪亮的刀锋上路，劫富济贫，挑战高手，虽然还无法开宗立派，虽然技术和产品的宫殿里还没有你的位置，但是，你已经在宫殿的旁边起了一座偏房，随着你的精心准备和不懈努力，你的偏房越盖越多，越来越大，渐渐成了一个院落，这时候，你到了40岁。

前15年的准备和打拼终于有了回报，你游刃有余，踌躇满志，开始用后15年打造属于自己的人生巅峰和艺术宫殿，你会发现，以前做的每一件事，似乎都是有意义的。40岁了，还有没有路走？没有了！你可能需要的是从容并坚定地攀越你之前设定的那些高山，实现年轻时候的理想。然后，再继续工作很多年……

小时候写程序常常被人告诫，程序员是吃青春饭的，写到35岁就没饭吃了。那时候我就想，谁会在35岁还写程序呀，成不了盖茨还成不了艾伦吗？成不了乔布斯还成不了沃兹吗？后来真的35岁了，我发现自己谁都没成，除了写程序之外，还在写写文字，讲讲东西，做做事情，我终于知道我谁都成不了，我只能成为自己。

很多普通人到了40岁开始出类拔萃，并成就自己的事业，但是有更多的人像黄昏的阳光一样，默默地消失在黑暗中，就像从来没有来过这个世界，这是每个人的宿命。

至于天才，他们在任何年龄段都可能爆发并成就一番伟业，不用担心他们。

念一首顾城的诗《墓床》：

我知道永逝降临，并不悲伤

松林中安放着我的愿望

下边有海，远看像水池

一点点跟我的是下午的阳光

人时已尽，人世很长

我在中间应当休息

走过的人说树枝低了

走过的人说树枝在长

顾城是个绝代天才，他对文字有着天生的敏感，他的诗就像用手指轻拂丝绸，总能让你产生一种难以言说的舒适，即使他的本意是要表现并不"舒适"的诗意。

人生如摆摊

最近冯老师在"小道消息"里纵论四海，指点江山，《我看百度》《我看阿里》《我看腾讯》——冯三篇横空出世，大家一定要看。我就不凑热闹了，年关将近，给读者写点家长里短吧。

年关前后，大家总是喜欢计划和总结，以期继往开来，在上一次的送书活动中，我看到了很多很好的总结和计划，但是，日子和生活并不因为计划和总结而改变，更多时候，改变我们的往往是偶然和不期而遇。

我常常想起电影《城中大盗》里男主角（世代以打劫为生）说过的一句话：You know, people get up everyday, do the same thing, they tell themselves they change their life one day, they never do. I gonna change my life。（你知道吗，人们每天起床，做着同样的事情，他们告诉自己，有一天要改变生活，但他们从来不付诸行动。我想改变自己的生活。）每个人的生活都在一个高速或低速的轨道上运行，改变需要付出代价，速度越高，代价越大，所以改变很难。

那还要不要改变？

少年时，我会反复地书写"人生如梦"这四个字，我觉得生活总是充满无限可能，就像我们不知道今晚的下一个梦是什么一样。几十年过去了，尤其是人到中年之后，我常常午夜梦中惊醒（大部分时候是还没睡），我就想，你怎么就中年了呢？你不还是少年人的心性吗？你的理想实现了吗？你不是自觉满腹经纶嘛，你做了些什么？一念至此，常常惆怅满怀。

毕业快要 20 年了，年轻时候的梦想是什么，纵横四海，改造国家？最终我悲哀地发现，没有梦想，年轻时大部分是幻想。工作了这么久，写了很多代码和文章，做了一些产品和应用，虽然产生了这样那样的价值，但这远远不是生活的全部，因为你一直在跟着别人摆摊，一会儿炸个油条，一会儿做个煎饼，油条和煎饼虽然能够满足一部分人的需求，但是离改变世界的梦想遥远得很。

2012 年 12 月，开始写 MacTalk 以后，我觉得生活为我打开了另一扇窗户，并且没有关上原来的门，生活也许真的有了一些改变。我通过文字汲取了更多的营养，改变了自己，并且帮助了一些人，与更多人建立了连接。我终于支了一个由着自己的性子创作的摊位，虽然由于定位和领域的不同，这个摊位不停地被其他圈子更大的摊位超越，但那又有什么关系呢？我不是媒体，我是个程序员，我只想做个安静的写作者。

高晓松在第一季《晓说》完成之后，专门做了一期"说说心里话"，在那一期他大概是这么说的（凭记忆写的）：

人到中年，都会产生中年危机。心还年轻，岁月已经爬上你的眼角和两鬓。回头看自己的生活，你会发现奋斗了这么多年，不知道自己到底在忙些什么，在挣钱、买房、娶妻、生子？这时候你就会想起年轻时的理想，说好的横枪跃马纵横四海呢？

中年同时遭遇的是创造力枯竭，如果能够像年轻的时候那样写出很多美好的音乐，温暖别人，抚慰别人的心灵，一直陪伴着大家向前走，也是乐事。但是，由于我年轻的时候摆摊摆得比较早，早晨4点钟就把摊支出来了，所谓少年成名，也耗光了自己所有的灵气。看看现在自己贩卖的是什么？已经蔫了的菜，不新鲜的水果，甚至下水都拿出来卖了……

即使你移民，即使你走遍世界，但是到哪里都是第一代移民，你无法融入当地的生活，你魂牵梦绕的依然是这个老国家……

最终，经过这些艰苦的思考之后，高晓松在而立之年，又支出了一个新摊儿，这个新摊儿叫做《晓说》和《晓松奇谈》，高晓松通过"新时代最好的说书艺人"重新与这个世界建立了连接。Reborn——每次改变都是一次重生！

人生就像摆摊！

你可能是少年英才，天没亮就把摊位支出来了，比如牛顿，在26岁之前就已经完成了所有重要的科学研究和发现，30岁以后的人生就是挥霍才华、玩票、琢磨上帝和炼金术，以及如何搞臭他一生的对手莱布尼茨。这当然是一种很牛的人生！

但我更欣赏"村上春树"类型的摊位。村上先生在30岁之前的摊位，白天是杂货铺，晚上是酒吧。30岁之后，村上关掉店铺支出了一个新摊儿，那就是写作，一写就是三十几年，笔耕不辍。多少文坛俊杰都已经封笔享受作品与名誉带来的闲散生活，老先生依然在孜孜以求地创作小说和随笔，质量不降、数量不减。村上先生并非天才，他"如果不手执钢凿孜孜不倦地凿开磐石，钻出深深的孔穴，就无法抵及创作的水源。为了写小说，非得奴役肉体、耗费时间和劳力不可。打算写一部新的作品，就必得重新——凿开深深的孔穴来"。

村上先生 65 岁了，他的摊位依然生机勃勃。

人生如摆摊，不在乎早晚，不在乎地点，你可以在国内摆，也可以去国外摆，重要的是你卖的是什么？是真心，还是下水，是理想还是现实，是产品还是服务……

马上就要过年了，走亲访友大吃大喝之余，大家也可以思考一下：我有没有自己喜欢的摊位，如何创建自己的摊位，已经开始摆摊的，明天如何把摊位弄得更好看一些……

至于我，摆摊的生活才刚刚开始呢！

从容的生活和忧伤的故事

2014 年春节，我们假期比较长，大部分读者开始上班的那天，我还有 4 天假期，于是提前回到北京，过了几天从容的生活。

很多人说春节期间的北京人去楼空，车道似乎都变宽了，去任何地方都不堵车，一切都变得那么美好，你开始想去每一个朋友家做客，你想给每一条路、每一座楼重新起一个温暖的名字，你幻想着北京的每天都像春节一样，那么从容……

其实你平时也可以这么从容！

当别人都在早晨 8 点的地铁上挤肉成饼时，你可以睡个懒觉或早起读读书，等到 10 点出门，街上一样空空荡荡。当所有人堵在晚高峰的时候，你可以提前 4 点出来，甚至可以去后海溜溜冰，等吃了晚饭后再回家，有灯光和夜色，也从容。

大部分人在讨论生活的时候，基本都是从自己的立场和环境去考虑问题。你每天在地铁里挤得伸出不手看微信，就会以为全北京上班族都是"人进去，相片出来；饼干进去，面粉出来""呼吸着别人的呼吸，嘴巴上时而还能飘过她的马尾"。你大过年的微信发红包、抢红包玩得不亦乐乎，就会以为全国人民都在玩微信红包。但是，永远存在另一种生活，就像《国土安全》里的 Brody 在走投无路的时候，依然坚信：There's always another way。

可是，明显有一些人，尽管数量上并不是大多数，在用另外一种状态生活。他们从容，他们优雅。他们善于化解各种压力，安静地去做他们认为应该做的事情，并总是有所成就。他们最终甚至可以达到常人无法想象的境界——不以物喜，不以己悲。

——摘自《把时间当作朋友》

写到这估计已经有朋友压不住邪火拍案而起了："房租都交不起了，你还在谈从容……"这位朋友请放下板砖立刻从容。每个人都可以选择从容的生活，但可能不是现在，不是现在……

我年轻的时候在三环的马甸桥工作，住在北五环。为了避免挤公交坐地铁，每天骑自行车上班，春天一头土，夏天一头汗，冬天一头雪，现在想想肯定过不了那种生活了。但是当时年轻啊，根本不算个事儿。几乎没人能生来从容，但是我相信现在选择不同的生活方式会影响我们 10 年后的生活品质。

世界上存在两种职业，一种是按时记酬、按件计费的职业，每天进步一点点，工作 40 年，就进步了 40×365 点点。还有一种是报酬具有突破性的职业，也就是说，你的工作成果不受时间限制，也不是按件计酬。你可能工作了 15 年获得的酬劳还不如按时计酬的人工作了 5 年。但是在第 16 个年头，你的工作成果开始十倍或百倍地增长，你的生活不再是线性的，而是非线性的，你有了突破。你突然变得从容了，这可能得益于你前 15 年的生活方式……当然也可能是运气！

另一种职业包括并不限于写作、表演、绘画、音乐、创业等，当然，还有编程。选择吧，让自己的工作具备突破性。

那么，选择了后一种职业，干个十年八年就能质变了吗？当然，不，一定，能。重要的还是人的元编程能力，万一你是永不变质的纯蜂蜜呢？保质 3300 年，王母娘娘也没辙。一辈子翻唱的歌手很难成为巨星，写 30 年的业务表单也成不了伟大的程序员。质变取决于人的自省能力和选择，选择又取决于经历和判断，另外还需要一点运气。有时候，从事具有突破性的职业反而风险更大，苦心经营 15 年没有突破的比比皆是，创业失败的满大街行走，这就是所谓的苦尽甘未来，一切都是自己的选择。

微软联合创始人保罗·艾伦的老爹打完第二次世界大战后有两份工作摆在他的面前，一份是橄榄球教练，另一份是图书管理员。老爷子一哆嗦选了稳妥的管理员，失去了成为一个伟大教练的机会（你听说过伟大的图书管理员吗，除了天龙扫地僧和我朝太祖），一辈子徜徉在知识的海洋里，后悔一辈子。所以他对儿子说，长大了去做你喜欢做的事。于是艾伦成了一个伟大的程序员。当然，更多的程序员听了这个故事后成为了一个普通的程序员。

还有读者说你骑自行车上班的事太不苦逼了。既然你说我不苦逼，我就给你讲个忧伤的故事。

2002 年秋天的一个下午，天气晴好，阳光妩媚，被窗格分隔为碎片的光线懒洋洋地打到白色的墙面上，涂抹了一层橘黄，办公室呈现出一种祥和宁静的氛围。各种程序员（普通、文艺和二逼）都安静地坐在电脑前敲击键盘。在这样美好的一个下午，我隐隐地感到一丝不安，因为我看到腱眉耷眼的销售经理在和老板商量着什么。果不其然，没一会儿我和另一位开发经理就被老板叫过去了，他故作轻松地说：

"好消息，销售谈了一个大单子，XX 地区准备采购咱们 30 套数字校园系统，试点成功的话，将在全省全面推广。"

我知道这句话后面一定有个"不过"，但另一个开发经理不知死活，他开心地说："好啊，那我赶紧去改 bug 啦。"

老板拉住他说："不过，客户要求必须有教委版！"

我松了口气，教委版的需求已经在规划了，没有特殊要求的话，可以很快开发完成。不过我还是问了一句："有工期要求吗？"

老板伸出了三个指头。"三周，工期太紧张了！"

"是三天，小池同志，三天，投标时间是有要求的。"老板坚定地看着我。

我差点就爆粗口了，我绝望地望着老板，他沉重地点了点头……

回到团队里，我召集大家开会，告诉他们今天晚上不能回去了，跟家里人说一声。有个家伙喜滋滋地说："老大咱又要熬通宵打雷神之锤吗？"我说："明后天都不能回去了！"

那个时代的程序员还是很纯朴的，二话不说轮开袖子就干，我们确定了一个无法再精简的教委版功能需求，然后就开始设计数据模型、编写持久化程序、设计页面、编写业务逻辑、集成、测试、与数字校园联调测试。幸好有数字校园的底子，基础框架可以复用，只需要去做新增的教委功能就可以了……

可怜当时连个像样的 IDE 都没有，代码生成器什么的统统没有，大家在 Linux 下用 Vim 和 Make 纯手工打造程序，工作强度是巨大的，每人每天的睡眠时间不足三小时。一个几乎不可能完成的任务在大家不眠不休的敲打中完成了，大家在原有的基础上搭建了一个勉强可以测试和使用的数字校园教委版，打包部署时每个人都心惊肉跳，仿佛一座危楼，轻轻一触就会轰然倒地，交付以后每个人都像一滩烂泥一样委顿在座椅上，随后拖着疲惫的身躯回家睡觉去了。

足足睡了一天，我心满意足地回到公司，老板告诉我，刚刚得到消息，最终竞标失败了……

这是个忧伤的故事……

闲适有毒

上周的某一天，我突然收到 InfoQ 中国掌门人泰稳·仁波切的微信，微信里的对话是这样的……

"老池，时光荏苒，岁月如梭，8 年'biu'地一声就过去了，InfoQ 都 8 岁了，你能不能把自己 8 年的感想和经历炖一锅鸡汤带到现场让大家尝尝？"

"泰稳此言差矣，你现在已经是技术圈的百晓生、鸡汤界的鲁智深了，怎么还会缺我这一碗？"

"嗯，自己夸自己总是不好下死手的……"

"懂了，放着我来！"

之后泰稳在微信上扔了几个笑脸过来，三晃两晃消失在朋友圈茫茫的时间线上，我放下手机，陷入了深深的思考……

InfoQ 中国都 8 年了，时间过得真快，我依稀记得 8 年前那个面容鲜活的泰稳，当然，现在他更鲜活了，事业和视野也更开阔。8 年时光，消耗了一个普通人十分之一的岁月，泰稳从一个 20 多岁的小伙子，长成了 30 多岁的中年人，我从 30 冒头的年轻人，到了 40 不惑，人生并不宛如初见，世界在改变，我们每个人都变了。

8 年时光，你们都经历了什么？变成了一只豹，还是一匹狼，一头雄狮，抑或蜕化成了一只温顺的绵羊，还是把头埋入沙土的鸵鸟？

在工作了 10 个年头之后，我以为自己已经洞悉了技术人生的奥秘，我对自己说，你现在所有的艰辛付出、编程写作，只是为了在下一个 10 年之后，可以扔掉键盘和鼠标，过上两碗豆浆再加红糖的生活。退休，然后让自己闲下来，去做自己喜欢做的事情。

时光倏忽而过，不知道哪一天我就突然开始面对传说中的四十不惑，偶尔向过去稍稍四顾，只见生活中曲折灌溉的悲喜，都消失在了亘古的时光里，只有那些忙碌和汗水，像雕刻在时光机上的花瓣，安静，永恒，散发着美妙的气息。而那些闲散的、舒适的、无聊的岁月，要么沉在深水河底消失无踪，要么代表了一段低迷或某个转折，不外如此。

花瓣很美，闲适有毒！

很久以前有一个朋友，他是项目经理，自己每天要面对多个项目和上百人的团队，搞定了团队和进度，还有刁难的客户和无穷尽的需求在前面等着。忙碌，并且疲惫不堪。有段时间，他常常拉着我说："兄弟，你说这世界上还有比我惨的吗？"我说："有啊，比你惨的人多了去了，冯老师就比你惨！"他说："你都不懂我的心。"

后来他以三十几岁的高龄重修英语，然后用了一年半的时间办理移民手续，两年后，他卖掉了北京的房子，全家移民去了加拿大，从此过上了闲适的生活……蓝天、白云、钓鱼、烧烤。

半年后，他从微信发来信息：

"你说我做点什么小生意好呢？现在闲得没着没落的，慌。"
"不是有蓝天白云吗？"
"看多了和雾霾天是一样一样的。"
"那还可以钓鱼烧烤呢？"
"我现在闻着烧烤的味儿就想吐，基本上就告别烧烤界了。"
"怎么不搞项目管理了？"
"这里的老外没人让我管……不被搞已经很开心了。"
……

然后他真的开了一家小店，红红火火地经营起来了。他又开始变得忙碌和充实，也不再给我发微信了。

如果你忙得不可开交，除了提醒自己要时不时地抬头看路之外，真的没什么可抱怨的，这是好事，生活的本质就是让自己忙碌起来，然后把一件事情做成，再把另一件事情做成。真正该抱怨的是那些处于舒适区的、闲散的人们。我清楚地记得自己每一次处于恐慌和焦虑的时候，都是因为在某个领域处于舒适区太久，缺乏挑战，生活闲适造成的，每一次改变也是由此开始。

所以，如果你在某个岗位上没什么事又缺乏挑战，那就是时候去考虑去寻找下一件要做的事情了。如果你是一个领导者，那么一定要让团队里的人因为正确的事情忙碌起来，这简直太重要了，切记，切记。

自省

让自己有节奏地忙起来！有时候，我甚至认为，这可能就是生命的全部意义。

闲适有毒

162

跳槽后的生活没那么美好

收到一个知乎的邀请回答，问题是："跳槽后发现生活没那么美好，这时候如何调整工作中的心态？"

问题如下：

IT 民工，原来在一个公司做一个自己喜欢的项目，但是感觉老使不上力，于是极其郁闷，心态也是比较狂躁。到最后忍无可忍就跳槽了，觉得不走就要死了，结果到了新公司发现完全不喜欢那种类型的项目，虽然每天兢兢业业地在做，但又开始怀念以前的项目了，暂时虽然能忍，但是不知道能忍多久。

冷静下来，总觉得是自己对工作的意义认识有偏差，但对于"到底是哪儿出问题了"这个问题却很迷茫。应该怎么摆正兴趣和工作之间的位置，怎么调整心态？

当时没舍得回答，留到今天吧。

在回答这个问题之前，我先要给大家讲一个真实的故事。现在回想起来，我这前半生似乎一直在和艰苦、失败、倒霉、不在风口浪尖、不能飞的猪等美好的词汇交相辉映，在这个领域，我是个专家。看了我的经历，你们的成功会更容易一些。

在 200X 年的一个晚冬，那时候天总是很蓝，日子总过得太慢，北京还存在沙尘暴这种外星球来物。在外企百无聊赖的我终于接到通知，春节过后带着组内一行 4 人去美国进行为期半年的技术培训，与美国总部的同事一起工作和学习。听到这个消息，小伙伴们非常开心。随后大家的工作任务是：练习英语口语、熟悉 Austin 的地图、规划旅游路线、在总部同事的帮助下订了酒店和车、把打印好的英文驾照贴到自己的驾驶本上，然后就高高兴兴地回家过年去了。

这是一个美好的春节……直到准备去机场的前一天，美国同事打来电话，总部接了个 IBM 的大单，准备卯足劲儿大干一场，没空搭理我们了，退票、退房、退车，接着在北京歇着。听到这个消息，大家心都碎了，组里的几个小孩眼泪汪汪地看着我，我们对着蓝天共同发下誓言，以后谁要是发达了，就把 IBM 收了，然后从那一年的订单记录开始查，上溯 19 代也得把这单合同的销售找出来……

终于，在闲暇的日子里，我接到了某个公司事业部老总打来的电话，说目前公司的技术部无人打理，问我有没有兴趣出任这个职位。一聊之下，兴趣并不大，薪资也没吸引力。结果公司总裁出马了，不仅请我吃饭，而且描绘了公司和技术部的优秀团队、美好前景和宏大蓝图。Mac 君当时年少轻狂，心想就是这儿吧。于是辞掉了闲暇的外企工作，一个月后就去新公司上班了。

再一次，我幻想中的宽敞的办公室、优秀的产品和积极向上的团队，其实从来就没存在过。我在新公司的一个狭小的工位办公，技术部的团队成员就剩 3 个，心中都充满了对公司无尽的……怨。其中一个 1 周后离职了，一个 2 个月后离职了，另一个 5 个月后离职了。原有的产品无论从代码层面还是从 UI 层面都有无数的问题，产品与用户之间充满了各种"医患"关系，研发与实施像结了一个世纪的仇恨，见了面都恨不得杀死对方，好不容易培养的新人，事业部都想要走……我在这种情况下工作了一个月之后，基本上处于崩溃的边缘。

于是我找了个周末坐在阳台上，看着远方的蓝天白云苦苦思索，这是有多大的恨，才能把自己从一个阳光明媚的海滩扔到阴云密布的沟壑。外企的种种好处像放电影一样，一遍遍在我脑海中闪过：高薪、清闲、可以练外语、有出国机会、弹性工作制、每月 400 元话费补助、交通补助……甚至是淡淡的"烟草味道"。你这不是作吗？！

后来，我终于想明白了，如果公司里都是阳光雨露，人家把你找过来干吗？你不是想奋斗吗？不是想要困难和挑战吗？这就是！于是我想，咱就尽最大的努力把事情做对，把人带好，把产品做好，如果这样还不行，要么是公司不行，要么是自己不行，那时候再想辙也来得及。

于是我对当时的问题进行详细的分析，包括技术、产品、利益关系、心理学等，并进行了一系列的改进措施……上去九天揽月，下则五洋捉鳖……然后，就到了现在的我。

所以，这个问题的答案非常简单，那就是再坚持一下！面对困难并解决困难，你会找到新的感觉、新的目标、新的朋友和新的团队。另外，每个公司都有自己的问题，这个时候缅怀过去没什么太大好处。

当然，如果半年之后你依然是心事重重、矛盾重重，那就要重新判断你这次的跳槽是不是真的不成功了。

淤出来的聪明之企业软件

人的大脑就像一个被宠坏的动物，如果你想坚持点什么，必须不断地进行强化训练并形成习惯。无论是写作还是跑步，都需要你反复劝说："你不能再这样了；你必须要完成今天的文字或运动量；这些工作是一定要做的，早做不如晚做。"时间长了，大脑就会觉得"这事不是闹着玩的"，慢慢就形成习惯了。大脑会协调肌肉和神经，顽强而坚定地完成额定的工作量或运动量。只要你循序渐进而不是急功近利，大脑就会忠于职守并无怨无悔。但是，坚持的理由就那么一星半点，放弃的想法却能装满整个海洋，一旦大脑产生了"原来不用那么辛苦也行啊"的想法，它就会心安理得地抹去那些辛辛苦苦建立起来的好习惯，就像这些习惯根本没有存在过一样。

写作就是这样的习惯，今天我们谈谈企业软件。

姜文和冯小刚都是中国的优秀导演，他们的电影我都喜欢，如果非要做个比较，那我更偏爱姜文的电影，因为姜文的作品，一部是一部，每一部都可以看好几遍，每看一次都有不同的味道，像酒。姜文曾经对冯小刚说过："电影应该是酒，哪怕只有一口，但它得是酒。你拍的东西是葡萄，很新鲜的葡萄，甚至还挂着霜，但你没有把它酿成酒，开始时是葡萄，到了还是葡萄。小刚，你应该把葡萄酿成酒，不能仅仅满足于做一杯又一杯的鲜榨葡萄汁。"

电影对于姜文来说，是一件神圣的事儿，据说他和别人在一起不聊别的，只聊电影。纯粹和不顾一切，是姜文对电影的态度。而冯小刚是拿电影当饭吃的，为了吃饭，该上葡萄上葡萄，该上葡萄汁上葡萄汁，偶尔端杯好酒上来，得好好品，不能当白开水糟践了。这是两个人境界上的差异，就像贵族与平民一样。但姜文也有毛病，那就是才华横溢，是真溢，常常有淤出来的聪明为他的作品带来瑕疵。对此冯小刚的评价是："我的问题是如何才能达到好的标准，而姜老师则不然，他的问题是如何能够节制自己的才华，淤出来的聪明才是他最大的敌人。"

写到这，我想的并不是两位导演未来的作品走向和中国电影事业，这些大事用不着我想，想也没用，我想的是目前在互联网浪潮中苦苦挣扎的企业软件。

企业软件现在的毛病不是冯小刚，而是姜文。

以前看到一个合作伙伴的软件产品，是一款基于 BPM 2.0 的流程管理平台，除了核心引擎，还有设计器、监控、各种适配器、组织机构、规则引擎、定时任务、消息、本地数据源、远程数据源、远程服务、数据字典、业务表单等，功能强劲，UI 也够复杂，小小的电脑屏幕被切割成或大或小的方块，如果你写过程序你就知道，这些给普通用户使用的软件界面，比那些用来开发程序的 IDE 窗口还要繁复。

有多少客户会喜欢使用这么复杂的软件呢？

在企业客户的逼迫下，现代企业软件的复杂度和功能性已经足够了，说淤出来了也不为过，但 UI 和用户体验却进展缓慢。简单和美好的东西，客户才会用，满屏都是按钮和输入框，怎么用呢？有些人说企业客户的业务就是复杂啊，但是，在复杂的核心引擎和业务逻辑之中，总能找到那些简单和直接的呈现方式，如果你没找到，那是你的问题。

当然，企业软件难做难用，主要责任不全在软件开发商。一些不负责任的客户，或非常"负责任"的客户，花的是面粉的钱，要的是白粉的功能，业务简单，需求复杂，一个普通的企业管理软件，恨不得开发商投入研发操作系统的人力、物力，还得加班，还不加价。八杆子打得着和打不着的功能，能整合的都得整在一起，号称流程整合。用得上和用不上的功能，该上都得上。为了应对这种社会主义特色的需求，企业软件在大而全的道路上且行且远，最终失掉了软件的初心，两败俱伤是必然的结果。最终的结局就是，正常的企业都用不上正常的企业软件了。

都是被逼的！

为什么很多软件开发者离开企业软件领域去做互联网服务了？一方面是因为企业软件确实难做，另一方面是因为，当你个人在互联网公司的营收是 -30 万元的时候，你还有可能被当作一个英雄，而在企业软件公司，当你的营收到了 -10 万元的时候，你已经被裁掉了。

聊了半天，这事儿到底有解吗？我希望有，但目前仍然看不到大的希望。如果要我的建议，那么以下三点，算不是办法的办法。

1. 基于工具和平台提供服务。企业愿意要什么软件，就用这些工具和平台做什么软件，费用按人月结算，算是实现了真正的人月神话。遇到外包项目或工具做不了的项目，直接拉黑。

2. 做垂直小软件，解决某行业 80% 中小企业客户的 80% 的需求，价格低，走量。

3. 为企业软件公司提供互联网和数据服务，如云存储、项目管理、信息流协作、数据服务等，在免费和收费之间兜兜转转，也有生存之道。

化繁为简，抹去淤出来的聪明，才有一线生机！

下面是之前收集的一些反馈，谈论之声不绝于耳：

一个合同等三个月批准，然后让你一个月交货，为什么呢？因为他们原本计划三个月完成该项目。一个月多幸福啊，你见过三天的吗？之前中国移动是甲方，项目实施过程中，甲方要求加班到 9 点、10 点，慢慢就是 12 点，其实很多人就是坐在那儿浏览网页，看看电影什么的，让项目组加班就是做样子给所谓的领导看。中国电信某省级公司，项目加班加点做完了，合同还没影，据说内部还未立项。

看完这篇文章，各位读者，你们还想做企业软件吗？

心向大海，重新起航

我正式加盟锤子科技，开启一段新的旅程。

周末下了一场连绵细雨，雨势不大，但是看不出要停歇的样子，没有抑扬顿挫，也没强弱变化，就像一场单调的告白。甚至，我记不起这场雨是什么时候下起来的。站在窗前，看着雨滴敲打玻璃窗，然后，新的雨滴冲刷掉旧的雨滴，构成千变万化的图案。极目远眺，天空一扫往日阴霾，湿润的空气里有雨水和泥土的味道。我泡了一杯热茶，打开 Mac，简单回顾了一下自己十几年的职业生涯，并写下了这些文字。

我是池建强，很多年前人们都叫我小池，或池。现在除了初中同学，没人再叫我小池了，连老罗都叫我老池，虽然他比我大着几岁。当然，江湖上还有人叫我卖桃君，那是因为我的微信公众号叫 MacTalk。

我是一个 70 后程序员，编程之余，间或写一些文字。以前代码写得多，到了这两年，写代码的青年才俊如雨后春笋般崛起，自己反而文字写得多了。

1998 年毕业后，我加入了一家直流电源公司，但终究心属软件，一年后进入洪恩，开启程序员之路。工作了十几年，有两家公司对我非常重要，一个是洪恩，另一个是瑞友。前者让我获得了成长，我做了洪恩在线和数字校园这两个项目；后者让我独立实现了很多想法，做出了截至目前对我最为重要的一个产品——GAP 平台，这款产品目前仍然服务于上千家企业，算是实现了我年轻时的一点理想，让自己的程序跑在千家万户的服务器上。

2011 年我曾经为 GAP 平台规划了云加端的发展方向，同时制订了相应的开源计划，我希望把本地的开发平台挪到云端，并实现开发者本地开发、云端部署的策略。另外，云计算在半空中漂浮了那么多年，大家一直在做基础设施和基础技术环境，缺乏真正可以复用的技术和业务组件，而这些正是 GAP 擅长的。几经实验之后，我悲伤地发现，这终将是我的一相情愿。IBM 和微软没有做成的事情，一个传统的软件厂商也很难实现，无论是资源、环境还是资金支持。

技术时代已经变革了，没有做出来的东西，有可能就是真的不被需要了。

在那段时间，我觉得世界是一片没有航标的大海，灯塔暗淡，大师隐世，我就像丢掉了海图和船锚的小舟，不知道自己的方向在哪里。丢掉了的海图，需要自己去找回来。2012 年，我开始进行集中的写作，在帮助了很多读者的同时，也梳理了自己的思路，世界为我打开了另一扇门，原来的窗户也没关上。

2014 年，我出版了一本技术人文类图书《MacTalk·人生元编程》，出书的过程，也让我想清楚了更多的事情。

在未来的日子里，瑞友科技将以自己的节奏、稳健的业务和良好的营收去赢得自己的荣光，而我，兴趣已经转移到了个人消费者和互联网领域，我将走上另一条道路，参与更为激烈的竞争、快速的技术更迭、更多的尝试和失败。在疲累之余，我也许能撷取路边散发着迷人香味的花朵，也许能品尝甘甜饱满的果实，也许，将一无所获。但这就是我未来 10 年的生活：充当探险者、开拓者，而不是守护者！

在瑞友 10 年创业，我从一个普通的程序员成长为公司技术负责人，结识了一大批优秀的人才，也得到了他们无私的帮助和支持。迎来送往，历经沧桑，吵过，笑过，醉过，最美好的 10 年已经过去了，我们总要继续向前！祝福和感谢那 10 年中所有的人！

2015 年 5 月，我正式加入了老罗的"锤子科技"，开启了一段新的旅程。在锤子科技，我会带领一个优秀的团队，负责云平台、电商、运营支撑系统、OS X App 等软件的研发和运营。这些并不重要，重要的是，在未来 10 年，我希望能够做出一些改变人们生活的产品，这是我的理想，我想要实现它。

至于说我为什么选择了锤子科技，那是另外一个故事了，我们以后再讲。

曾经梦想仗剑走天涯，看一看世界的繁华
年少轻狂的我，如今快要老啦
曾经向往四海为家，又见伊人绝世芳华
好男儿心向大海，只待明日重新起航

跨越

171

跨越边界

既然大家都对跨越的故事感兴趣，那么今天就写写这个故事。

大概是在 2012 年左右，我仍然在积极地关注和研究应用平台技术，但是对企业市场逐渐失去了兴趣，我个人的能力、资源和契合度已经开始越来越适应另一个战场。按照道理来讲，那个阶段我就应该离开去寻求新的方向了。但是，跨越和选择永远没有那么简单。

走到这样一个人生阶段，其实选择并不多，往周围稍稍四望，皆为边界。我不大可能再去 BAT、华为、联想、小米这样的大公司，也不会去各种外企。为升空的火箭添加燃料已经不是我的梦想，我需要"纵横四海，改造世界"，我期待"强敌环伺，战火纷飞"！去这些大公司和待在原公司能有多大的区别呢？在瑞友工作了这么多年，人来了又走，走了又来，我熟悉软件园里的一草一木，软件平台里的每一行代码都倾注了我的情感，有老领导，有老部下，在有效的范围内，我几乎可以做各种尝试。我走来走去，我看花开花落，我为什么要离开？

我已经处在了舒适区里最柔软的沙发上，我不可能换个地方换个沙发。人飘起来容易，没有翅膀和天空，风停之后，落地更难。是时候离开了吧，既然不去大公司，那就选择创业，或者加入一家创业公司，或者随便写点什么，也能过生活。但是找到一家和自己契合的创业公司却是极其困难的，创始人、环境、方向，每个因素都是差之毫厘、谬以千里。

有段时间我处于拔剑四顾心茫然的境地，不停地拒绝一些公司的邀请，反复打磨自己手中雪亮的刀锋，听许巍的歌，却始终找不到超然物外和逍遥自在的感觉。"离开"宛如日出东海，注定要落西山。问题是哪里的西山？最终还是要去创业吧，我想。

2014 年的冬末，一根沉重的羽毛随风坠落到我的面前，我的选择是，伸手抱住了它。

老罗通过我的两个好朋友（为啥是两个朋友？这是另外一个故事，感谢他们！）找到了我，吃饭聊天。那是一顿冬日阳光里非常愉悦的午餐，由于从来没有在生活中见到过活的老罗，我一边吃饭，一边观察着这个飞翔的胖子。老罗体格庞大，健谈，目光坚定，气场澎湃，坐在他的对面会充满压迫感，我选择坐在了他的旁边，感觉还行。

老罗穿着闲散，不修边幅（当然，后来见到工作中的老罗之后，我觉得那天他简直是化了妆的），从 T1 聊到牛博网，从学校教育聊到新东方，从设计工艺聊到未来的产品形态，老罗词锋犀利，话语密不透风，针扎不进，水泼不透。以我这样的功力，大概只能接管四分之一或更少的话语权。当然，在老罗面前，我更乐得做一个倾听者。

闲聊了两个多小时，酒过三巡，菜过五味，老罗抽出一把餐巾纸抹了抹大油嘴对我说："池老师，我们有个比较重要的职位空缺，你要是有兴趣，可以过来谈谈，没兴趣的话，就给我推荐一些靠谱的人选。"我的回复是："好啊。"然后我以粉丝心态和老罗照了一张合影，照的时候我机智地往后退了一点，效果凸显了老罗的样子。然后我们执手相望，拍拍屁股各回各家了。

接下来的事情就比较有意思了，根本不是你们想象的"只因为在人群中多看了你一眼，再也没有忘记你的容颜"。老罗说："你来吗？"我说："I do."这样的美好剧情，无论你曾经做过什么，有什么样的江湖声誉，相互的选择都是慎重而严谨的。我和锤子科技从冬末谈到初春，直到这个寒冷的夏季来临，才正式加盟了锤子科技。期间我和锤子科技的高层聊，和HR聊，和团队的成员聊，和老罗聊了两次，最后聊到海枯石烂，山河变色，双方终于确认，你是我们要找的人，你是我要找的公司，然后，一切就顺理成章了。

有些朋友得知我去锤子科技的消息后，大部分是祝贺，也有些会不理解，为什么要去这样一个艰难成长的创业公司呢？而且是英语老师开的！首先，一个公司如果没有任何困难，顺风顺水，人家让你过去干什么呢？坐享公司成长的果实吗？这样的美事从来砸不到我头上，也不是我追求的。其次，如果你一直以静止的眼光看待事物，那只能说明自己的不成长。高晓松曾经在一个访谈节目里谈到如何看待乐评人评价自己的作品，他说："因为我自己一直在成长，所以我看了乐评人的文章，就知道他有没有成长。"

人生就是不断地成长和挑战，从一个领域跨越到另一个领域。当人们嘲笑雷军英语口音的时候，当人们嘲笑英语老师的设计和产品能力的时候，其实人家已经走到了你梦里都梦不到的地方。

锤子科技是一家很独特的公司，按照体量来说，这是一家不折不扣的小公司，但被很多公司和竞争对手当做大公司看待，这是一件很有趣的事情，当然和老罗的个人风格有关。所以，在锤子科技工作的感受就是"强敌环伺，战火纷飞"！由于价值观趋同，加上竞争对手强劲，大部分员工都有一点点内在的骄傲和紧迫感。我们在做正确的事情，我们不用盗版，我们步履匆匆，我们试图改变人们的生活。

工作时间，大家要么噼噼啪啪敲击键盘编写程序，要么在 iMac 上安静地做着设计，要么步履匆匆，从一处赶往另一处。我记得有一次我召集各个组长开产品会议，一直讨论到晚上 8 点还没结束，那天我约了另一个朋友谈事，就准备结束会议，明天再开。结果大家说，没事老大你先走吧，我们讨论出结果明天给你邮件。

每个人都会把某件事当成自己的责任，这是一份珍贵的资产。

另外，很多人会以为和老罗工作会很轻松，那你们就大错特错了。他不会笑眯眯地给你讲段子哄你干活，每次开例会不骂人大家就要烧香了。你要小心翼翼地度过每次产品讨论，顺利的时候他偶尔会扔个梗让大家开怀一笑，接下来又会从设计、交互、市场、数据等各个领域挑战你。不顺利的时候他会大发雷霆，让与会者高度紧张。

每次开会，老罗就像骑在高头大马上的异国勇士，手持长枪重载，虎视眈眈。高头大马不堪重负，发出嘶嘶的吼叫，空调的风从办公室的顶部吹过来，带起一丝不安的气息。每个领域的负责人小心翼翼地向老罗发起冲击，大多数能安然过关，小部分则体无完肤，残肢满地。每次开完会之后，大家都会收拾一下残破的心情和侥幸过关的快感，盼望着下一次产品会的来临。

所以，为了缓和气氛，我有时会自己讲个段子。比如遇到不紧急的事情，我会通过微信发给老罗，老罗的微信反射弧极长，这一点可以与丁香园的冯老师一争高下。你早晨给他发个微信，然后工作一上午，吃了午饭，又开了一下午会，晚上回到家里，读书写字正准备上床睡觉的时候，微信"biu"的一声，你打开一看，老罗回复了两个字一个表情：好的 [微笑]。于是就有了这样的段子：

老罗："中午吃饭了吗？"
老池："没呢，准备去吃……"
（15 分钟过去了。）

老罗："等我。"

老池："好。"

（半个小时过去了……一个小时过去了……）

老罗跑过来抹抹嘴："你真抗饿啊，你看我就扛不住去吃了。"

有人会问这是真的吗？段子嘛，当然是来源于生活而高于生活。我喜欢这样的生活。

你知道吗？人们每天起床，做着同样的事情，他们告诉自己，有一天要改变生活，但他们从来不付诸行动。我想改变自己的生活。——《城中大盗》

对我来说，跨越一直在发生……

黑天鹅与大数据

如果你像很多爱读书的人一样，比如我，就会知道"黑天鹅"并不是什么新词，这个词源于澳大利亚的黑天鹅。17世纪的欧洲人认为所有的天鹅都是白色的，因为它们从来没有见过其他颜色的天鹅，当然，我到现在也没见过其他颜色的天鹅。到了18世纪初，欧洲人远渡重洋来到澳大利亚，一上岸就惊奇地发现，居然有的天鹅是黑色（shǎi）儿的！欧洲人吓坏了，因为他们之前那么相信自己的判断，认为世上只有白天鹅，其坚信的程度，和我们小时候赌咒发誓21世纪共产主义一定要实现，是一样的。残酷的事实让欧洲人的信念土崩瓦解，他们跑回老家奔走相告：妈妈，原来世界上也有黑天鹅啊。史称"黑天鹅事件"。

黑天鹅的出现预示着，世界上永远存在着不可预测的、意料之外的重大罕见事件，一旦出现就有可能改变一切。无论你去过多少个地方，观察过多少只白天鹅，一只黑天鹅的出现就能让你之前所有的推理和结论全部失效。人类总是过于相信自己的经验，希望自己的判断、决定和计划能如期而至，但是现实总是让我们手足无措。无论是泰坦尼克号的沉没、第二次世界大战、"9·11"袭击、美国的次贷危机，还是互联网浪潮，都不是人为能够预测出来的，但这些事件的发生，对人类历史发展的进程产生了重大的影响。

甚至普通人日常生活中的选择，也存在很多"黑天鹅现象"，我以前在微博上说过：我有两个朋友，一个坚韧不拔，对公司不抛弃不放弃，十几年过去了，一路从程序员成长为技术副总裁，然后公司因为一个突如其来的财务丑闻倒闭了……另一个朋友总是在选择中跳槽，在跳槽中选择，最后在一家公司工作了两年后，公司上市了，他还去纳斯达克敲了钟！大家可以感受一下，然后静下心来想一想，你所生活过的这十几年，或几十年，哪些日子是在计划中度过的？

当然，很多人会说我们现在有了大数据相关的技术，我们的信息浩如烟海，如果说过去的数据用筐装就够了，现在得用列车和舰艇运输，我们用千百万台连接到一起的计算机对这些数据进行计算、加工和统计，难道还预测不出一两只黑天鹅来吗？在自然界的物种领域，当代的科技和信息的传播几乎已经不会再犯17世纪欧洲人的错误了，但是就"黑天鹅事件"

来说，依然难以预测。

讲一个猪的故事。有一头不在风口的猪，自打出世以来就在猪圈这样一个世外桃源生活，每天会来一些站立行走的生物，时不时扔一些好吃的进来，小猪觉得日子惬意极了。它高兴了就去泥里打滚，忧伤了就趴在猪圈的护栏上看夕阳西下，春去秋来，岁月不争。经过数百天的大数据分析，小猪觉得日子会一直这样过下去，直到它从小猪长成了肥猪……在春节前的一个下午，一次血腥的杀戮改变了猪的信念：大数据都是骗人的啊……惨叫嘎然而止。

无论是你的个人收入、图书销量、知名度、Google 搜索量、血压、牙患、股票价格，都有可能是"黑天鹅事件"，它们在过去的几百天之内只发生了微小的变化，并且具备一定的趋势，你以为事情会一直这样发展下去了，就像太阳每天从东边升起，西边坠落一样自然，但是到了第 1001 天，"砰"地一声，一个过去从未有过的巨大变化发生了！例如，今天"康师傅"就被立案调查了。

泰坦尼克号的船长曾经说过：

根据我所有的经验，我没有遇到任何值得一提的事故。我的整个海上生涯只见过一次遇险的船只。我从未见过失事船只，从未处于失事的危险中，也从未陷入任何有可能演化为灾难的险境。

然后，他就驾驶着当时全世界最为安全的巨轮泰坦尼克号出海了……

人类不知道的远远比知道的更有意义。历史永远不是线性发展的，每一次跳跃前行中都有"黑天鹅"的身影。这就是"黑天鹅事件"要告诉我们的真相。

那么普通人如何面对"黑天鹅现象"呢？如果我说"他强任他强，清风抚山岗；他横由他横，明月照大江"，大家会不会点赞呢？料想是不会的，所以我的看法是：

1. 保持独立的人格和思考，持续提升个人能力。在改变历史进程的"黑天鹅事件"中，个人的作用可能微乎其微，但是在生活中就有用了。比如你早晨起了床，刷了牙，吃了早饭，为自己的梨形身材套上合身的西装并扎好领带，高高兴兴去上班，然后发现自己失业了。没关系，哥一身是胆，满腹经纶，左右手都能编程，分分钟就能找到下家并薪资翻倍。

2. 努力让自己的生活发生正面的"黑天鹅事件"，寻找报酬具有突破性的职业和工作，工作成果不受时间限制，也不是按件记酬。比如我，现在就寄希望成为图书销售百万的技术作家什么的……

3. 通过反证接近真相。当所有人都认为某件事的发生是理所当然的，不要急着附和，往其他方向看一看想一想，不是有句老话嘛，我不能证明这件事是正确的，但我可以证明它是错误的。不是不让大家过马路，而是不要闭着眼睛过马路。

等等，说了半天，大数据是干吗的？就目前数据计算能力而言，大数据主要应用于经营决策、智能推荐、定向营销、机器学习和人工智能等方面，至于预测"黑天鹅事件"？还是等失联的飞机找到再说吧。

《黑天鹅：如何应对不可预知的未来》的作者说过：历史和社会不是缓慢爬行的，而是在一步步地跳跃。它们从一个断层跃上另一个断层，其间极少有波折。而我们（以及历史学家）喜欢相信那些我们能够预测的小的逐步演变。我们只是一台巨大的回头看的机器。

认识到这一点，对大家的日常生活和未来发展会有帮助。

第十人理论

"第十人理论"（The Tenth Man），我是在《僵尸世界大战》里听到的，电影中的对话内容大致是这样的：

这种消息我当然也会怀疑，在 20 世纪 30 年代，犹太人不相信他们会被关进集中营；1972 年，人们也不愿意相信慕尼黑奥运大屠杀；1973 年 10 月第四次中东战争爆发前的一个月，我们眼看着阿军的行动，但是没有人认为那是一种威胁，一个月后，阿军差点让我们溃不成军，所以我们决定做出改变。

什么改变？

第十人理论，如果我们九人读相同的信息，而得出同样的结论，第十人要做的就是提出异议，不管看上去有多不合理，第十个人得考虑另外九个人都错了的特例。

你是第十个。

没错。

这就是第十人理论，无论多么完美的计划、周密的理论，总需要有人站出来，从另一个层面考虑问题。当所有人的意见或建议都变得无比一致的时候，潜在的危机和隐患恰恰是最大的时候。这时候，如果第十人站出来，提出出乎意料的方案或建议，最终的结果要么是被愤怒的群众砸死，要么是成为力挽狂澜的英雄。

这时就有个问题抛给大家了，你希望自己成为第十人吗？你对第十人理论的看法是什么？于是我收到了这些回复：

不成功便成仁（让我想起了不作死就不会死）。

关于是否愿意成为第十人这个问题，我的回答是一万个愿意。从小对于别人的决定都心存怀疑，热衷于给人泼冷水，后来发现很多人接受不了，我也只好婉转一些，或者只在心里嘀咕。甚至有时候我在想，能不能成立一个公司，提供类似咨询的业务，只不过不是给出解决方案，而是专门给人泼冷水打预防针。想得有点多，哈哈。不过这样有点悲观的性格影响不好，通常觉得水只剩半杯了。长大后虽然性格有所改变，但是爱泼冷水的性格还藏在我深深的脑海里。如果我是大家选出来的（或者我毛遂自荐的）第十人，专门负责唱反调，到处挑刺找毛病，那我是求之不得啊，就好比周星驰演的苏乞儿，奉旨行乞，甘之如饴。

历史记录的永远是第十人理论的成功案例，就像《人类群星闪耀时》。但问题是也有做第十人时你的确错了的情况啊！做不做第十人不重要，而是应该独立思考。然而有时候人是不能超出自己的认知范畴来推论问题的，那些先哲们的记录不过是勇敢超出范畴的一小部分恰好走对了方向的人，是时间和空间创造了那样的神奇时刻。不过学会独立和换个角度思考还是很必要的。本没有对与错好与坏的标准，不过是一次经过！

看到标题，我就想到了那部电影。为了响应 Mac 君的号召，我陷入了深深的沉思。首先，这个理论在中国是不成立的，因为我们一贯讲究团结、统一，那这第十个人很明显不是一个组织的嘛……但是，客观上，这个理论很有必要，尤其是大多数人狂热的时候，少数人的冷静显得更为重要。而要成为一个合格的第十人，要求也更高，至少要思想独立吧，大多数的我们太容易受到别人的影响。我的想法是即使成为不了第十人，也要成为思想独立的人。

回复太多我就不一一列举了。

关于第十人理论，我是查了些资料的，以色列军方确实存在类似的说法，但并不叫"第十人理论"。

大部分智能决策的来源都是大量的碎片信息，信息量越大，做出的决策越合理，当你拥有的数据大到一个量级的时候，根据这些数据就有可能找到最优决策，这就是江湖盛传的大数据，以色列人在 20 世纪 70 年代就琢磨出来了，现在一帮 IT 人还成天在那 Big Data 什么的，哎……但是，就像解决任何一个谜题的早期阶段，不完整的碎片信息会导致决策者做出错误的或截然相反的判断，因为数据样本不够大，这时候就需要有人运用逆向思维从这些谜团中提出异议、找出真相。

基于以上考虑和历史上血淋淋的教训，在 1973 年第四次中东战争（又称赎罪日战争）之后，以色列国防部专门成立了一个机构，命名为 Red

Team，号称魔鬼代言人，他们可以运用各种方式方法挑战情报机构做出的普遍假设，用来保证情报的准确性。这个机构就是那个第十人，不管前九个人的结论看起来多么正确，多么万无一失，他们必须提出异议，找到这九个人都错了的特例，并提供给军方进行评测。

这个机构的特点就是小而精，所有成员都具备学术背景，最重要的一点是可以不受限制地访问各类信息，上可抵将军，下可达士兵，他们收集并分析各类信息，寻找信息各个环节点的漏洞和错误，挑战一切假设和判断。他们的信条不是"He who dares wins"（勇敢者才能赢），而是"He who thinks, wins"（善于思考者赢）。

这就是以色列的"Intelligence reforms"（情报改革）法则，后来被意译为"第十人理论"。

了解了这个背景之后，我的看法就比较清晰了。

1. 第十人理论是组织级的改进措施，一般应用于企业、政府等机构，不要和你的小伙伴耍酷玩第十人理论，否则会死得很惨。例如，9个人都想让汪峰上头条，你非得在旁边磨叨什么"吴奇隆和刘诗诗在一起了，杨幂和刘恺威要结婚了……"，这不拍你拍谁？

2. 第十人机构要少而精，最好都是以一当百的主。除了有胆有识，有勇有谋，还要技艺超群，挡得了板砖顶得住夸赞，耍得了大刀敲得动键盘，第十人只有在信息处理层面比那些做决定的人更快更强更高，才能拨云见日，找到真相。

3. 第十人的工作绝对不是泼冷水，而是帮助决策者找到最正确的决策。

4. 有条件的话可以设置第十人机构，从组织级保证决策的正确性。团队内部应该鼓励第十人的出现，但不鼓励个人英雄主义。

5. 我希望我的团队里有第十人角色。

善守者藏于九地之下，善攻者动于九天之上。善思者赢！

猴子理论

从前有 5 只猴，幸福地生活在一个笼子里，每天面朝大海春暖花开，攀爬看鸟打秋千，它们立志做一个幸福的猴……直到有一天，笼子上方多了一只万恶的香蕉，悲剧就此开始。一旦有猴试图去拿香蕉就会导致灾难发生——所有猴儿被水枪扫射，猴子们狼狈逃蹿。5 只猴都尝试了一遍，每次悲剧都上演，最后 5 只猴伤心地发现，香蕉不能碰啊！

这时候放出一只旧猴子，换进一只新猴子，新猴儿一看香蕉连忙施展凌波微步冲了过去，当它的爪子离香蕉还有 0.01 公分的时候，被 4 只冲天而降的老猴儿 4 记猴拳拿下，一顿暴打之后，新猴子也不敢碰香蕉了。再换出一只换进一只，同样的情况再次上演，只不过这次围殴中，上次被打的猴子打得最凶，直接下死手，边打边喊"让你拿香蕉，让你拿……"。

当把所有的老猴子都换出去之后，剩下的新猴子再也不去碰香蕉了，传统已经形成！至于为什么，没有猴知道！

这就是"传统"的由来，也是为什么要提倡独立思考的原因，很多当时看起来非常正确的人、事和决策，随着环境的变化，有无相生、难易相成、对错相易，这些都可能发生，结果到底是什么，总要有人去想和尝试才知道。被喷水怎么办，就当是毛毛雨呗；被群殴怎么办，就当是锻炼身体呗。试错总有代价！

从这一点上来看，猴子理论也解释了"大佬一抓就死"原理，大佬之所以成为大佬，当年必然纵横天下，上马砍人下马治国，江山是凭本事打出来的。打下江山后就会形成自己的成功法则和方法论，每个大佬都笃定自己的成功别人不能复制，只有自己能复制，口头语是"按照这个套路走，不会出大问题"，结果时代变了，技术变了，人也变了，如果大佬依然迷信自己的成功法则，而不是与时俱进地去了解需求，设计产品，提升品位，那么就会练成九阴白骨爪，一抓即死，只不过是早死还是晚死的事情了……

注：有些读者发来消息，说这个猴子香蕉实验已经被证明是个假货啦，怎么还能引用呢？证伪的文章我在果壳上看到过，写得很有意思，不过我们并不是做科研，而是想通过这个故事讲个道理，如果这个道理对读者有意

义、有帮助，那就够了。

今天我们说说另一个猴子理论，这个理论叫"背上的猴子"，是一个叫 Oncken 的人提出来的，大意如下：

有一天午后，你刚刚完成了一段代码、一篇文章或者一个 Keynote，终于可以舒缓一下紧张的神经了，你拿着茶杯走到落地窗前，天气晴好，你一边默默欣赏着行走的阳光和最后的晚秋景象，一边在脑子里构思下一部分的工作内容。

这时，一个下属跑过来："老大，有没有时间咱讨论个问题？"通常情况是，你还没有回复的时候，他已经开始说自己的事儿了。作为一个亲和、公正、公开的领导，你必须放下自己的事情，耐下心来听他花半小时或几小时把这个问题讲完。听完后你的反应可能有两个：

◆ "太年轻太天真"，然后分分钟把问题解决或处理了，双方皆大欢喜。
◆ "我怎么知道？"再一次，作为一个不能让下属失望的领导，你只好说："我考虑一下。"

第二种情况就比较麻烦了，因为你已经把下属负责的"猴子"背负到了自己的背上。第二天你们可能又在走廊碰面了，下属吹着口哨无比轻松地问你"考虑得咋样了？"你呢，自己的猴子没搞定，还需要对下属的猴子负责，愁云惨雾。如果这种情况形成习惯，下属会不断地把猴子扔给你。如果类似的下属多了，你基本上只有一条路可走，专注崩溃 30 年！

这里的"猴子"指工作中的"process"或"problem"。

大家如何看待这个理论呢？

我看到很多解读都是从管理者的角度考虑问题的，例如，小伙伴的事情一定要让小伙伴自己做，管理者要高瞻远瞩高屋建瓴，把时间投资在最重要的事情上云云。这种说法当然没有太大问题，如果小伙伴遇到的问题，您都帮助解决了完成了，那您招他来干嘛？但是你也不能在别人请教你问题的时候直接回复"做不出来就去死，要你干嘛？"这种有可能引发混乱场面的场面话，对吧？所以，这里面还是一个平衡的问题。

我所了解的管理者，真实的情况是，确实没那么多事需要去高瞻远瞩，一个月高那么几回就行了，平时大部分时间都是协调工作和帮助下属解决问题。新入职的员工，他的猴子你不背谁背，你不背也得有别人背。当然，这么说不是让大家把别人的活都干了，所谓授之以鱼不如授之以渔，告诉他解决问题的思路就好了。

对于技术领导，我一直有个信条就是，上马提刀可砍人，下马执笔可治国！下属解决不了的问题，最终就是你的问题，所以，当没人能解决的时候，你就得站出来搞定它。并且告诉小伙伴解决问题的思路和方法，长此以往，小伙伴的猴子慢慢就都还回去了，人毕竟是要成长的。

当然，如果遇到不成长的小伙伴，你也别太为难自己，换个小伙伴就是了。

写给苹果 CEO 的公开信

Tim，见信好！

我仅以个人名义写了这封信，因为在我们这片土地上，我谁都代表不了，反而常常被别人代表。这一现象导致的后果就是，我总想代表点什么。

很早就开始使用苹果的产品，但直到乔帮主卸任的时候，才知道那些产品都是您老起早贪黑组织送出来的，不容易。那时候我就想到了一个事实：没有运营，公司将一事无成。我代表中国的苹果用户……对不起，老毛病又犯了，刷会儿微信就好了。

考虑到你看到这封公开信的可能性是零，我决定用中文来写这篇文章。当然，另一个原因是我初中才开始学英语，学了好多年，也没学好。有人说我英文学得太晚了，应该从娃娃抓起，我想了想，觉得有道理，后来读了李笑来老师的《人人都能用英语》，我又迷惑了。希望未来我能够用英语写作，毕竟我还年轻，比你小十几岁呢。

前几天，看了苹果 2015 财年二季度财报，业绩凶猛。季度总收入达 580 亿美元，比上年同期增长 27%。净利润 136 亿美元，较上年同期增长 33%，毛利率达到了惊人的 41%。尤其读到大中华区贡献的 168 亿美元收入时，我仿佛见到千百万 MacTalk 读者的双手在我面前舞动，我很欣慰。

自满和骄傲是我们前进路上最大的绊脚石，好话就不说了，作为一个负责任的苹果产品用户，我必须严厉地指出：前途是光明的，道路是曲折的。Tim，你做的还远远不够啊！

iPhone 的营收比重在苹果各类产品线中占据了重要的位置，本季度销量达到了 6117 万台，销售收入为 403 亿美元。这是两个巨大的数字，但我们必须清醒地认识到，这是因为苹果手机长时间压抑的大屏需求突然释放导致的结果，你敢说 iPhone 6/Plus 的设计达到了至善至美的水准吗？光有"大无可大"是远远不够的。自 iPhone 4 横空出世以来，iPhone 每年都能斩获 iF 金奖，直到 2015 年，iF 金奖被一家叫做锤子科技的公司抢走了。他们的产品叫做"Smartisan T1"。虽然你的 Apple Watch 也获奖了，但是那是"表"，不是三表，也不是手机。

虽然"对于美的分歧，只存在于非专业人士当中"，我还是建议你看一下 iF 评审团对 Smartisan T1 的评价：

这部智能手机中蕴藏着诸多体贴的设计细节，还有那些精妙的新特性，它们都包含于一个完整一致的产品概念之下，这些都令我们着迷。从包装到产品本身，匠心贯穿始终。总体而言，这部手机最令人心悦诚服之处是它的易用性及其高品质的设计和完成度。

再来看一下 iPhone 6/Plus 突出的摄像头和丑陋的背板设计，能不惭愧吗？无可否认，这一代 iPhone 从易用性和性能上都有诸多的可取之处，但是我们不能放弃追求美好事物的初心。当年乔帮主在世的时候可不会发布这样的产品。

建议你关注一下"锤子科技"这家公司，也许未来会发生点什么。

再说说 Apple Watch 吧，作为产品上线第一天就预订了标准款的家伙，我至今仍未收到传说中的苹果表，你让海淀的群众怎么看，你让朝阳的用户怎么看，让北京的人民怎么看，我怎么向广大的 MacTalk 读者交代？运营是你的老本行，我觉得你对此应该承担不可推卸的责任，就不能给大中华区多发几块表吗？要反思！

关于 Apple Watch 的前景，我觉得第一年怎么着也得卖个 1000 万块吧，但是卖完之后的走向，就很难预测了。苹果表能否重新定义这个手腕上的设备，要等人民群众用了才能知道。如果他们戴了 3 个月还没有摘下来换成传统手表或不戴表，那么你就赢了，就可以把注意力投入到第二代和第三代手表上去了，同时我们也要注意到，这里同样是个坑！人们会两年换一个手机，会两年换一块表吗？就像人们不会两年换一个 iPad 一样！

对了，我有多久没用 iPad 了？

现在说说 iPad 吧，乔帮主 2010 年发布了这款震惊世界的平板电脑，一时之间风头无两。5 年过去了，这款产品并没有突破性的创新，手机的屏幕倒是越来越大，挤压了 iPad 的使用时间，iPhone+Kindle，似乎降低了出行时 iPad 的必要性，难道 iPad 未来的主要受众群体是专业用户吗？现在的 New MacBook 的定位又是什么呢？要放弃 iPad 市场吗？老库，这些问题都需要你思考和解决，我已经帮不上什么忙了。

再来说说软件吧，OS X 升级到 10.10.3 之后，最让人诟病的是 Safari 的挂死问题，当我开了几十个 Tab 页的时候，迅疾如风的 Safari 就有可能进入老爷车的状态，永远达到不了互联网的另一个节点。这个问题在开发者预览版的时候就出现过，那时候开几个网页就会出现类似情况，正式版，不应该是从几个增加到几十个的量级吧？这能怪谁呢？只能怪你了，库克！

我是多么喜爱 Safari 的 UI、交互和钥匙链功能啊！我曾经认为 Safari 是世界上最好的浏览器，but you let me down！人生的痛苦莫过于此，希望你能够在下一个小版本的更新里修复这个问题，切记。

iCloud 和 App Store 就别提了，虽然我们大中华区地处边疆，尽是高墙，但是老百姓也是花了血汗钱买苹果设备的，你总得让我们能够痛痛快快地下载 App、同步数据和备份手机吧。刚买了 200GB 的云存储空间，就发现 iCloud 的手机备份不能用了，iPhone 还见天提醒："您有 12 周没有进行手机备份了……"是我不想备份吗？非不为也，是不能也！想来想去，还是通过这封信告诉你了，苹果挣了那么多钱，就不能给中国人民建个专属数据中心吗？拉几条专线不会拉低苹果股价的。走点心吧，Tim！

不说了，说多了都是眼泪。

整体来看，Tim，你并没有让股东失望，但在用户眼里，苹果还是不是一个酷公司，我们要打一个问号了。上次见到沃兹沃老先生的时候，他拉着我的手说：

一个公司能够一直保持酷的状态是非常难的。对于苹果这样的公司来说，如果你做了一个棒的产品而并不酷，那么用户就会立刻感觉出来，他们会问苹果怎么了，为什么做不到以前那么酷了？这一切都与产品的质量和感觉息息相关，你必须在做到棒的同时让产品保持酷的状态。苹果也曾经不酷过，他们在 20 世纪 90 年代曾经想让 OS X 兼容其他 PC 机，这件事就不酷。但后续的事情我们做得还是很不错的。

而且酷这件事情并不是公司觉得自己酷就可以了，是消费者觉得你酷，才算成功了。对于苹果而言，是消费者觉得我们是一个酷公司。

现在，Tim，你要问一问自己，苹果还是一个酷公司吗？大把赚钱和美好事物之间的那个平衡点，是否还在你的掌控之中？

最可怕的产品经理

很久以前，PM 两个字母的缩写代表了 Project Manager（项目经理），那是一个软件工程横扫世界的年代，人们为了精准地完成一个软件项目，设计出了各种开发规范和工程过程，项目经理可以制订出细致到每个月、每周和每天的工作计划，最后，项目延期了……

时至今日，PM 早已改弦更张，成为产品经理的代名词，在这样一个以用户和产品为中心、设计和用户体验改变世界的时代里，产品经理被赋予了太多的职责和意义，他们主宰着产品的特征、设计、实现和用户心理，如果负责了公司的核心产品，他们甚至决定了公司生死存亡的命脉，他们画原型如拾草芥，做交互如履薄冰，产品特性增一个就多了，减一个就少了，他们始终念念不忘的是：设计上的完美并不是没有东西可加，而是没东西可减。

不一定有回响……

产品经理常常处于各种纠结之中，他们想尽可能让产品表现得聪明而有原创性，又担心自我的迷失，因为人们在登山的时候总是会忽略那些能够直达目标的小径，我们被蓝色湖泊上飘荡着的雾气吸引，在高山上怒放的美丽花朵之间徜徉，而忘记了真正的目标。然后，很多产品就这样死掉了……在这样一个创业者遍地开花的年代，大部分的产品不仅会老去，而且会消失，这是它们的宿命，也是产品经理的宿命。

不过产品经理们是不会屈服的，因为有两个神一样的产品经理永远伫立在他们的前方，对于他们来说，乔布斯和张小龙是偶像，也是永远无法跨越的鸿沟，神的每个举手投足都能吸引亿万人的目光，让人仰望，让人忧伤，就像盖茨和林纳斯之于程序员。

有灯塔就有远方，就有希望！

作为一个程序员，我曾经屡次在文章中写过产品经理和程序员相爱相杀的文字，有调侃，有玩笑，有故事，有些当然并不是很合适的，因为有人告诉我"亲，给我们产品经理团队留一条活路吧""产品经理也很脆弱的""难道只有程序员很敏感吗？""性命这种事情，我看得很淡"等，我意识到了问题的严重性，静下来想一想，我这么做确实值得商榷，所以我会在这篇文章里"好好夸夸"产品经理。大家"黑"得好，才是真的好！

跨越
———————
最可怕的产品
经理

190

由于"人人都是产品经理"，所以很多人误以为产品经理是个门槛很低的职业。很多年轻的朋友经常瞪着水汪汪的小眼睛问我一个难以启齿的问题："大叔，我想转产品经理，学点啥呢？"遇到这种问题，我只能拍拍他的肩膀说："孩子，我也想转，咱们有得学呢……"

虽然产品经理已经被无数本"产品经理书"定义过了，我还是想给它下个定义，简单来说，我认为产品经理是能对事情（产品）负责的人，从某个产品或特征的诞生，到原型、交互、实现、上线，他会像种植一棵树苗一样去呵护产品，通过各种方式协调一切可以协调的资源，让这个树苗存活，成长，开花，结果。为了让正确的事情发生，他会动之以情，晓之以理，动用抱大腿、跪求、威逼、利诱、隐忍、请吃海底捞……各种常规或非常规手段来达成目标。一旦树根伸展到大地深处，紧紧抓住地下的泥土，树冠伸向蓝天，吸收阳光和雨露，产品就成了鲜活的生命，这时候产品经理就会冷静地站在一边，看产品的成长，看产品与用户、用户与用户之间的交互，分析运营数据，并找到之间的关联，以期给产品更好的回馈，并准备下一次的迭代。

优秀的产品经理需要掌握的知识体系可能是 IT 领域最庞杂的，他们需要精通产品相关的业务领域知识，懂设计，懂营销，懂市场，懂心理学，理解时尚，最好是产品的典型用户，沟通和协调能力是必备技能，对数据敏感，能够及时反馈和调整。丁香园的产品经理、微信公众号"二爷鉴书"的作者邱岳，曾经说过一句迄今为止最有价值的话：产品经理最重要的能力不是某一项技能，而是"让正确的事情相继发生"。要想做到"正确和相继"，你就需要很多项技能，并不断打磨这些技艺，才能把"好的产品"扶上马，再送一程。

优雅地做产品，不复杂，不冗余，不消耗更多的资源，沉浸在产品的世界里，就像《财经》宋玮描写张小龙的状态：

他更愿意活在自己能掌控的世界中，而对于无力去掌控的东西没兴趣。现在他可以掌控的东西越多，也就变得愈发地强大和自信。他穿着短裤在办公室里走来走去，确保团队开发出的每一行代码和每一个产品细节都灌注了他的情感。

每个产品经理都梦想达到这样一种状态吧。

对于产品的实现者——程序员来说，江湖上有两种产品经理是最可怕的（或者说最可爱），如果你遇到了，可能是你的幸运，也可能是你的噩梦！

一种是设计出身的产品经理，他们对产品功能的定义会精确到每一个滑动，对界面 UI 的要求会准确到每一个像素。一旦设计完成了，他们会要求你百分之百地按照设计去完成产品功能、UI 和效果，差一个像素都是不可接受的。这种产品经理往往出自设计和产品导向的公司，他们在公司"书生意气，挥斥方遒，指点江山，激扬文字，粪土当年程序猴"，而我们，程序员，要么被虐得死去活来黯然离去，要么涅槃重生再创辉煌，没有第三条路可走。

另一种是从技术领域转过来的产品经理，有些人甚至对技术的理解达到了庖丁解牛的程度（如张小龙）。当你对他说这个效果或功能无法实现时，他会默默转身离开，过一会儿就扔过一段代码过来，邮件标题是：你看这样实现行不行？

所有人都沉默了……

沉默之后的反应一般有两种，一种是聚在一起握拳顿足努力声讨：我们中间出了叛徒。另一种是躲在角落暗自垂泪：等我转了产品经理，也要好好虐一下程序员（很奇怪为什么不是去虐产品经理……）。

事实上，这两种产品经理都值得我们珍惜，有挑战才会有提升，他们会逼迫我们拿出 100% 的努力去实现最好的产品！如果你遇到了一个非常好说话的产品经理，那唯一的可能就是你是个美女程序员，他是个男产品经理……

最后多说一句，产品经理的品位非常重要，如果你做了好几款产品都失败了，那就要检视一下是不是自己的品位出了问题。如何提升品位呢，"Lake，你应该多读点书啊……"

一个学渣的逆袭

周一上午一般是我一周最忙碌的时间段，要处理积压的邮件，Review 各组的开发计划，安排后续工作，查看业务线的支持请求……这时候电话响了，接通后发现，是很久不见的一位老友兼发小，权且称之为 M。

M 和我是高中同学，从高中到大学时期我们经常厮混在一起，工作后因为涉足的领域不同，联系渐渐变少，但是每年总能找时间聚聚，或者打一通电话天南海北地聊。今年还没聚过，突然接到电话我多少有些吃惊。老 M 常常游走在幽暗的森林里，工作中好事坏事都能碰到，时间久了，戾气渐盛，有时候需要和我这样的正义化身聊聊天，获取一些正能量，才能勉力支撑他继续过个一年半载，所以我以为他遇到什么麻烦了。

结果伊说：昨晚梦到你了，突然变得伤感，于是打个电话，看看你这个老小子是否还在地球上活蹦乱跳。

原来如此。

于是我们在电话里互相说了一些"你现在过得咋样""你的公司还没倒闭吧""老婆是不是原配""孩子是不是你的"之类的问候语，互道郑重之后挂了电话。我陷入了深深的思考，并想到了这个题目——"一个学渣的逆袭"。

学渣不是我。

那一年，我也 16 岁，他也 16 岁，我以全校第一名的成绩进入区重点高中，俨然是个学霸。M 的成绩就差了很多，他在高中时期以打架和交友广泛闻达于诸侯，而我以成绩优秀和解题迅猛名震四方。可以说，高中时代，基本上是我看着他打架泡妞，他抄着我的作业长大的。在那个眼镜与作业本齐飞的年代，虽然有时我对身边的好白菜都被猪拱了这件事耿耿于怀，但总体来说，我们互补有无，相安无事。

大学毕业以后，我进了位于北京顺义郊区的一个直流电源的工厂，每月能收入 1000 元。他回了老家，月薪 200 元。他在节假日有时来北京玩耍，常常羡慕我月薪过千，眼中闪烁着锐利通透的光芒，像狼。

狼常常意味着独自流浪，其实人也有流浪情结，只是有的人去了，有的人没去。记得中学的一个假期，M突然说要去南方旅行，身上带了几十块钱就上路了，我一度想去，但最终被循规蹈矩的父母阻止，只好看着他逃了票上了开向南方的列车，羡慕不已。回来后M变得黑而精瘦，沉默，两眼冒绿光，眼神犀利，似乎黑暗中走路都不需要手电筒。最要命的是，沉默期过后，我们不得不在之后的一年内反复听他讲述他的南方流浪记，一如《Red Dog》里那位不停讲述阿布鲁奇太阳的矿工，为此挨揍也在所不惜。另外，M还传授了我们不下10种逃票的方法，无论是公交、火车、汽车，他都能逃之有道并逃之夭夭，以至于我很长时间一想到流浪就是逃票十法。

这样的人是不会在家乡待太久的，因为他不是植物。

很快，他离开了家乡，来到一家电梯公司，开始从事楼宇的电梯安装工作。他从基层做起，经常带着工队出入于各种新旧楼盘，有时候吃住就在那些还未完工的大楼里进行，吃盒饭，睡睡袋，环境极为艰苦。由于业绩突出，他慢慢开始参与公司一些管理工作，并且逐步展现出了自己优秀的销售天赋和组织协调能力，很快，他成长为某个区域的大区经理。

后来我听说伊离职创业了，联系变少，断断续续。

有一天，他说要请我吃顿好的，并回顾一下眼镜和作业本齐飞的岁月。当他从一辆崭新的雷克萨斯570上走下来的时候，我知道，一个学渣的逆袭已经完成……

现在他经营着一家相对传统的电梯公司，员工不足百，营收过亿，并继续前行。

故事讲完了，如果你身边也有这样的学渣，请对他们好一点，因为学渣随时可以逆袭。如果你是个学渣，不要放弃自己，因为学渣和学霸在出了校门之后，是可以转换的。

赢者全拿

美国总统大选有一条规则叫做"赢者全拿"。众所周知，美国总统选举最终是由"选举人票"决定的，而不是直接计算全国选民的投票数。选举人票共 538 张，按照人口多少分配到各个州，为了保护小州的权益，设定了每个州至少 3 张选举人票。总统候选人只要赢得了某个州选民半数以上的投票，就获得了这个州的全部"选举人票"。比如纽约州有 29 张选举人票，两千万选民，如果你获得了一千万零一张选民投票，那么你就赢得了纽约州的这全部 29 张"选举人票"，而不是 15 张。获得半数（270 张）以上选票的总统候选人赢得选举。

这种制度促使候选人要想"赢者全拿"，就不能放弃任何一个州和任何一个选民的投票，因为你必须先赢得普选票的"简单多数"，才能"赢者全拿"，最终实现"少数服从多数"的民主基本原则，也间接实现了普选。

这种制度可以保证"少数服从多数"的原则不仅仅体现在全国选民范围，而是每个州的多数选民的意愿都可以得到体现。这也体现了美国立国的一个原则，再小的个体（小整体），都值得尊重。

之所以想到这个话题，是因为最近在琢磨一些和"赢者全拿"相关的商业规则。杰克·韦尔奇曾经在通用电气内部提出了"数一数二"原则，任何事业部存在的条件是在市场份额上"数一数二"，否则就要整顿、关闭或出售。这种商业策略也是赢者全拿的一种延伸，其基本理念就是市场上的第一名和第二名会吃掉整个市场的大部分客户和利润，而第三名和剩余的厂商只能偏居一隅，艰难地拓展剩下的一小部分市场。根据这样的策略，GE 放弃了大部分已经成为大众化产业的领域，转向那些高附加值的创造性的技术型产业和服务项目，并取得了巨大的成功。

当然，"赢者全拿"的法则并不适用于所有的商业领域，在某些领域虽有巨头光彩夺目，但其他企业也能另辟蹊径。比如手机领域，智能机之前是诺基亚和摩托罗拉双星闪耀，但其他厂商也算有滋有味。到了苹果用颠覆式创新取代了诺基亚和摩托罗拉之后，形成了苹果三星"数一数二"的格局，但是国内的小米、华为、联想、魅族、锤子等，一样可以闪烁自己的光辉。

可以说，手机领域并非赢者全拿的世界，而是可以达成百花齐放和"恶性竞争"的。但在某些领域，不仅不会"数一数二"，而是真正的"赢者全拿"。

比如中国的微博，当推特出现之后，中国的四大门户新浪、腾讯、网易和搜狐全部推出了中国的推特——微博，看起来似乎是齐刷刷的四步，其实新浪领先了一个脚趾头，就这么微乎其微的一点领先，造成了现在新浪微博的一家独大，其最大的竞争者腾讯微博，也已经放弃了追赶的脚步，转而专注更有竞争力的业务。其他类似的互联网服务还包括知乎、微信、Stack Overflow、GitHub 等，因为你不能在中文综合知识问答领域打败知乎，不能在熟人社交和自媒体领域打败微信，不能在技术类问答领域打败 Stack Overflow，不可能在代码托管领域打败 GitHub。

这些领域的服务有一个共同点，和用户的个人品牌和信息积累息息相关。没人有精力去维护 4 个微博和开通 8 个自媒体平台，每个人在进入某个领域之前都会判断并选择那个最大最长久的服务平台，这一点点选择凝成了最终的不可抗力，最后形成了一家独大，其余死光光的局面。所以，网易微博不行、搜狐微博不行、来往不行、易信不行、米聊也不行。这样的领域是真正的"赢者全拿"，高风险高回报，最后的结果就是胜者为王，炮灰苦笑，没有中间状态。

昨天百度科技大会重磅推出的百度直达号，号称直接挑战微信公众号，但实际上挑战的是微信平台的服务号。百度直达号相当于商家在百度移动平台的官方账号，基于移动搜索、@ 账号、地图、个性化推荐等多种方式，让顾客随时随地地直达商家服务，而在商家服务号这样一个领域，是不可能"赢者全拿"的，如果微信和直达号都能为我赚钱，那我为什么不两家都用呢？

至于微信公众平台订阅号，或者叫做微信自媒体，已是"拔剑四顾天下无敌"的格局，除非出现颠覆性的媒体形式，没人能用正面进攻的方式打败微信。来往不行、QQ 不行、易信也不行。

对于创业者来说，首先不要进入已经形成"赢者全拿"局面的领域，除非你有信心颠覆现在的"赢者"。其次，如果是颠覆性创新的话，要尽快通过规模、资本等方式，让自己做到"赢者全拿"。

不要温和地走进那个良夜

最近发生的一些事情让我想到了这首诗和《星际穿越》这部电影。星际穿越在我来看是一部伟大的电影，很多人不以为然，说："一旦擅长拍心理学电影的诺兰开始玩充斥着相对论、虫洞、量子力学、黑洞这些硬通货的硬科幻时，一切就都不对了。"这没什么，程序员就不能有作家的梦想吗？任何时候，你都不可能做出一款让所有人喜欢的产品，我们的理想是，让一部分人喜欢。做人也是一样。

《星际穿越》我看了两遍，第一次看之前很多朋友告诉我，这电影不剧透基本上没法看，他们甚至奋不顾身跑过来给我讲解剧情。我说世界上怎么可能有这种电影，于是轻轻挥出一刀，血花四溅，封口瞪眼。等我抚着滴血的刀锋坐到影院的时候，彻底傻眼了，真看不……太懂啊！

除了大量的科技术语之外，星际穿越最好看的是前三分之一和后三分之一，影片在开头为后来的结局做了大量的伏笔和铺垫，可谓丝丝入扣，几乎每个特定的镜头都充满寓意。但这些细节第一次看的时候有谁会在意呢？后果就是到了后面的三分之一，也就是男主坠入黑洞之后，你会不停地问自己，咦，这是怎么回事？啊，这又是怎么回事？最后会归集到"我的智商是怎么回事"上！

再看第二遍的时候就爽多了，我知道了虫洞是怎么来的，重力异常是谁搞的，二进制坐标和"Stay"是谁传递的，明白了高维空间，了解了"神级生物"，他们是五维空间的生命体，对他们来说时间可能是另一种空间实体，过去就是一个可以爬进去的山谷，而未来，是另一座可以爬上去的山峰。然后我感受到了爱，爱是永恒不变的力量，能够超越所有维度，"当我归来，你已垂暮，我一次呼吸划过了你一辈子的岁月"。

这是一部值得花时间看两遍的电影，诺兰先生用心良苦，他站在巨人的肩膀上，从漫长电影史的太空电影里采撷珍珠，小心翼翼地镶嵌在这部杰出的电影中，却仍然使作品看上去充满灵性和原创性。当你欣赏人性的辉煌和宇宙的恢宏时，你会体味到人类对终极宿命的抗争和生命的美好，你会忍不住想，人类漫长的历史和地球的寿命相比只是沧海一粟，而地球却是宇宙里的一粒尘埃，我们为什么还要把时间浪费在那些丑恶的、没有价值的事情上呢？这么小的星球，为什么要充满争斗、封锁和毁灭？也许 40 年后，现在薄薄的雾霾真地变成了厚厚的沙尘，所有的植物离我们而去，动物们仓皇逃散却无处可去，每个人努力伸长脖颈去吸入那最后一丝氧气……那个时候，我们如何面对现在的自己和未来的主人翁？

糟心的时候看看《星际穿越》，你会发现，都不是事儿。生活在五维空间里的生物根本不理解三维的痛苦。在三维世界里，光都无法逃离黑洞的吸引，但是在"神"的世界里，根本不算什么，人家随手展开个超级立方体，就可以像翻书一样在时空中游走了。所以，大家不要担心神的生活。神是谁？只有神知道！

这部电影推荐给冯老师。

一部伟大的电影，必定会诞生一系列经典对白，《星际穿越》也不例外：

墨菲定律并非指的是那些变坏的事情必会发生……而是指那些能够发生的事情，就会发生。

我们就这样坐在这里，要是没下雨，我们就会说："明年吧。"可以是明年救不了我们，后年也是一样。

我们曾经仰望星空，思考我们在宇宙中的位置，而现在我们却只能低垂着头，担心如何在尘埃中苟活。

我们总是坚信自己有能力去完成不可能的事情。我们珍视这些我们敢于追求卓越、突破障碍、探索星空、揭开未知面纱的时刻，我们将这些时刻视为我们最值得骄傲的成就，现在我们已经失去了这一切。又或者，我们只是忘了自己仍然是开拓者，我们才刚刚开始。那些伟大的成就不只属于过去，因为我们的命运就在太空里！

不要温和地走进那个良夜。白昼将尽，暮年仍应燃烧咆哮。怒斥吧，怒斥光的消逝。

在这样一个时代，有人经商，有人创业，有人写作，有人送货。有的人做电商和物流，有的人做手机和手表，有的人从政了，有的人流浪了，有的人结婚了，有的人离婚了，产品经理、程序员、工程师，各种人，组成了一个千变万化的世界。他们努力工作、学习、编程、写作、买车、买房、结婚、生子、旅游、购物、生病，然后慢慢变老……但是我们，永远都不要温和地走进那个良夜！

不要温和地走进那个良夜

白昼将尽，暮年仍应燃烧咆哮

怒斥吧，怒斥光的消逝

虽然在白昼尽头，智者自知该踏上夜途

因为言语未曾迸发出电光，他们

不要温和地走进那个良夜

好人，当最后一浪过去，高呼着他们脆弱的善行

本来也许可以在绿湾上快意地舞蹈

所以，他们怒斥，怒斥光的消逝

狂人，抓住稍纵即逝的阳光，为之歌唱

并意识到，太迟了，他们过去总为时光伤逝

不要温和地走进那个良夜

严肃的人，在生命尽头，用模糊的双眼看到

失明的眼可以像流星般闪耀，欢欣雀跃

所以，他们怒斥，怒斥光的消逝

而您，我的父亲，在生命那悲哀之极

我求您，现在用您的热泪诅咒我，祝福我吧

不要温和地走进那个良夜

怒斥吧，怒斥光的消逝

你是能长时间集中注意力的人吗

随着网络时代的到来，信息化的碎片铺天盖地，人们能够专注于一件事情的时间似乎越来越短了。长篇巨著变成了短篇小说，专栏连载改为了博客篇篇，最终文字令人绝望地缩减成了 140 个。每个著名的科技公司都在寻找一个更短的口号，投资人用厚厚的创业计划书把长长的褐色办公桌敲得山响：请在 60 秒内说服我！因为江湖传言"优秀的创业者能在 60 秒内搞定天使投资人"。明亮的桌面映照着创业者苦涩的脸。

生活节奏变快，我们甚至不说人话，只用微信发送：喜大普奔，男默女泪！这个世界似乎只有广告的播放时间越来越长了……

真是这样吗？

事实上，这个世界总是存在那么一些人，他们选择了不同的生活方式，他们希望从书、电影、运动、产品和文章中获取更深层次的东西，去除漂浮在河面上的泡沫和繁华，他们花费更长的时间，由表及里，潜入深水河底，去探寻那些闪烁着微光的珍珠和钻石。他们了解了最基本的事实和万物变化的奥秘，世界之门由此而开。

很多人想尽一切办法去迎合那些注意力缺失的人群，压缩自己的演讲，提炼文字精华，以期在最短的时间里吸引注意力缺失的人群，然而往往事倍功半。因为这个世界最终是掌握在那些能够长期专注的，坚持让美好的事情持续发生的人手里。

真的存在这样一个人群吗？

马拉松长跑是国际上非常普及的长跑比赛项目，全程距离 26 英里 385 码，折合为 42.195 公里，普通人跑完全程大概需要数个小时，对于从不跑步的人来说，花几个小时去完成这项枯燥的跑步任务几乎是不可想象的，但是我的朋友中有大量热爱长跑的人，他们用远超常人的专注力去完成一次又一次孤独的赛程，参加这种运动的人大都具备长时间集中注意力的能力。

比如我的朋友阿勇，原来在百度做网络工程师，认识了他之后，我就在朋友圈不断地看到他跑步的信息。去颐和园跑，去地坛跑，去天坛跑，在北京跑，在杭州跑，他的桌子上挂着数 10 块马拉松完赛奖牌。后来我就知道了，这家伙是专业跑步的，业余百度的。有次见面我问他这个问题，他沉吟了半晌，说："百度也挺忙的……"

后来他去了美团。

在微博风行的年代，浅阅读横行世界，喜爱阅读的人都不好意思捧着纸书阅读了，我们被迫拿了 iPad 看书，还要假装刷微博，甚至韩寒也说自己从不读书。终于，微信平台的时代到来了，这个平台重新汇聚了那些喜爱深度阅读的作者和读者。在微博上浏览一条信息可能需要 3 秒，在网络上看一篇新闻可能需要 60 秒，但是读一篇能够引发你思考的长文，需要你专注阅读 10 分钟到半小时。我自己最长的一篇文章叫做《Linus，一生只为寻找欢笑》，近两万字，在微信、微博和知乎上获得了上百万的阅读和数以百计的评论，人们依然像热爱音乐一样去追逐那些有趣和有力量的文字。

专注地阅读，带来的是专注地思考，进而我们会去寻找那些引发我们写作和思考的图书。然后，我们再一次坐下来，把电脑、手机放在身边，安静地用一个下午把一本书读完。

编程同样需要长时间的专注力，你需要去了解基本的语法，构建编程环境，解决实际问题，处理那些无法重现的 bug，在漫漫长夜里敲打键盘，在清晨的微光中调试程序，我们年轻时通宵达旦地编程，年老时通宵达旦地看别人编程（比如现在……）。对于程序员来说，专注力缺失是很可怕的，这意味着你永远无法通晓编程的奥秘。

美国电视剧《24 小时》曾经是我最喜爱的美剧之一，但是如果每周只有 45 分钟来观看片中一个小时的剧情的话，大约需要 24 周才能看完那一整天发生的故事，但是观众们愿意等。

赢得众多影迷的电影《肖申克的救赎》和《泰坦尼克号》，都有着超长的放映时间，更不要说那些拥有无数读者的长篇巨著了。

好的事物，永远需要我们长时间集中注意力对待。

大部分情况，很多人没什么可说的，没什么可写的，并不是他有洁癖或简约至上，而是因为他确实无话可说。

为什么会写这篇文章？因为在这个大部分人注意力缺失的世界，只要能比别人专注一点点，你已经赢在了起跑线上，如果你确实在跑道上的话。

创业和做点小生意究竟有啥区别

小明和小强是好朋友，也是邻居，他们住在炎热的车迟国。车迟国位于赤道边缘，气候的特点就是热。尤其到了夏天，大片的阳光就像一团火，没遮没拦、铺天盖地地打在人的身上，可谓烈日炎炎似火烧。灼热，所以不快乐！

是时候为后院搭一片阴凉了！

小强是个说干就干的家伙，他冲出房间，冲进商店，非常冲动地购买了一个巨大的遮阳伞。在灿烂的阳光里，小强把笨重的遮阳伞拖到后院，安装，加固，搭配了沙滩椅。一阵忙活之后，小强的后院有了一片阴凉。他躺在沙滩椅上，从冰桶中拿出冰镇的啤酒，一边啜饮，一边读书，火热的太阳已经被巨大的遮阳伞隔开，生活似乎变得美好了一些。小强对这个结果非常满意。

小明性格比较沉稳，他和朋友们商量了一阵子之后，去苗圃买了一株小树苗，然后把这株树苗种到了后院，浇水、施肥、剪枝，精心照料。

为了有片阴凉买棵树苗！这是行为艺术吗？小明是不是疯了？

小明没疯，看客快疯了。

但事情并没有那么顺利，因为环境、温度和植物特性等因素，很多树苗没有长成就枯萎了，有的长大了一些，但是方向却不对，不仅没有形成树荫，还占了别的空间，这样的树苗也需要剪掉重来。

很多次失败经历之后，小明还是没有享受到阴凉。小强的冰镇啤酒已经喝了好几箱了，书读了一大摞。他搞不明白的是，小明到底在干什么？

小明在继续种树，他研究了当地的土质和气候，从不同的苗圃买来不同类型的树苗，持续实验。终于，有一个小树存活下来，并开始快速成长，小明高兴极了，并付出了更大的努力。在这个过程中，小明没有获得任何收益，这棵树只是用去了更多的水、肥料和时间。很多人觉得小明确实疯了。尤其是小强。

时光荏苒，岁月如梭，几年过去了。小树苗终于长成了参天大树，树根伸向土地深处，汲取养料，树冠尽可能地延展到天际，遮天蔽日，它不仅为小明挡住阳光，同时为更多的人带来了阴凉。树上结了很多好吃的果实，并且有了种子。有了这棵大树，小明认识了更多的朋友，他可以看看天，看看地，享受阳光或阴凉，用树上的果实招待自己的朋友们，并和他们聊天，开始讨论，除了这棵树，大家还能做些什么……

小强的遮阳伞依然在为小强提供阴凉，但是伞没有长大，也没能结出果实。

小生意就是用来解决问题，产生收益，甚至从第一天开始就有利润了，不需要太大投资，也不需要承受太大风险。但是这种生意也没有很大的上升空间，不仅无法实现从 0 到 1 的创新，甚至没法做到从 1 到 n 的复制。就像那把遮阳伞。

而创业，就像你去种植一棵小树苗，初期什么都得不到，树苗还会消耗你的各种资源——水、肥料、时间和金钱，无论你勤奋也好，疲累也罢，树苗就那样慢慢生长，不疾不徐。很多树苗在成长为一棵大树之前死掉了，你可能会万念俱灰，可能会精疲力竭，但第二天起来，你只能告诉自己："面对挫折和打击，不要伤心、不要难过、不要沮丧，不要控诉、不要愤怒、不要抗议，只管埋头默默擦亮你的锄头，准备下一次的种植。"

一旦创业成功，小树苗长成了参天大树，它就会持续地为你聚集资源，赢得财富，还会结出新的果实，生出种子，然后出现新的树苗，生态圈就这样形成了。

人皆苦炎热，我爱夏日长。选择买伞，还是种树，都是一种生活，选择就好！

如何"正确地"选择一家创业公司

最重要的是做自己擅长的事情。

最近常常收到这样的问题：

卖桃君，刚好你说到选择创业公司，那么问题就来了，如何"正确地"选择一家创业公司呢？我是去年才刚研究生毕业，现在在 XX 公司做安卓。准备凑满一年的工作经验，然后找一家创业公司干他一把，请问您能给些什么建议吗？笼统地说一下也好。

最近在换工作，收到了两个 Offer，一个是大公司的，一个是创业公司的。大公司薪水更好些，但 HR 盛气凌人，还没去工作性质都安排好了，似乎只能做些边边角角的工作。创业公司空间更大一些，但风险也不小。您说我该选择哪个公司呢？

正好前几天的文章里说过创业，那就展开多说两句。

在我刚毕业的那个时代，创业是一件成本高昂的事情。没有天使，难见创投，也没有各种创业咖啡馆，创业者不仅要搞定技术、产品、市场、合伙人和员工，还要到处凑钱筹集启动资金，一旦现金流断裂，不仅公司血本无归，还要欠一屁股债。所以，只有那些极具创业情结和领袖气质的"不创业不舒服"的人们，才会高举创业大旗在各种大公司的夹缝中腾挪辗转，来去自如，可谓数度腥风血雨，一时沧海桑田。

像我这样的普通小球，脑海里一丝一毫创业的念想都没有，我那时候主要的想法就是在学会了用 Perl 写 CGI 程序之后，如何尽快地掌握 Java 这门新语言。

时光流转，十几年过去了，现在已经到了——如果你不创业或者没有参与创业都不好意思和人聊天的地步。在某种程度上，大部分创业过程变成了另一种程度的打工。VC 出钱，创业者和他的小伙伴拿着工资，用自己的头脑、时间、技术和产品在多如牛毛的创业公司中奋力拼杀，以期杀出一条血路。成了，就是金砖碧瓦，不成，你学到了技术，了解了市场，培养了产品的感觉，还增长了年龄，只要用心，同样收获颇丰。喘口气，歇歇脚，继续投入下一个战场。

最近身边两个朋友的创业公司都遭遇了不同程度的挫败，当他们和我倾诉的时候，我说，这不就是你想要的生活吗？尝试、失败，再次尝试，直到有一天找到自己真正擅长的事情。尝试的结果当然不会"必然成功"，失败倒是可以预期。

虽然这个时代和 15 年前相比像是隔了一个世纪，但是人们的综合素质短期内并没有巨大的变化。实际上，这个世界上适合创业的人就那么多，如前所述，这些人无论是什么环境都会尝试去创业的，现在的环境给了这样的人更好的机会，让创业成本变得不那么昂贵，他们成功的几率更大了。同时好环境也给了那些不适合创业的人大把的机会，如果这样的人为了"干他一把"创业，找不到工作创业，找到了工作不满意去创业，为了拿笔投资去创业……那么创业成功的几率就更小了。所以，死掉的创业项目尸横遍野也就不足为奇了。

回到问题的本源，如果你想加入一家创业公司，我个人以为可以关注的点有这么几个。

1. 创始人的创业情结、领袖气质和格局，具备这三个素质的创业者值得追随。
2. 创业团队的结构是否稳定是决定这个创业公司能否走得更远的重要因素，我听过太多的创业团队分崩离析导致创业失败的故事。
3. 这个创业公司做的事情是否值得你花掉一年或几年的花样年华去倾情投入，无论如何，兴趣是很大的推动力。
4. 加入的时机。公司初创时加入，风险大，空间大，个人能力提升快，成功后收益也大。发展中的创业公司磨合期差不多已经过去了，风险和空间都会小一些，但是如果能在关键的点介入并起到关键作用，也是很好的时机。

最后，在创业或参与创业方面，根本不存在什么"正确"的选择，只有不断地选择才能修正前进的方向。如果你还要问我更具体的建议，那我就再总结一下。

1. 创业情结不等于创业成功，但是，对于这样的人来说，不创业怎么会知道自己不适合呢？

2. 如果你具备冒险精神和闯荡江湖的气概，加入一个初创公司是不错的选择。

3. 对于大多数人来说，加入一个发展中的创业公司可能是更好的选择。

4. 对于成熟的大公司，当然也是可选项之一，火箭已经升空了，添点燃料也是一种生活。

最重要的是，在这个过程中，找到你自己真正擅长做的事情，并坚持下去。

写了这么多读者就要问了，那你为啥总是卖桃不去创业呢？

因为我是一个没有太多创业情结的人，我更关注把一件事情或一个产品做成，如果创业能把事情做成，就去创业，如果打工能够把事情做成，就去打工。10 年前我加入了现在这家当时的创业公司，从一个普通的程序员做起，边写代码边看着身边的牛人来了又去，去了又来，一直等到这些家伙们都走光了，我就成了企业的技术负责人，所以有时候呢，时间也是会做点好事的。

那你擅长的事情是什么呢？每当遇到这个问题，我就会拍拍腰身上几十年积攒的功力说，我可能在技术、产品和带团队上有那么一点点心得，如果非要再加一条，可能是比一些人更理解人性吧。

所以，也许有一天我会加入另一家发展中的创业公司也未可知。

人物

207

冯大辉，小道行天下

写小说常常会埋下一些伏笔，在百转千回之后，突然回响，让人读来酣畅淋漓。写随笔也会有伏笔，我们一般叫做挖坑，比如我以前的 Vim 系列，Linux 系列，林纳斯系列等，今年的 Docker 系列，技术人物系列等。有的填了，有的没填，有的似填非填。

每个人挖坑的风格都不一样，我自己挖了之后总会记得，时不时会回到坑边，沉吟良久，要么填上，要么走开，大致如此。我的朋友们就不一样了，Tinyfool 是我见过挖坑最多的人，他每次都会挖一个 10 米深的大坑，然后填上 1 米之后就非常决绝地大踏步离去，再也不回头望一眼，坑边只剩痴男怨女。道哥原非此道中人，但是自从他从安全宝重返阿里之后，就开始断断续续地挖，直到 2015 年元旦，道哥挖了平生最大的一个坑之后变成传说飘然而去，踪迹不见。产品经理兼书评家"二爷鉴书"是不挖坑的，因为他的路就是由一个大坑又一个大坑连接而成，而他只是在狭窄的坑沿上跳舞，间或写下一点精妙的文字，然后就陷入沉寂，连回响都听不到。

今天的主人公"小道先生"也是不挖坑的，因为他的生活就由坑组成，坑多了，就不称之为坑了，它们或组成峡谷，或形成高原，然后以小道行走天下……

冯大辉，网络 ID Fenng，又名"小道消息"，江湖人称冯老，或冯老师。冯老师现在有两个身份，第一个身份是当丁香园的 CTO 和董事，第二个身份是业余爱好，随手拯救互联网。由于冯老师在网络世界里言辞锋利，直指人心，再加上他是东北人，很多人会认为他是一个非常犀利的东北大汉。但现实世界里的 Fenng 是非常温和的，外表忠厚，内心……也同样忠厚。我们首先来看看冯老师的自评吧（来自知乎），括号里是我的备注。

1. 一个从小就脾气暴躁的家伙。（现在也挺暴的，只不过是在网络上，最近好些了。）

2. 因为个子不高自卑过很多年，所幸现在跑到江南来了。（成年人还能长个吗？）

3. 有点虚荣心，网上到处混个脸熟。（所有的社交网络都有冯老师的身影，雁过拔毛。）

4. 总在失眠的时候构思从来没有动笔写过的小说，还是三部曲。最新消息：已经写了开头第 1 章了。（基本上，在可以预见的未来，我们看不到这部小说了。）

5. 有的时候会涌起写代码的冲动。（还好仅仅是冲动。）

6. 严重晕车、晕船、晕机、晕人。（人多了也晕。）

7. 有轻微的幽闭恐惧症。（你们知道怎么对付冯老师了吧，关起来。）

8. 狂热地喜欢过摇滚，现在不怎么听了。（我也喜欢摇滚，现在还听。）

9. 阅读速度可能非常快。（确实挺快的。）

10. 经过权威人士鉴定，很笨。（确定不是自谦的用法吗？他总是用这种写作手法。）

11. 有的时候话多，得罪人；其实心肠没那么坏。（网络上刀子嘴豆腐心，生活中嘴和心都是豆腐做的。）

12. 现任丁香园 CTO，董事。

13. 微信"小道消息"出品人。

14. "Startup News"出品人。

15. 养了一只猫，名字是：猫泽西。（泽西已经驾鹤西去了……）

冯老师早期的经历和我有点类似，非计算机科班出身，接触计算机也是在大学时代，大部分计算机知识都是自学所得。除了学习 Linux/UNIX 操作系统之外，我和冯老师的区别是：我更偏重于编程语言领域，而他着力去了解了网络协议和数据库层面的知识。当然，由于资质所限，我在编程层面仅仅做到了蜻蜓点水和简单应用，而冯老师却洞悉了数据和信息在技术层面的含义。

从技术层面而论，我觉得冯老师并不是一个天才型的人物，他无非是在感兴趣的领域花的时间多一点，研究得更深入一点，努力做到既能洞悉全局，又可直达细节。很多时候，仅仅是"拼命把所有事情搞清楚，然后认真地去做"而已。"半瓶子醋"和"牛人"或"准牛人"的区别是什么？半瓶子醋们读文章总是读一半，看书看一段，然后就觉得"了然于胸"。这些人遇到的问题大都是"误解"，没什么难度和价值，大部分是书里和文章里已经讲过、实践过的内容，只不过他恰好"跳过"没看而已。

想成为一个牛人？像冯老师那样去阅读和实践就好了。

每个人毕业的前5年都是贪婪学习和肆意成长的时光，这个阶段最重要的不是薪水，不是职位，不是关系，而是全方位的成长，一个空间能够帮助你成长，就留下，否则就离开。冯老师毕业后的前5年在北京度过，他在这个阶段，在数据库领域打下了非常扎实的基础。5年之后，他南下杭州，加入了阿里集团的支付宝公司，花名"西毒"。

Fenng在阿里迎来了支付宝的高速增长期，各种任务和数据像暴风骤雨一样砸向支付宝为数不多的几位DBA，整晚的加班和沉重的压力不仅给他们带去了疲劳和责任感，每个人的技能都获得了极大的提升。如果说支付宝的几年是冯老师职业生涯中极为精彩的一个阶段，我相信他也不会否认。冯老师对那段生活的描述是这样的：

我从3月到5月两个月的工作，几乎一直都是这么度过的……当时我们手机都是24小时开着，短信一来就要待命。杭州的冬天很冷，接到短信就要半夜爬到电脑前准备处理情况。经常是早上5点多刚到家里，7点多就被吵醒了，让我8点到公司来。打电话的人现在是一淘的老大，我就说，那我也得睡一会啊。人要是累成那样，还哪管什么上下级啊。但是撂下电话，想一想，还是去吧。

我从来没想过在阿里退休，但我想我有可能在阿里猝死。

我最担心的就是数据丢失，系统崩溃，数据无法恢复。里面可都是钱啊，如果搞不定这些，是要给公司带来直接经济损失的，追究起来，我就是责任人。我当时经常睡不安稳，会惊醒。由于心理压力大，人容易暴躁，身体也处于很糟糕的状态，其实也是一种恶性循环。我觉得我很累，有人比我还累。

痛苦和艰难总会过去，Fenng也获得了长足的成长，成为支付宝首席DBA。按照这个恶俗的套路发展下去，冯老师成为业界顶级数据专家是板上钉钉的事情，然后就是阿里的大数据处理、去IOE等历程，之后成为高 P 高 P 超高 P，最后阿里上市，冯老师登上人生巅峰，迎接小苹果的降临。安度晚年之余，在网络上和别人斗斗嘴，吵吵架，也算是业务爱好了。等冯老师老得走不动路，他会坐在夕阳的余晖里，对着怀里的外孙说：

能让我自己掏腰包买机票去参加创业团队的产品发布会的，大概也只有老罗了，纯属情感上的支持，甭管最后做啥样。如果老罗真的成了，多年以后，外孙子问我的时候也好吹一下牛："你姥爷我当初看过他的发布会呢"，如果外孙子再问我当初是干啥的，为啥没做成点事儿？我只好说"你姥爷我当年整天跟脑残吵架来着……"

事情并没有这么发展下去，2010 年 6 月，冯大辉离开了支付宝，加盟了丁香园并出任 CTO。

就像很多伟大的梦想都来源于微不足道一样，生活中重要的转折往往是不经意的机会和选择。Fenng 加入丁香园并不是经过了 5 年计划、3 年观察和 1 年谈判之后的决定，而是一个轻飘飘的机缘巧合，就像阿甘正传里的那片白色的羽毛，飞行、漂浮、旋转，最后落到了 Fenng 的面前。Fenng 的选择是，接受这个机会！从此，冯老师的人生里除了 DBA、谈论各大互联网公司、和技术人员吵架、吃海底捞、写小道消息……之外，又多了两个标签，一个是丁香园，一个是创业。

写到这，我感到了千头万绪和无从下笔……于是咨询了 Fenng。冯老师说，该怎么写，就怎么写，任情绪自由流淌。基本上，冯老师说了一句废话，我得到的启示是，就从回忆开始吧。

试图回忆过去就像试图寻找存在的证据，你把手掌伸入时间的长河，岁月就从你的指缝中流走，除了湿漉漉的感觉，什么都没有留下。所以我已经记不清是 2009 年还是 2010 年和 Fenng 在 Twitter 上认识了。那时候他很年轻，但面容已经长成，六七年下来，基本上没啥变化，还是年龄在追赶面容。

我是 2008 年注册的 Twitter，但是几乎没怎么用，Fenng 则凭借对社交应用的敏感性和犀利的短句子在 Twitter 积累了几万用户。好在技术圈子就是那么点人，在没有微博和微信的日子里，有理想、爱谈论的技术人都聚集在 Twitter 上，所以大家很快就相识了，你关注了我，我关注了他，并许下了 QCon 相见的誓言。那时候，Fenng 还在 Twitter 上搞了一个"每日推荐一位推友计划"，他说：

在几个月前，我在 Twitter 上发起了一个试验性的计划：每日推荐一位推友计划。最初是因为 Blogkid（懒投资的小张）友情帮我做了点事情，所以友情推荐了他一下，继而忽发奇想，何不以此为契机，做个实验呢？说干就干。倒没想到一发不可收拾。基本上一段时间下来，每个被推荐人的订阅数都有了不小的增长，而且继而又能从他们那里多看到一些好玩的内容，甚至自己的 followers 也有了很大增长（将近 3000），互惠，多赢。

冯老师总是干这种鸡贼的事情，在微信时代，他做了同样的事，不同的是，他没有在 Twitter 上推荐过我，现在想起来，这可能是人民的一个损失！

我和 Fenng 的第一次见面应该是某一次的 QCon 大会，那个时候综合性有质量的技术大会凤毛麟角，创业的风潮也没有那么疯狂，唯一能够吸引大量技术人员的可能就是 QCon 了，在这一点上，我们应该感谢 InfoQ 中国的老板，霍泰稳同学，他为无数的技术宅男创造了一年一度出来走走的机会。那一天会后，我扒开层层围观的群众，看到一个瘦瘦的男生在那里侃侃而谈、慷慨激昂……唔，应该算不上激昂，因为冯老师平时说话的声音实在是太细小了，和他聊天的时候你常常要抑制住递给他一个麦克的冲动。

我们在人群中对望了一眼，点点头，然后假惺惺地说：啊，你就是 Twitter 上的 XXX 吧。互道仰慕，然后就没有然后了。对了，那一次还见到了小张磊，那时候他真小，现在长大了，都做懒投资了。时间真快，一晃六七年过去了，还好，大家都成了好朋友，而不是路人，也不是敌人。

我和 Fenng 的交往是螺旋式的，偶尔相见，也不相熟，直到小明的出现……我为了准备 iOS 的开发项目，让团队里的小明去学习 iOS 开发，等到学得差不多了的时候，他和我说，老大，有个问题咨询下，我想去 A 公司、B 公司或丁香园做 iOS 开发，你说我去哪好？

我忍住抽他一个大嘴巴的冲动，毅然决然地指出：丁香园吧，冯老师还是靠谱的！小明并没有看出我狰狞的嘴脸，毅然决然地去了杭州，成了丁香园的 iOS 主程和 Team Leader，然后还结了婚、买了房云云，成为一个传说。从此以后，冯老师对我刮目相看，经常对我说：你们那还有啥好的开发人员愿意来杭州吗？

这件事给我的教训是：

◆ 不要让技术人员处于没项目只预研的境地，他们会以为真的没活干了，或公司要完蛋了。

◆ 尽可能把技术人员推荐到你信任的团队里，会有很多人感激你的。

时光荏苒，岁月如梭，转眼就来到了微信时代。再一次，冯老师凭借敏锐的社交网络嗅觉，第一时间开通了微信公众账号"小道消息"，如果我没记错的话，应该是在 2012 年 9 月。作为一个老牌的 Blogger，冯老师通过他在博客 DBANotes、Twitter、微博、豆瓣上积累的影响力，在加上勤奋的写作，犀利的文风，迅速在一两个月内积累了上万的读者，从此开启了小道行天下之路。

和 Twitter 一样，Fenng 在自己开疆拓土扩大小道消息版图的同时，不遗余力地挖掘和推荐优秀的原创作者，可以说现在绝大多数活跃的技术类公众号，都被冯老师推荐过。当然，更多的是推荐过但没有坚持下来的，这一部分作者用尸横遍野来形容也不为过。

除了技术圈的，其他领域 Fenng 也没有放过，科技的、财经的、投资的、鉴书的、媒体的、脱口秀艺人、美女，一个都不能少。用三表的话来说，很多自媒体青年是在大辉那边掘得了第一桶金。经过两年的经营之后，冯老师确实产生了桃李满天下的幻觉……嗯，应该是感觉，他常常在朋友圈里浩叹，我帮助了这么多人，怎么一个感谢和一份礼物都没收到呢？一般遇到这种情况，我们就会给他寄一些充电宝啊，自拍杆啊什么的，冯老师就会在朋友圈发出会心的笑声。

我自己的 MacTalk 是在 2012 年 12 月中旬开通的，如果统计一下，这个号可能是被冯老师推荐得最多的一个公众号，为什么会这样呢？我常常陷入深思，可能是写得太好了吧，我只能这样安慰自己了。幸好，我没有辜负冯老师的期望，这个号已经从 2012 年坚持写到了 2015 年，在可见的未来，相信还会坚持下去。小道消息和 MacTalk，在未来的日子里，也许会做一些更大的事情吧。

冯老师的故事其实可以长长久久地写下去，如果未来丁香园更大更强，我们甚至可以据此写一本书，或小说。长远看来，这简直是一定的。回到当下，每个系列都有结束的时候，三篇冯迎来了最后一发：尾声。

为什么去丁香园

如前所述，丁香园对于 Fenng 来说，只是众多机会中的一个。一旦选择了，我们就必须为自己的选择找个理由，每个人差不多都是这个德行，道哥当年从阿里安全去安全宝的理由是：世界很大，我想去看看。从安全宝回阿里安全的理由是：阿里很大，我想再看看。现在安全宝居然被百度收了，想来他也是唏嘘感慨。

冯老师也不能免俗，比如当年他去支付宝时，找的理由是：你是想做一辈子 IT，还是用电子支付改变世界？从支付宝去丁香园时，他找的理由是：你是想卖一辈子小商品，还是去改变人类的生死？没有毅然决然，他都轻轻松松选择了后者。虽然这两个理由现在看一看还是挺分裂的，但这恰恰说明了人的成长。

丁香园做的事情我是十分钦佩的，他们的对手不是同类型的竞争产品公司，而是巨大的养生、保健和充满神奇功效的中医中药集团，为了让用户获取到可靠、实用的健康资讯和医疗信息，丁香园在网站、独立 App 和微信公众号上做了大量细致入微、科学翔实的内容。用冯老师的话来说：

中国的人口基数这么大，将来医疗肯定是个大问题，所以我们能做的事会越来越多。我们这些对信息了解更多的人为什么不来做这件事呢？迷信养生信息的人群是巨大的，我们需要花费巨大的力量去和这样的力量去争夺用户资源，非常艰苦。但这样的事总得有人去做！

我觉得这个地方应该有一张这样的配图，虽然背影属于冯唐！

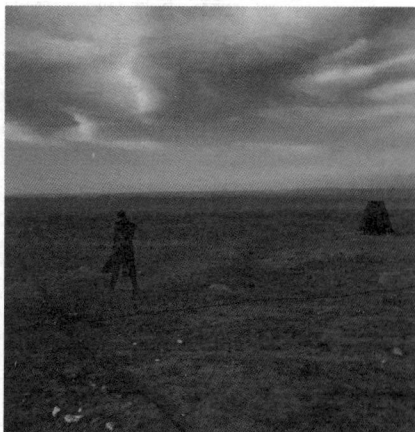

海底捞

冯老师经常在朋友圈或微博发布吃海底捞的信息，他一边不遗余力地为海底捞代言，一边吹嘘那些请他吃了海底捞的小伙伴又是创业又是融资。有次见面，我问他是不是入股海底捞了，冯老打了个饱嗝沉吟良久说，海底捞真要吃吐了，很多人为了融资成功非按着我吃海底捞……那个时刻我觉得世界是公平的。

还有一次吃海底捞的时候，冯老师望着我说，想我少年出道，纵横江湖，大大小小百余战，帮助过的人不计其数，这帮白眼狼怎么就没说给我写个小传啥的呢？望着冯老师期许的目光，我仿佛看破了时光的重重迷雾，"我不入地狱谁入地狱"的责任感在饭桌上弥漫开来……

不就是写个小传吗？我搞个技术人物系列，把你放头一个不得了。放头一个太明显了吧？那就第二个吧。

于是就有了这三篇冯。

关于吵架

上一节写到"大大小小百余战"并不是比喻的写作手法，而是冯老师真刀真枪和人家干，只不过是在网络上。当然，按照 Fenng 的脾气，现实世界中也不是不想和别人干架，主要是他那小身板实在不大抗造，权衡利弊，还是网络上安全一些。

行走江湖，大部分人讲究一个"稳"字。有些人看到有些事不对也不会说，至少不要为自己增加麻烦或树立敌人。Fenng 则不同，他常常出言犀利，对某些公司或公共机构发表比较尖锐的看法，所以吵架就成了在所难免的事。当然，他自己也委屈：我只是表达自己的观点，并不会把自己的想法强加给别人，而有些人却一定要说服我。

群众和对手是不理会这些的，他们只是不断地投掷鸡蛋和西红柿，直到有一方不再回应为止。最后的结果也不是真理越辩越明，而是两败俱伤和不欢而散。

我很早就认识到，我们没有教育别人的义务。在网际多年，看过太多虚拟的刀锋和鲜血，很多人被彻头彻尾地粉碎，挫骨扬灰，似乎从来没有来过这个网络。但是很快，这些人就从另一个黑暗的角落爬了起来，并换上一副暂新的马甲继续战斗。网络上的争吵，到底有多大的意义呢？

冯老师对我的看法并不以为然，头也不回就继续战斗去了。看着他孤独的身影，我颇有些怅然若失。后来偶尔看到 Fenng 在 36 氪开放日的一次演讲，才了解了他"真实的想法"：

这个世界想表达真实的想法实在是太难了，我憋了 30 多年才有了一点点机会去表达自己的观点。在言论上，我希望能够做到稍微勇敢一点，尽管表达的想法可能是错的，可能是偏激的，可能是没有价值的……但至少我还能说出来，这不是勇气和智慧，这就是大部分人应该有的状态。这样做也许会吸引一些更聪明的人参与进来，表达他们更为优秀的想法，也许会影响到更多的人……

这样做效果也可能是反面的，但总要有人去做不同的尝试。当然，近些年冯老师吵的架越来越少了，可能跟年纪大了有关系。很早的时候，读金庸看到描写独孤求败的一段文字：

利剑：凌厉刚猛，无坚不摧，弱冠前以之与河朔群雄争锋。

紫薇软剑：三十岁前所用，误伤义士不祥，乃弃之深谷。

玄铁重剑：重剑无锋，大巧不工，四十岁之前恃之横行天下。

木剑：四十岁后，不滞于物，草木竹石均可为剑。

现在想来，每一柄剑都代表了人生的一个阶段。我们都曾锋芒毕露，但终将归于"不滞于物，草木竹石均可为剑"的境地。

关于技术

Fenng 技术出身，曾经在自己的博客（http://dbanotes.net）上写了大量的技术文章，后来拓展视野，不再拘泥于技术领域，开启小道行天下之路。他对技术有一段描述，非常精彩：

长期做一种事情的人容易形成一种观念：只有在我这个领域牛的人才是牛人，别的领域的牛人都是狗屎，都不行，看不上。写前端的和写后端的，搞微软的和搞开放技术的，写 C++ 的和写 Java 的，IT 行业里的这种隔阂非常大，所以吵架在所难免。语言之争什么的毫无意义，市场的选择不是你争论出来的。

很多程序员过得没有希望是因为他们的视野太窄了，除了看技术，就是看科幻，我建议他们多看看人文历史类的书籍，这样的书可以引导他们理解别人的内心，看看小说什么的也可以很大程度上补充他们看问题的角度。程序员整天面对的就那么几个人，经理就是监工的、客户就是傻叉，每个人的角色都已经被自己设定好了，如果没有更多了解，圈子就会越来越窄。

基本上，我觉得，如果你认识到自己不是技术天才，那么一定要好好读读上面这段话，否则你的路一定会越走越窄，难以经小道而通达天下！

关于写作

如果你先去读 DBA Notes 上的文章，然后再看小道消息，你不仅能够找到冯老师这些年的心路历程，而且能够感受到他文笔潜移默化的变化。

以前我总是推崇 Fenng 的短文字，无论是在 Twitter 还是微博，他都能凭借短短的 140 个字营造出节奏和韵律，充满话题性，读来上口，吵架顺手。长文章则略显朴实。不过近年来，他把短文字的风格融入了长文，观点明确，语言犀利，常用短句，偶尔引经据典，注重结构和逻辑，同时具备感染力和节奏感，文风焕然一新。

如果你想欣赏冯老师的长文，建议去读冯三篇——《我看百度》《我看阿里》和《我看腾讯》；如果你想读冯老师的短文，哦……他平时写的基本都是短文！

等有了时间……

冯老师常常说，等有了时间，我就去写一篇小说；等有了时间，我就出一本书；等有了时间，我就写一系列中国摇滚人，一天一篇可以写半年，崔健啦、许巍啦、张楚啦、零点、指南针、唐朝、黑豹……每篇保证都有你不知道的内容。

冯老师没有时间，所以大家不必当真，也不用等。

关于表……

前几天冯老师发表了一篇《我为什么不想买 Apple Watch》的文章，有些读者就跟我说，你看冯大多么与众不同啊。我说别傻了，人家不买是想让别人送的，你的冯大早就厌倦了充电宝和自拍杆了。不信你把自己的 Apple Watch 寄给他，冯大手上就会有块新表了。

认识到这一点是需要代价的，我个人比较喜欢表，所以和三表龙门阵的首席艺人"三表"关系很好。有一次我带了一块传统的运动手表和冯老师吃饭，席间谈到表，冯老师就说，现代人得多无聊才会戴表啊，当时我差点失去戴表的勇气。后来再见面，我发现他也戴了块表，我说这是怎么回事？

他说，人送的，不戴不好。

晓得撒？

岁月长，衣衫薄，关于冯老师，这次就写到这里。三篇冯，勾勒出一个文艺技术男中年的剪影，他热爱妇女，喜欢摇滚，善读书，爱抽象，有时愤怒，有时雅致，偶尔在朋友圈抛出一首温和的曲目，就像山涧里冒出的泉水，代表了岩石下面柔软的心。

爱生活，勇于尝试和表达。人生就像一盒巧克力，打开之前你永远无法知道那块巧克力是什么味道！

各位读者，共勉。

人物

冯大辉，小道行天下

219

高晓松，恋恋风尘

曾经写过一篇关于高晓松的短文叫做《晓说不小》，文章很短，收入了《MacTalk·人生元编程》，仅仅占用了一页纸，现在想来颇有些不好意思。后来断断续续听了《晓说（第一季）》《晓说（第二季）》《晓松奇谈》，读了《如丧》《鱼羊野史》和《晓松笔记》，反复地听《青春无悔》和《万物生长》，在歌声中我觉得，这个人身上有很多非常有意思和值得思考的东西，要写写。

就在今天吧，当高晓松谈古论今纵览天下的时候，我来写写他的"恋恋风尘"。

高知三代

这几年，我自己一边做技术相关的工作，一边尝试着写了些琐碎文字，一个人行走在编程和写作之间，已有自顾不暇之意。但是，世界上永远存在着另一群人，他们多才多艺，一生涉及众多领域，在每个领域都能取得出类拔萃的成就，所谓庖丁解牛，游刃有余。比如"作家里面的程序员"王小波，俄罗斯的昆虫学家、哲学家、数学家柳比歇夫，妇科博士、麦卡锡合伙人、作家冯唐，当然还有音乐人、导演、编剧、制片人、畅销书作者、脱口秀艺人高晓松。

高晓松年轻的时候也算帅哥一个，可惜控制长大的程序出了 bug，年岁渐增，脸盘儿渐大，以至于一出门馅饼就漫天飞舞，最终被砸成了大饼脸。虽然长坏了，但没有影响他的唱念做打，音乐、书和脱口秀都做得风生水起，这一点充分证明了，这个时代男人仅仅长得帅是不够的，还得有才。对，说的就是你，这位帅帅的项目经理！

高晓松常常在节目中自证：我不是富二代，我小时候很穷，等等。这都是实话，但他是比富二代牛多了的高知子弟。他的家族用群星璀璨来形容毫不为过。

外公张维：深圳大学创办者之一、中国工程院院士、中国科学院院士、瑞典皇家工程科学院外籍院士。

外婆陆士嘉：北京航空学院筹建者之一，世界流体力学权威普朗特教授唯一的女学生和中国籍留学生，中国著名的流体力学家、教育家。

舅舅张克潜：物理电子学与光电子学科学家、清华大学教授兼博导。

老妈张克群：师从梁思成，中国著名建筑学家和建筑教育家。

老爹高立人：清华大学教授。

用高晓松的话来说：硕士在我们的家里基本就等同于文盲（让小本情何以堪？）。在这种环境下出生的孩子，等于在脑门刻上了两个金光闪闪的大字："高知"，他走到哪里，哪里就是肆意汪洋的知识海洋！如果一切顺利，高晓松将在科技的康庄大道上一路狂奔，成为某个领域的学者或科学家。

可惜的是，或者幸运的是，他找到了自己的那百分之一。

找到自己的百分之一

高晓松曾经在一个视频访谈节目中谈到了一个观点：人生一世，如果想充分发挥自己的潜能，就要找到自己最强的那百分之一的基因。每个人都该在心里问问自己，你比别人强的那百分之一到底是什么，找到它，然后在这个方向上做出百分之百的努力，无论成败，都可以告诉自己今生无悔了。

遗憾的是，由于世俗的观点和传统的观念，芸芸众生大部分都沿着前辈走过的路且行且看，哪热闹去哪，最后渐行渐远，泯然众人。比如一个程序员本身具备编程的天赋，职业生涯初期也做了程序员这个有前途的职业，但是由于"人人都是产品经理"，最终阴差阳错地转行，浪费了自己那百分之一的才华，让人扼腕叹息……

高晓松那百分之一的基因就是音乐。虽然出生于科技世家，但是他发现自己并不喜欢数理化，在他的心里，有百分之一的地方是不长粮食只长花儿的，那块田地，不长玉米，不长土豆，不长白薯和小麦，但是只要有花粉落在上面，就会长出鲜花和雨露。他找到了这一小块田地。好吧，虽然全世界告诉我要学好数理化，要挣钱，要买房，要朝九晚五，但是，我总有那百分之一是和你们不一样的，那就是我的音乐。

当高晓松把这个理想告诉家里之后，毫无疑问遭到了长辈的一致反对，一家子科学家怎么能够允许子女成为一个艺人呢？于是高晓松拿出了比别人多百分之一的勇气与家人对赌：一分钱不带去天津待一个礼拜，如果你的琴能够养活自己，那你就继续自己的音乐理想。结局当然是高晓松输了。第一天，高晓松连弹带唱，一共收获了 5 毛钱，北京一哥们儿给了 3 毛 2，天津卫的人民贡献了 1 毛 8。第二天，一分钱没要着就被群众举报了，那个年代，群众的眼睛时而是雪亮的，时而是不明真相的，高晓松倒在了雪亮的目光里，他作为盲流被抓了起来，人家还要没收他的琴。琴是不能动的，不得已他说我是清华学生，并且给家里打了电话。

一次失败就放弃是很难找到你的百分之一的。大二暑假，高晓松决定和乐队的人一起去海口寻找音乐梦想。7 个人，只有高晓松和老狼去了海口，最终也只有这两个人成事了。高晓松辗转海口、广州，然后来到厦门，最后在厦大女生的滋养下写出了《同桌的你》《麦克》《流浪歌手的情人》《青春无悔》《恋恋风尘》……校园民谣成为 90 年代标志性的文化符号之一，老狼红遍大江南北，高晓松是站在老狼身后的音乐人……

希望每一位读者都能找到属于自己的那百分之一，希望每一个老狼背后又有个高晓松！

年少轻狂

小时候读武侠小说，看到每个英雄都是儿时落魄，少年时坠入低谷，然后就有一个世外高人从暗影中走出，颤巍巍拿出一本《如来神掌》告诉你，练！练成后跃马横枪无敌于天下。于是现实中也喜欢类似的人物，比如乔布斯、沃兹、盖茨、艾伦，比如 Google 的佩奇、Facebook 的扎克伯格，无不是年纪轻轻就取得了惊人的成就。反观自己，就属于大器晚也没成的类型，真是让人浩叹。所以写人物需要坚韧的心理素质和强大的革命乐观主义精神，否则你常常会发现想找一款坚硬的豆腐而不可得也。

高晓松属于年少成名，离开大学 3 个月就发财了，当年就有了车，手持 3 万块钱的大哥大，上面还缠了一个好几千块的 BB 机，有个特贵的呼号"6"。1994 年出版《校园民谣》第一辑，其中《同桌的你》《睡在我上铺的兄弟》传唱于大江南北，抚慰了那个时代千百万人的心灵。那一年，高晓松 25 岁。

名利双收，恃才傲物，年少轻狂。现在的高晓松说：我年轻的时候，飞扬跋扈，现在想想，自己都讨厌自己。2010 年发布专辑《万物生长》的时候，高晓松接受了《凤凰非常道》的采访，上来就说，我采访是为了完成唱片公司的任务啊，要不是这原因我就跟家睡觉了。后续的访谈依然快人快语，睥睨天下。谈到音乐，他说，我的歌每次都卖得最好啊，我有什么可担心的？至于乐评人，你写得不好，只能说明你这么多年来没有一点进步。整个访谈基本上都是主持人在哄着他讲话，那个时候的高晓松和现在讲《晓说》和《晓松奇谈》的高晓松完全是两个状态。可以说年少轻狂的状态一直持续到了 2011 年。

伴随酒驾而来的半年牢狱之灾，让一辆在高速公路上一路狂奔的汽车熄火停油，彻底安静下来。在监狱里，高晓松完成了从发呆、听雨，到读《大英百科全书》、翻译《昔年种柳》、写小说的过程。真的只能听雨，每次下雨的时候，就听到远远的高墙外的雨声，但是看不到雨，也感受不到风，你只能凝神想象，仿佛置身辽阔原野，大雨滂沱而至。这种绝望和宁静，相信首都人民会感同身受：我听得见你的声，却看不见你的人，因为你就在那雾霭中。

出狱后，高晓松完成了四十不惑的蜕变，也是在那个时候，《如丧》和《晓说》开始进入我的视野，这些时间沉淀下来的东西，对我，对我们，可能更有意义。

人生得意须尽欢，莫使金樽空对月。但一定不要妄自尊大，也不要妄自菲薄。

读万卷书，行万里路

明朝董其昌在《画禅室随笔》中写道：读万卷书，行万里路，胸中脱去尘浊，自然丘壑内营。高晓松能够说三年脱口秀，写出《如丧》和《鱼羊野史》，完全得益于年轻时大量的阅读和游历世界。

高晓松在脱口秀中说过的内容包括：刺客、镖局、青楼、千年科举；美国的医疗、种族、大选、枪、工会；开国将帅授衔、抗日风云、朝鲜战争、军力对比；大师照亮 80 年代、好莱坞启示录、欧洲、美洲、亚洲、王的爱情、美国总统、大航海时代、南明悲歌、"一战"、"二战"……内容繁复，博古抵今，精彩纷呈。这种体量的知识储备绝非一日之功，没有经年累月的阅读和游历断无可能，而且漫无目的的阅读和游历是没用的，除了留下一些粗糙的谈资和照片，其他都会随风而去，我想高晓松一定用了巨大的精力和时间去梳理这些知识体系，并且，当年他并没有想到会成为一个脱口秀艺人。厚积薄发，并不止于此。

所以，有事没事就去多学习一些东西，没准哪块云彩有雨呢？现在万卷书已经不是问题，怀揣一个 iPad 或 Kindle，图书何止万卷？但是买书如山倒，读书如抽丝，每每看到书桌、书柜、电子设备里皆尽躺满各类新书时，我们就情不自禁地感慨，这么多书啥时能读完啊！其实解决这个问题最简单的办法就是直接抽出一本书来读。有一次，一位读者问我怎么提高写作能力，我的回复是，大量阅读、坚持写作，然后对照和分析自己和那些先贤的文字，继续写作，周而复返，不一定能成了作家，提高写作能力是一定的。没什么捷径，而每个人都是半途而废的专家，你没废，没准就成了。

至于行万里路，建议大家年轻的时候多走走，据说 20 岁背起背包就走，30 岁开着车就走，40 岁就让人拉着走，50 岁就在家走走。很多事情只有经历才是真实，没有经历的人永远无法理解别人的生活，行了走了，了解了这个世界，才能用好读万卷书的力量，所谓学无止境，其实行也没有尽头。

门客的理想

高晓松常常在脱口秀和书中谈到：我的梦想不是王侯将相，而是做公子的一个门客。所有的观众、听众和读者，都是公子。在互联网这样一个新的大航海时代，各位公子都去为了理想和梦想奋斗，因为你要去横枪跃马征服世界，所以你没空读闲书，我来替大家读书。你朝九晚五，你 996，你没空聊天，我来替大家聊天。我是门客，我不管大事，但我可以让大家工作之余过得更有趣一点。因为生活不止眼前的苟且，应该还有诗和远方。

在这样一个追求 KPI、融资金额、市值和点赞率的年代，每个人都希望自己站在风口浪尖，每个人都愿意去追逐热点，所以门客的理想就显得独特而且孤单。世事沧桑，人潮人海，世界上永远存在不同的路和窗口。

在互联网的大潮中，有时候我也会想去做这样一个门客。青年才俊层出不穷，80 后，90 后的成就让人刮目相看，00 后茁壮成长，我就别去和大家弄潮了，老胳膊老腿的，呛到了也不好。你们去奋斗，去改变世界，遇到想学但没时间学的，想读没时间读的，我帮大家学习和读书，然后再写一写，讲一讲，你们高兴了，成功了，就打赏我几块银元，然后继续星辰大海的征途，然后我也就高兴了……

想一想这么多年来一直保持的学习能力和阅读热情，我觉得，没准儿这事能成。

音乐与书

在人类漫长的文明史中，音乐与书是两样最美好的事物。

音乐传承了人类基因中最触动人心的东西，上天选择了极少数人类精英来创造曼妙的音乐，然后给了全世界所有人欣赏音乐的能力。在人类还没有发明文字的时候，人们已经开始用音乐进行交流和信息传递了，每个人都应该去欣赏音乐，如果你今天还没有听过一首歌，那么是时候关掉微博和微信，安安静静地去听一首歌了。

书则略有不同，好书可以影响一代人，坏书却能给一个民族带来灾难，所以我更偏爱那些与社会形态、政治离得比较远的书，那些书记录了那个时代的人们的情感。刘震云老师曾经说过，如果想知道清朝人的情感，可以去读《红楼梦》，想了解唐朝人的情感，可以去李白和杜甫的诗里寻找。正是对这些情感和生活点点滴滴的记录，形成了一个民族留存到今天的最大依据。

历朝历代会产生很多思想，有些思想可以光照千古，有些只是短暂留存。但人类的情感却通过音乐、书、绘画承载下来，源远流长，这些东西才是我们的本质。

所以，高晓松可以同时创造美好的音乐和书这件事，让我非常羡慕。于我而言，在码字听歌之余，也只能多写几行代码慰藉受伤的心灵了。

平行交替论

关于人类的历史，高晓松有个理论，他认为科技与艺术始终以平行线的方式交替主导人类的文明，各自发展，从不交汇。它们在历史的各个时期分别焕发出璀璨的光芒，为人们照亮前行的路。当文艺昌明，艺术飞速发展的时候，科技必定停滞不前或发展缓慢，比如原始的宗教、神话、图腾，比如文艺复兴时代，比如民国往事。当科技大发展时，艺术就会站在一旁，任由科技浪潮涤荡人类的心灵，比如工业革命，比如"一战"时期，比如互联网时代等。

随着时代的发展，二者交互的频率越来越快。我们所处的年代就是一个科技主导世界的时代，各种新奇的成果让年轻的人类应接不暇，而 20 世纪80 年代的大师已经渐行渐远，不再浮现于世。也许在不远的将来，科技会把人类带向一个看不到未来的地方，人们彷徨、迷惘，开始怀疑人生，质疑自我，那时候艺术就会重新站出来，引领人们走向一个新的时代。

有时候，我觉得科技与艺术就像是《黑客帝国》里的 Architect 和Oracle。前者通过程序（科技）构建 Matrix，后者则基于人类的意识（艺术）重塑 Matrix，周而复始，交替前行。

也许我们自己所在的世界就是 Matrix 和 Zion 呢？

大师与工匠

高晓松在音乐、写作、电影和脱口秀等领域均有建树，如果以品相而论，
我以为他的音乐为一品，脱口秀为二品，写作为三品，电影为四品。在音
乐领域，高晓松几乎触摸到了大师的指尖，但是还差那么一点点。在其他
领域，他应该是个优秀的工匠。

在《如丧》的发布会上，刘震云曾经说过，如果高晓松把所有的精力都花
在一个领域，那么他极有可能成为大师级的人物。很可惜，没有如果。

小时候，常常希望有人能够在讲台上声情并茂地去讲解那些冰冷的历史和
地理知识，可惜直到读完大学也没遇到这样的老师。如今一个胖子在互联
网上滔滔不绝地谈古论今，其言其行跃然纸上，这让我们觉得，他没成为
大师，也挺好。

作品推荐

音乐专辑：《青春无悔》和《万物生长》。

脱口秀：《晓说（第一季）》《晓说（第二季）》《晓松奇谈》。

书：《如丧》和《鱼羊野史》。

结语

这是一个崭新的大航海时代，每个人都在一望无际的海洋中孤帆远航，我
们似乎看不到重见陆地的希望。当手握命运的轮舵时，我想重温曾经的画面。
我想寻找锡耶纳的田园广场，感受赛马咆哮而过的澎湃；我想重临巴黎孚
日广场，回味兰博西餐厅唇齿留香的佳肴；我想再品一瓶佳酿，再聆听一
晚爵士乐，在群峰之上享受阳光，尽情领略温暖洒满我的脸庞；我想再一
次登临山峰，攀爬高塔，乘风破浪，凝视壁画，在幽静的花房中听歌、读书。

最重要的是，我想安然入睡，再次体验孩童般的睡眠。梦里有诗，也有远方。

林纳斯，一生只为寻找欢笑

每个人桌面上一台电脑，这曾经是无数计算机先驱的梦想，这个梦想很早就实现了。在 1997 年，乔老师和比老师就说过，"比尔，我们共同控制了 100% 的桌面系统市场"，当然乔老师没说的是，比老师控制了 97%，乔老师还不到 3%。时至今日，乔老师走了，比老师颓了，移动终端把传统的 PC 市场冲击得七零八落。普通用户都知道了 Windows、Android、OS X、iOS、BlackBerry 等，但是，他们依然不了解的是另一款在计算机发展史上起到了革命性作用的操作系统：Linux！

当大家使用 Google 搜索时，使用 Kindle 阅读时，使用淘宝购物时，使用 QQ 聊天时，很多人并不知道，支撑这些软件和服务的，是后台成千上万台 Linux 服务器，它们时时刻刻都在进行着忙碌的运算和数据处理，确保数据信息在人、软件和硬件之间安全地流淌。可以这么说，世界上大部分软件和服务都运行在 Linux 操作系统之上，什么云计算、大数据、移动互联网，说起来风起云涌，其实没有 Linux 全得趴窝（微软除外）。

但是，Linux 和它的缔造者林纳斯·托瓦兹（Linus Torvalds）一样低调，这么牛的一个物件，居然只有程序员知道它的传奇，这不科学！所以我准备在这个系列中写写林纳斯：他是 Linux 和 Git 的缔造者，他是一个传统的黑客，与沃兹一样，少年成名，崇尚自由，一生只为寻找欢笑，他，是一个真正的程序员。

林纳斯在 2001 年出过一本自传，叫做《Just for Fun》，是他和大卫·戴蒙（David Diamond）合著的，当年我有幸读到这本书，了解了很多林纳斯的生平轶事，那时我就琢磨，这个天才已经达到人生的巅峰了吧，结果这位兄台并未停止前进的步伐，转手就在 2005 年搞出了分布式版本控制系统 Git，目前几乎全世界的程序员都在用 Git 管理他们的代码，著名网站 GitHub 就是基于 Git 构建的。无论是 Linux 还是 Git，得一即可得天下，结果这哥们儿以一己之力发起了两个项目，而且都是主力开发人员。最终的结果是，成全了程序员，陶冶了用户，造福了一方百姓。正如林纳斯自己所言："My name is Linus, and I am your God."

生命的意义

1969 年年末，林纳斯出生于芬兰的赫尔辛基市，算是赶上了 60 后的尾巴。小时候，他是个其貌不扬的孩子，除了一个鼻子长得"富丽堂皇"之外，乏善可陈。他为了让鼻子看上去小一些，经常戴上眼镜就不愿意摘下来，这个策略和现在的很多大脸女生购买三星的 Galaxy Note 手机有异曲同工之妙。幼时的林纳斯不修边幅，邋里邋遢，不怎么费劲数学和物理就学得极好，社交圈却一塌糊涂，他母亲经常和别人说，这孩子非常好养，只要把他放到一个有电脑的小黑屋里，然后再往里扔点薯条和意大利面，就行了。林纳斯对此表示认同。

林纳斯把年幼的自己定位成 Nerd（书呆子），但是从他的自传里我却感受到了这位天才的有趣之处。他在书的前言里写道：

我对生命的意义有种理论。我们可以在第一章里对读者解释生命的意义何在，这样就可以吸引住他们。一旦他们被吸引，并且付钱买了书，剩下的章节里我们就可以胡扯了。（注：做人要厚道啊）

关于生命的意义，林纳斯的解释是，有三件事具有生命的意义。它们是你生活当中所有事情的动机。第一是生存，第二是社会秩序，第三是娱乐。生活中所有的事情都是按这个顺序发展的，娱乐之后便一无所有。因此，从某种意义上来说，生活的意义就是要达到第三个阶段。你一旦达到了第三个阶段，就算成功了。但首先要越过前两个阶段。

为什么林纳斯会这么说呢，我摘段原文给大家看看，非常有趣。

林纳斯：我给你举个例子来说明这一观点。最明显的是性，它开始只是一种延续生命的手段，后来变成了一种社会性的行为，比如你要结婚才能得到性。再后来，它成了一种娱乐。

大卫：性为什么是娱乐？

林纳斯：好吧，我是在对牛弹琴。我举一个别的例子。

大卫：别别，还是说说性吧。

林纳斯：它是在另一个层次上的……

大卫（自言自语）：哦，参与就是娱乐，而不是在一旁观看。好，我明白了。

那生存、社会秩序和娱乐又是如何与技术扯上关系的呢？

天才也疯狂

林纳斯是这么解释的，技术的诞生同样是为了人类的生存，而且是为了让人生活得更好。汽车让人跑得更快，飞机让人飞得更高，互联网让人懂得更多，手机让人通信更快，一旦这些技术成了规模，就要介入社会秩序，然后下一个阶段就是娱乐，别看手机现在就是个打电话的工具，但是很快就会进入娱乐阶段……（12 年后的今天，手机已经彻头彻尾地变成了一个娱乐工具，打电话反而成了附属功能。）

林纳斯说："一切事物都将从生存走向娱乐，但这并不意味着在某个局部地区没有倒退的现象，而且毫无疑问许多地方都有这种情况。有时事物往往会分裂开来。"

从这些内容我们可以看出，林纳斯有自己的一套理论，而且能自圆其说，其实每个人都有自己的理论，一件事做或者不做，都是自己说服自己，每一次进步，要么是推翻自己的理论，要么是完善自己的理论。林纳斯在很小的时候就建立了自己的理论领地，那就是数学、物理、逻辑，最后是计算机，所以他绝不是自己描述的 Nerd，而是一个大智若愚的牛娃，就像射雕里的郭靖一样，看着傻，其实比谁都精，脑子里装的都是 10 年、20 年后的事儿。而且林纳斯比郭靖牛的地方是，就一个启蒙老师，还是自己的外公，和郭靖一比，高下立判！林纳斯基本上就是个自学成才的典范。

林纳斯的外公是赫尔辛基大学的一位统计学教授，数学家。他有一台 Commodore VIC-20 计算机（Commodore 是与苹果公司同时期的个人电脑公司，曾经创造过一系列辉煌，1994 年破产），这台电脑的主要功能就是没有功能，你唯一能做的事情就是用 Basic 语言在上面编写自己的程序，老爷子当年就是这么做的，比如做一些数学运算和公式计算等。但是老爷子年老眼花，也不愿意打字，于是就把自己的外孙林纳斯放在腿上，让他帮助录入写在纸片上的程序。这种很有场面感的场景一再出现后，林纳斯除了对数学有了初步的认识，同时也把计算机玩得娴熟，很快他就在外公的指导下开始编写自己的程序。

评：很多大师级的人物，很小的时候就能在某个领域内头角峥嵘，展现出一些东西，然后经过长期的练习和创作，最终成为一代传奇。在这个过程里，环境是很重要的，逆境出人才基本上是个伪命题，这句话唯一的作用就是遇到困难时给自己打打鸡血。林纳斯就是个高知子弟，10 岁人家就开始玩计算机了，我们 10 岁在干什么，打沙包吗？甩方宝吗？即使你在计算机方面有出众的天赋，但 18 岁以前连计算机的面儿都没见过，你就只能默默地牛了。等你真正开始展现出自己才华的时候，人家操作系统已经开发出来了，一入世就差别人 10 年的身位，除了冷冷的绝望，你还能感受到什么？

所以现在人们没事就北上广深杭，不是喜欢人多嘈杂空气差，而是在这些一线城市可以接触更多的人和事物，见更高的山，渡更宽的河。不是为了情怀，而是拥有格局。见都没见过，还同一个起跑线呢，一跑就得卧窝。所以，无论这些地方环境多恶劣，竞争多激烈，来的永远多过走的，不为别的，只是为了缓解些许绝望的感觉……

林纳斯用外公的计算机学会了 Basic 语言，并开始编写各种简单有趣的游戏，然后他又发现了 Basic 并不是计算机唯一能理解的语言，在它的下面，还有一种由 0 和 1 组成的语言，可以直接被计算机识别，于是林纳斯又开始用机器码编程，这次他可以控制更多计算机的细节，他与机器变得更加亲密。然后林纳斯就开始上中学了，中学的几年于他而言，其实没有太大变化，因为那些年他几乎都是坐在电脑前面度过的，在这个阶段，他熟练地掌握了汇编语言。

终于有一天，林纳斯向编程世界挺进的步伐变得缓慢下来，因为他上大学了，原因之一是他必须集中精力读书，原因之二是找不到什么项目去做。还有一件事，林纳斯开始服兵役了，那段时光对他来说是如此特殊：

在手执武器上了一个月的"体育课"之后，我便觉得在我有生之年完全有资格从此一动不动，享受平静的生活了。唯一可做的事情就是把编码打入键盘，或者手里端着一瓶比尔森啤酒！

改变一生的书籍

终于，让林纳斯痛苦不堪的兵役结束了，除了敲锣打鼓欢庆重生之外，他开始继续拓展自己的编程之路，这时候，生命中最重要的一本书出现了，书的名字叫做《操作系统：设计和实现》，作者是 Andrew S. Tanenbaum。用林纳斯的原话表述就是："这本书把我推上了生命的高峰。"

那个时代，UNIX 已经开发出来了。最早 UNIX 是用汇编写的，开发过程中 UNIX 的两位创始人 Ken Thompson 和 Dennis Ritchie 觉得用汇编写程序实在是太苦了，男人应该对自己好一点！于是老哥俩决定用高级语言来完成下一个版本，他们首先尝试了 Fortran，失败！然后又基于 BCPL（Basic Combined Programming Language）创建了 B 语言，B 语言可以被认为是那个时代的解释型语言，不能直接生成机器码，效率上完全没法满足系统的需求，再次失败！我们都知道，一再失败的情况下总会有一位英雄人物挺身而出，这次是 Dennis Ritchie，他从失败的大坑中爬起来拍拍土抹抹泪，继续对 B 语言进行改造。这次 Dennis 为 B 增加了数据类型，并让 B 语言能够直接编译为机器码，然后又为这门语言起了个极其响亮的名字："New B"，读一读神清气爽，念一念气冲云霄，从此一代语言巨星冉冉升起，40 年后依然排在兵器排名榜第一位，怎一个牛字了得！当然，Dennis 可能考虑了十几年后中国人民的感受，把 "New B" 改为了 C 语言，并用 C 语言重新编写了 UNIX 的内核，UNIX 与 C 从此珠联璧合，长相厮守，再也无法分离。

操作系统、UNIX 和 C 语言可以说是林纳斯心目中神山上的三座圣杯，为了至高无上的荣耀，他首先要攀上峰顶，把这三座圣杯捧在手中，然后再琢磨建造自己宫殿的事儿。在那一年的夏天，林纳斯开始了高强度的阅读和学习，用他的话说就是做了两件事："第一件是什么都没做。第二件事是读完了 719 页的《操作系统：设计和执行》。那本红色的简装本教科书差不多等于睡在了我的床上。"

林纳斯认为，UNIX 是一个简洁、干净的操作系统，在 UNIX 上的大部分任务都是通过一些基本操作完成的，这些操作被称为 "System Call"，顾名思义，这些操作就是你对系统的呼叫，系统通过响应你的呼叫完成工作。比如用于创建子进程的 **fork**、**clone**，比如用于文件访问的 **open**、**close**、**read**、**write**。这些基本的系统调用通过组合可以完成大部分功能。同时，UNIX 还提供了极为强大的"进程间通信"（IPC）方式：管道（pipe）。很多工作在图形界面（GUI）软件环境下的读者，最常用的 IPC 操作可能是复制、粘贴、鼠标拖曳，这些操作虽然简单，但是必须由人来完成，想要自动化就很困难。而这些在 UNIX 上实现起来就像大自然一样自然，你只需要在程序之间开辟出一段缓冲区作为管道，然后父进程和子进程就可以通过这个管道实现进程间通信了。举个例子，以前给大家介绍的查找历史命令的脚本，就利用了管道的功能，如下：

```
history | grep apache
```

这行命令的含义就是查找包含 **apache** 的历史命令，其中特殊字符 "|" 用来告诉命令行解释器（shell），将前一个命令的输出通过"管道"

作为接下来的一行命令的输入，就这样，一个简单的进程间通信就完成了。

总之，林纳斯在读完这本书之后，就像郭靖修习了九阴真经全本一样，对机器和代码的世界有了更为透彻的认知，接下来的事情就是等待一个打造传奇的机会。

等待的过程中，林纳斯也没闲着，他又开始编程了。好的程序员对编程的喜爱是溢于言表的，以下摘录一些林纳斯的编程感想。

对于喜爱编程的人来说，编程是世界上最有趣的事，比下棋有趣得多！因为你可以自己制定游戏规则，而你制定什么样的规则，也就会随之出现与此规则相符合的结果。

在电脑世界中，你就是创世者，你对所发生的一切拥有最终的控制。如果你功力深厚，你可以是上帝——在一个较小的层面上。

你可以建筑一个这样的房子，有一个活板门，既稳固又实用。但是每个人都可以看出一个仅仅以坚固实用为目的的树上小屋和一个巧妙地利用树本身特点的美妙小屋之间的差异。这是一个将艺术和工程融为一体的工作。编程与造树上小屋有相似之处……在编程中，实用的考虑往往被置于有意思、美观优雅或有震撼力的考虑之后。

在代码的世界里，林纳斯就是一个诗人！

Linux 诞生

UNIX 始于 20 世纪 60 年代，在 20 世纪 70 年代得到了迅猛的发展，这时候的林纳斯还躺在祖父公寓里的摇篮里睡大觉，如果不是后来 UNIX 王国自乱阵脚，出现阵营分裂和法律纠纷，可能 Linux 系统根本都不会出现。真实的情况是，UNIX 浪费了大把的时间和机会，似乎就是为了等待这个大鼻子、头发纷乱的芬兰小子长大，然后一决高下。林纳斯赢得了自己的时间，他一刻不停地磨练自己的技艺，在清晨的微光中练习算法，在赫尔辛基的雪山上编译代码，随时随地地补充粮草和武器。21 年之后，林纳斯抚着雪亮的刀锋上路了，他要去追寻属于程序员的最高荣耀。

1991 年 1 月，林纳斯花费了 3500 美元，分期付款购买了一台杂牌组装电脑，内存 4 MB，CPU 33 MHz，还有一台 14 英寸的显示器，然后又买了 MINIX 操作系统，用 16 张软盘把这个操作系统装到了计算机里。之后，林纳斯又用了 1 个月的时间，了解了 MINIX 的好和不好，并把这个系统改装成了自己得心应手的"战斗机"，开始了战斗的人生。就是在这台电脑上，催生了 Linux 的初始版本。

Linux 的诞生离不开 MINIX，MINIX 是 Mini UNIX 的缩写，是 Andy Tanenbaum 教授编写的迷你版的 UNIX 操作系统，源代码可以提供给大学和学生，用于操作系统教学，采用了微内核设计。《操作系统：设计与实现》一书的示例程序也用了这个源代码，这本书我们在林纳斯（三）中提到过，给了林纳斯极大的启发。

林纳斯使用了 MINIX 之后，发现这个系统有很多缺陷，比如性能问题、内核问题、文件系统问题，最大的问题是终端仿真器，也就是我之前总提到的 Terminal，登录学校里的 UNIX Server 和上网时，林纳斯都需要终端，但是 MINIX 无法满足这个需求。如果普通人遇到这种问题，估计就是发会儿呆然后洗洗睡了，或者说"你行你上啊"，林纳斯不是普通人！

他决定抛开 MINIX，从硬件层面开始，重新设计一个终端仿真器。牛人就是不同凡响，这个决定表明了林纳斯需要从 BIOS、CPU 等硬件层面重新开发出一套系统，除此之外，还需要了解如何把信息写入显示器，如何读取键盘输入，如何读写调制解调器，早期储备的汇编语言和 C 语言能力终于派上了用场……

两个月之后，终端仿真器完成，对此林纳斯非常骄傲：

对于我了不起的成就，萨拉（妹妹）是了解的。我把终端显示给她看，她盯着显示器看了大约五秒钟，看着上面是一串 A 和一串 B，说了声"很好"，然后就没有然后了。我意识到我的成就并不辉煌，这犹如你指给人看你铺设的一条长长的柏油马路，但想向别人解释这条马路的意义是完全不可能的。

当时是三月，也可能是四月，就算彼得盖坦街上的白雪已经化成了雪泥我也不知道，当然我也并不关心。大部分时间我都穿着睡衣趴在相貌平平的计算机前面噼噼啪啪地敲打键盘，窗户上的窗帘遮得严严实实，把阳光和外部世界与我隔离开来。

Linux 操作系统就这样开始了，一发不可收拾。林纳斯的当时编程状态是这样的：编程——睡觉——编程——睡觉——编程——吃饭——编程——

睡觉——编程——洗澡——编程……

实现了终端仿真器之后，林纳斯马不停蹄，开始添加磁盘驱动和文件系统，那一年林纳斯还在上课，但是课程很简单，他唯一的课外活动就是参加每周三晚的同学聚会，这个长着大鼻子的技术天才，常常会因为担心自己缺乏社交能力和容貌丑陋而失眠，对那时的他来说，唯一有趣的事情就是把驱动程序写出来。于是他咬咬牙对自己说，还得干下去。（看来没有女神的好处就是可以写个操作系统出来，然后把自己叫做上帝。）

随着工作的进展，终端仿真器开始向一个操作系统的方向发展，林纳斯显然也看清楚了这一点。

在整个创造 Linux 的过程中，我们没有看到林纳斯使用了什么样高级工具，估计那时也没有，整个系统基本上是一行行代码敲出来的，纯手工打造，这些先贤的编程功底和效率让我们叹为观止，所以，现在，我决定打开终端，输入 vi，然后键入：to be continued，感受一下林纳斯当年编程的风采……

随着林纳斯不断地敲击键盘，他的终端仿真程序也不停地扩张，从刚开始的小树苗长成了一株盘根错节的大树，树根牢牢地抓住土地，枝丫努力地伸向天空，花朵和果实开始在高远的天空中烁烁发光，所有的细节都在林纳斯的掌控之中。懂行的技术人员都看得出来，这个大鼻子的芬兰小子是准备开发一个操作系统啊。

是年 6 月，林纳斯基本确定了要开发一个操作系统内核的计划，并开始着手搜集 UNIX 操作系统标准的相关资料。1991 年 7 月 3 日，格林威治时间上午 10 点钟，林纳斯在 MINIX 新闻组发出了一封求助邮件，寻求有关 POSIX 标准的帮助，他在邮件中写道：

目前我正在 MINIX 系统下做一个项目，对 POSIX 标准很感兴趣。有谁能向我提供一个机器可读的最新的 POSIX 规则？如果能有个 FTP 地址就更好了。

这份公开的邮件是标识 Linux 问世的最早证据。邮件发出后不久，有人就寄来了厚厚的 POSIX 标准，同时赫尔辛基工学院的 Ari Lemke 也对林纳斯的邮件做出了响应，为林纳斯提供了一个 FTP 地址，用来上传他即将完成的操作系统。

注：POSIX 全称是可移植操作系统接口（Portable Operating System

Interface）。IEEE 最初制定 POSIX 标准，是为了提高 UNIX 环境下应用程序的可移植性。随着技术的发展，POSIX 开始不局限于 UNIX 系统，后续的 Linux 和 Windows NT 都部分地遵循了该标准。POSIX 在林纳斯开发的过程中起到了灯塔的作用，直接后果就是 Linux 系统从一开始就走在了正规军的康庄大道上，基本没有跑偏过。Linux 几乎可以适配各种类型的硬件体系结构。

标准和 FTP 地址都有了眉目，林纳斯开始实现各种 System Call，以便让 shell 运行起来。这段时间的工作让林纳斯时常感到灰心丧气，看着增加的代码量，工作似乎前进了一大步，但是检验一下功能又仿佛没有任何进展。有时候，他还不得不放弃之前的想法和已经完成的代码实现，另辟蹊径重头再来，即使是在天才面前，代码也能让人欢喜让人忧。

终于 shell 已经可以在新的操作系统上工作了，林纳斯开始编写复制（cp）和列表（ls）等程序。shell 程序一旦完成，就好像完成了从 0 到 1 的飞跃，一切都变得无比顺利，林纳斯面前仿佛出现了一条阳关大道，一切都豁然开朗了，他说，要有光，于是就有了光。对于这种状态，林纳斯表示："我很满意"，并且开始用"Linux"称呼这个操作系统。

这种满意非常重要，因为那个夏天，林纳斯除了伏在电脑面前噼噼啪啪地敲击键盘，什么都没做。芬兰 4 月到 8 月的日子是一年中最美好的时光。人们到布满小岛的海上航行，去海滩上晒日光浴，到夏日小木屋中消遣时光。但是林纳斯，他只是在永无休止地编写程序，忘记了白天和黑夜，黑色的窗帘遮蔽了灿烂的阳光，也遮蔽了外面的世界。他唯一的想法就是，得赶紧把这该死的系统做出来！

1991 年 8 月 25 日，林纳斯在 MINIX 新闻组上发邮件做了一个调查，想知道大家希望这个新的操作系统具备什么特征。

1991 年 9 月 17 日，林纳斯把已经完成的新操作系统上传到了 Ari Lemke 提供的 FTP 服务器上，并准备用"Freax"作为操作系统的最终代号，结果遭到了 Ari Lemke 的激烈反对。Ari Lemke 对林纳斯说：

"李哥，您咋会想到用这么变态的名字命名操作系统呢？原来的 Linux 不挺好的嘛。"

"那样不会显得自恋吗？"

"您这样就不对了，操作系统是开天辟地的大事，人民群众都等着用您的名字命名呢，看看他们的眼神，您能辜负他们的期望吗？ Linux 天生不就是用来与 UNIX 遥相呼应的吗？这是命，得认！"

"这……那我就不推辞了啊"！

以上为意译，不过基本上和古代皇帝的黄袍加身是一个意思。新的操作系统最终以"Linux"命名，并在 10 年后名扬天下，20 年后统治服务器领域，可谓 Linux 恒久远，林纳斯永流传。

Linux 内核 0.01 版本终于发布了，虽然漫长的开发过程才刚刚开始，但林纳斯终于可以松口气了：

瞧，我真的做出了点什么。我没有在骗你们。这就是我所做的……

创造操作系统，就是去创造一个所有应用程序赖以生存的基础环境——从根本上来说，就是在制定规则：什么可以接受，什么可以做，什么不可以做。事实上，所有的程序都是在制定规则，只不过操作系统是在制定最根本的规则。——林纳斯

继续前行

Linux 从一诞生就被打上了开源的烙印，这一点对 Linux 的后续发展起到了至关重要的作用。从 1991 年内核 0.01 版本发布，到 1994 年 1.0 版本闪亮登场，世界各地无数的开发者为 Linux 提交了代码，林纳斯为 Linux 建立了讨论组 comp.os.linux，全世界爱好开源和 Linux 的程序员与黑客都在上面讨论问题，他们就像群蜂筑巢一样，不断地通过个体和群体的力量交替推进 Linux 的飞速发展。

林纳斯对自己说：嗯，没有任何东西可以阻挡 Linux 的普及！

这种感觉估计很多程序员都体会过，当你设计的算法得出了正确结果的时候，当你自以为解决了一个海森堡 bug（Heisenbug，表示不可重现）的时候，当你完成了一段精妙代码的时候，你摘下厚重的眼镜，推开铺满灰尘的书桌，打开办公室唯一的窗户，迎着夕阳把一只废弃的圆珠笔扔出窗外，然后冲着天空大喊：还有谁……？这是一种拔剑四顾心茫然的情怀。

林纳斯还不止于此。他不仅单枪匹马写出了 Linux 的内核，而且做出了开源的决定。他把 Linux 放到了互联网上，并且允许那些希望使用和改进它

的人们根据开源协议修改和提交源代码。这两点对互联网的影响是极其深远的，估计林纳斯当年也没有想到，当时的两个小小的涟漪，经过时间和空间的放大，十几年后形成了一股互联网巨浪，到现在 Linux 依然处于风口浪尖。

对于 Linux 取得的成功，林纳斯将其归结为是由自己的缺点导致的：

1. 我很懒散；

2. 我喜欢授权给其他人。

其实这两个所谓的缺点，正是优秀程序员和领导者必备的要素，它们让 Linux 成为世界上最大的开源协作项目，为喜爱 Linux 的人们带来了最美好的技术和应用，现代的互联网几乎都是运行在 Linux 之上的，可以说，林纳斯改变了世界，你每一次不开心后在淘宝上买包包，都有林纳斯贡献的力量！

来到硅谷

1996 年的春天，Linux 顺利发布了 2.0 版本。是年林纳斯 27 岁，这个芬兰小子已经慢慢厌倦了芬兰平淡无奇的日子和不眠不休的编程生活。对于一个技术天才来说，创造一套新的技术体系就像艺术家完成一个雕像一样，当一块粗砺的岩石在他的亲手打磨下逐渐显山露水，展现出其完美容颜的时候，后续的修修补补会让这些天才产生倦怠的感觉。他们需要更快的剑，更高的山和更强大的对手。尤其是期间林纳斯访问过两次美国之后，这种感觉变得愈发不可阻挡了。

说起来美国确实是个神奇的国度，这样一个移民国家中，居住了各种从不同国度不远万里跨海而来的种族，每个种族无论在基因上还是文化上都具有原来国家的特质，这些特质相互融合与对抗，让这块大陆上的人民更锐意进取，更开放，更自由，他们愿意去追求和接纳美好的事物，最终一不留神把美国搞成了世界文化的大熔炉，而开放的文化和环境又极大地激发了人们的想象力和创造力，近代和现代的科技成果几乎全部源于美国，要么是美国人搞的，要么是外国人在美国搞的。所以有时候我们也不用顾影自怜，嘲笑自己没有国产的操作系统和编程语言，因为其他国家也没有，或很少有，芬兰好不容易出了个天才少年，也没好好珍惜，最终落了个"流落"异国他乡的下场。

林纳斯一到美国就被这块新大陆吸引了，一切都是那么的新鲜和美好，他

的感受与你第一次出国后在微信朋友圈发的"天是那么的蓝,云是那么的白"是一样一样的。林纳斯在自传中写道:

我所参观的摩门教堂已有一百五十年的历史,却被照顾得很好,清洗后的教堂显示出亮丽的白色。要是在欧洲,所有的教堂都显得老旧不堪,像是蒙上了一层岁月的斑痕。看着这洁白亮丽的教堂,我脑海里产生的唯一联想竟然是迪斯尼乐园。因为它看起来太像是童话故事中的城堡,而不太是一个教堂了。

我记得自己徒步走过了金门大桥。在桥的这头时,我望着对岸的马林海岬,恨不得立刻就到对岸去徜徉在那美丽的群山之间。但等我真走到那边时,我几乎不愿意再挪动双腿……那时的我绝对想不到,在时隔六年以后的今天,我会坐在海风吹拂的海岬峰顶,一面俯瞰太平洋、旧金山湾、金门大桥和笼罩在雾中的旧金山城,一面对着大卫的录音机讲述着这一切。

从美国回到芬兰之后,林纳斯对自己说,我要去美国。

当林纳斯透露出自己的就业计划之后,马上有多家公司递来橄榄枝,其中包括著名的 Linux 公司 Red Hat。这种感觉是如此美妙,就像你刚刚掏出一支香烟,面前已是千百个打火机舞动。但是林纳斯本着不加入任何一家 Linux 公司的原则,拒绝了 Red Hat,参加了另一个名不见经传的公司的面试,这家公司叫做 Transmeta,中译名"全美达",你们可以从维基百科上查到这家公司,不过我打赌,知道这家公司的读者不会超过千分之一,这并不是咱们孤陋寡闻,因为美国人民刚开始也不知道这家公司在干吗,全美达官网在 1997 年中上线,两年半后网站的建设情况是"This web page is not yet here",又过了很久人们才从内部员工透露出的一点信息得知,这家公司似乎是搞处理器的。这是我所知道的唯一一家保密措施强过苹果的公司,如果不是林纳斯,这家公司就像是根本没有存在过。

就是这样一家公司,面试了在开源社区名满天下的技术天才、Linux 操作系统的缔造者林纳斯,并且将其招至麾下,一待就是 6 年。从某种程度上,这 6 年严重的影响了 Linux 操作系统前行的脚步,因为林纳斯没有足够的时间开发 Linux 了。

虽然根据 Transmeta 与林纳斯的协议,他可以继续从事 Linux 的开发,而且他确实也想这么做,比如白天为 Transmeta 工作,编写 X86 解释程序,晚上继续 Linux 的伟大事业。不过真实的情况是,晚上他睡着了……

关于加班和睡眠，林纳斯是这么解释的：

很多人都认为加班加点地工作才算真正的工作。我可不这么想。无论是
Transmeta 的工作还是 Linux 的工作，都不是靠牺牲宝贵的睡眠时间换来的。
事实上，如果你想听真话，我要说，我更喜欢睡觉。

总之，林纳斯第一次从互联网上消失了，很多悲观的开发者纷纷奔走相告，
林纳斯这小子是不是被招安了？他开始为商业公司干活了，Linux 作为自
由软件是不是已经濒临死亡了？每当这时候，林纳斯就会出来给大家打打
气说，哥还在呢，只不过刚睡醒……

关于林纳斯的这段经历，曾经在硅谷工作过的一位朋友给我提供了如下文
字，大意是这样的：

每次想起林纳斯这段经历，我都要感慨万千。第一次得知林纳斯虎落硅谷
的事是在 2002 年夏天，当地的水星报记者先是把林纳斯大吹一通，然后
说他从芬兰老家搬到美国，就职于 Transmeta 已 5 年有余，但 H1 移民仍
然停留在劳工卡初级阶段，6 年期满就要打道回府了。

当时这份报纸的读者大概有一半人有 H1 经历，然后这一半人里的一半都
知道 Linux 是啥东西，但是从未听说过 Transmeta 是何方神圣，它居然把
一代技术英雄扣在那儿，为一个名不见经传的小资本家做苦力，导致全球
开源事业停滞不前，真是胆大包天啊！于是很多读者跑到水星报去说，像
林纳斯这样的天才愿意移民到美国，布什亲自开飞机去接都不为过，怎么
可以被移民局压了 5 年呢……

还好，林纳斯在 2003 年离开了这个叫做“全美达”的公司，受聘于开放
源代码开发实验室（Open Source Development Labs, Inc，OSDL），重
新统领开源世界的各路英豪，全力开发 Linux 内核，Linux 再次焕发出勃
勃生机，这一次，它要引领的是互联网的技术浪潮……

关于财富

林纳斯对待财富的态度就是“视金钱为粪土”，是真的粪土。

那种默然的态度让人感觉非常可怕。当一个人随便动动手、挂挂名、签个字
就能获取上千万美元的时候，他依然和自己的妻女一家人挤在圣克拉拉一栋两

层楼的公寓套房里，过着一个普通程序员的生活，同时不断改进已经遍布全球的 Linux，这是什么精神？这是毫不利己专门利人的国际主义战士的精神。

写到这，我不禁想起了绿茵场上的冰王子博格坎普，当他接到几十米外的长传，用标志性的慢速停球过掉扑上来的后卫，轻扣，过掉另一个后卫，颠球，闪过最后的防守，面对守门员的时候不是大力抽射和仰天长啸，而是把球搓出一道完美的抛物线，球越过门将，缓缓落入网窝，然后博格坎普，低着头慢慢地走开，留给对手的是优雅与实用并世无双的技艺，和令人绝望的背影！

默然的感觉，懂了吗？

很多程序员创业成功或跟随创业成功之后，自以为功成身退，最早扔掉的就是代码和编译器，然后购豪宅、当天使、满世界贴旅游照片，你们感受一下，这个境界是完全不可同日而语的。（请勿对号入座，如有误伤，必是友军所为。）

事实上，林纳斯在拿到第一笔真正的财富之前，一直处于日子紧巴巴的状态。当时，另两位带头大哥比尔·盖茨和史蒂夫·乔布斯早已名满天下，家私万贯，同时有大量的技术人员、商人和公司通过 Linux 及其相关技术获取了巨额财富，对此，林纳斯的态度是："和我有什么关系"，他似乎对一大群才气不高的编程人员能够享受到大笔的财富并不在意。这种情况一直持续到所有的有识之士都坐不住了：林纳斯，你再也不能这样下去了！

伦敦的一位企业家希望林纳斯在他羽翼未丰的 Linux 公司做个董事会成员，报酬是 1000 万美元。林纳斯说："不用。"企业家惊呆了，当他喃喃自语"你知道 1000 万美元是啥概念吗"的时候，林纳斯已默默走远。

Red Hat 公司为了感谢林纳斯的卓越贡献，为他提供了一些期权，林纳斯的回复同样是："不用了，我不会给你独家的授权许可的。"Red Hat 的人差点疯掉："李爷期权您就收着吧，我们什么都不要行了吧？""唔，这样啊，那就放这儿吧。"这就是林纳斯！

正是这笔期权，让林纳斯收获了第一笔巨额财富，因为 Red Hat 于 1999 年 8 月 11 日在纳斯达克上市了。林纳斯先是意识到自己从身无分文突然变成了拥有 50 万美元，然后是 100 万美元、500 万美元，林纳斯终于变得亢奋起来，原来期权也是钱啊！终于不用再为生计发愁了，对于这个事情，林纳斯的定义是：我真是最幸运的家伙！

事实上，林纳斯从来没有想过 Linux 能够获得如此巨大的成功。他只是为了自己方便写了一个操作系统内核，并想借此获得一点回报而已。他说："假如我事先知道要做到如 Linux 这般成功需要做多少基础工作的话，那我肯定会相当沮丧的。这意味着你首先要非常优秀，并且你所做的大部分决定都导致了正确的结果。"

任何理智的人，在登山之前凝望着高耸入云的山峰和崎岖艰险的山路时，都会陷于沮丧之中。解决办法就是先迈出第一步再说，然后，但行好事，莫问前程。

Linux 不仅给林纳斯带来了名声和财富，同时给大众带去了巨大的好处。年轻一代中最聪明的程序员和黑客都在使用 Linux 的产品，正是开放的 Linux 给这些天才的程序员带去了巨大的创作热情和喜悦，他们在 Linux 平台上完成了一个又一个杰出的作品，这些技术形成的生产力，对互联网的发展起到了巨大的推动作用，直到今天。

巨星碰撞

在 Linux 出现之前，桌面操作系统的市场基本上是由比老师和乔老师控制的，虽然乔老师控制得少了一些。Linux 出现之后，桌面操作系统的格局并没有太大变化，但是服务器端市场的变化却是翻天覆地的。原本比尔希望通过 Windows NT 和 Server 系列在服务器领域复制桌面操作系统的辉煌，从而千秋万载，一统江湖。然而，世界的发展永远是多元的，没人能通过一己之力改变历史发展的多维性，比尔·盖茨也不行。于是 Linux 出现了，并以"星星之火可以燎原之势"一举拿下服务器操作系统的半壁江山。

一方是商业公司和封闭的策略，另一方是自由软件和开放的协议，这场战争一开始支持率就是一边倒的，林纳斯就像对抗风车的堂·吉诃德，但是他自己不仅没有遍体鳞伤，还在没怎么亲自出场的情况下把微软这个软件风车搞得狼狈不堪，这种情况发生在现实生活中绝对是老百姓喜闻乐见的，林纳斯成了自由软件世界里的英雄和领袖，但也就此与微软结下了世仇，比尔和林纳斯许下了永世不相见的誓言。

有些加盟微软的朋友告诉林纳斯，他们曾见到他的头像被钉在了微软公司的飞镖靶心上。林纳斯对此的评价是：一定是我的大鼻子太好瞄准了。

林纳斯与另一位业界巨头苹果之间就没这么激进了，毕竟 Linux 和 OS X 师出同门，都是从老前辈 UNIX 那儿毕业的，坐在一起还能唠唠家常，事实上，林纳斯和乔布斯确实有过一次历史性的会面。

林纳斯来到硅谷不久，就收到了一封来自乔老师秘书的邮件，邮件中写道："听闻小李飞刀光临硅谷，蓬荜生辉，老乔不才，重回苹果，以期振昔日之雄风，如得小李相助，必将如猛虎加之羽翼而翱翔四海，天下可得。期待会面。"（当然是意译）

林纳斯看完之后不明白乔布斯要干什么，只是觉得很厉害的样子。毕竟林纳斯还坐在外公腿上拨弄电脑键盘的时候，苹果的沃兹已经纯手动打造出苹果的第一代个人电脑 Apple I 了。林纳斯决定去见一下儿时的偶像，并了解一下苹果的新操作系统。

两代科技巨星的会面被安排在苹果总部 Infinity Loop，乔布斯带着原 Next 公司技术总监 Avie Tevanian（Mach 之父）接见了林纳斯，双方进行了友好而亲切的会谈，然后会谈的结果和很多公司的常规会谈一样，就是没有结果。

其时，乔布斯十年放逐回归苹果，举手投足已是大宗师气势，他对林纳斯说："我大苹果虽然现在看起来有点颓，不过海盗精神永存，我们已经准备好重新起航了。目前个人电脑领域仍然只有两个玩家：微软和苹果。如果 Linux 和苹果能够珠联璧合，那一切将是最好的安排，所有的开源爱好者都能够用上优雅与极客并存的 MacLinux 了。"然后，Mach 之父 Avie Tevanian 向林纳斯详细介绍了整合 Mach 和 Linux 内核作为 OS X 混合内核的计划，之后庞大的 OS X 体系将构建在 Mach 和 Linux 内核的基础之上。同时乔老师表示，基于 Mach 和 Linux 的内核系统将采用开源的方式运作，这样全世界的开源爱好者都可以为 Mac 和 Linux 开发程序。

这几乎是一个完美的双赢方案，乔老师都被自己描绘的蓝图打动了，永远年轻，永远热泪盈眶！谁能拒绝苹果公司和乔布斯如此完美的邀请呢？

林纳斯能！

乔布斯认为自己的扭曲现实力场加上苹果巨大的市场潜力一定会让林纳斯怦然心动，没想到这个芬兰小子在计算机面前待久了，水米油盐不进，任凭乔布斯口吐莲花，我自巍然不动。首先，林纳斯对 Mach 就不感冒，他认为 Mach 几乎犯下了所有的设计错误，它让系统变得复杂而效率低下；

其次，林纳斯觉得乔布斯可能没意识到，Linux 的潜在用户要比苹果系统多；最后，林纳斯乐观地认为，虽然 Linux 的目标不是占领桌面操作系统，但是显然"我们很快就能做到这一点了。"所以林纳斯当时的反应是：

为什么我要关心这些？我为什么要对苹果公司的故事感兴趣？我不觉得苹果公司里有什么有趣的事情。我的目标也不是占领什么桌面操作系统的市场。（嗯，虽然 Linux 马上就要做到这点了，但这从来就不是我的目标。）

现在看来，林纳斯当时对 Linux 在桌面操作系统的前景过于乐观了，虽然他天纵奇才，桀骜不驯，但是也无法预测到 OS X 和 iOS 在 10 年后引领移动开发的浪潮。不过即使知道 OS X 未来的大发展，心高气傲的林纳斯也不会接受苹果的收编，因为 Linux 一直是独立和自由的软件图腾。

无论如何，这次非正式的会谈没有达成任何实质性的效果，但是对后来的 IT 格局产生了巨大的影响。苹果不再关注 Linux，而是转向了 BSD。2001 年，苹果任命 FreeBSD 的发起人之一，老牌 BSD 黑客 Jordan Hubbard 为 BSD 技术经理，后升为 UNIX 技术总监，负责 OS X 操作系统底层核心 Darwin 的研发，最终，Mach 与 BSD 技术整合在一起，形成了混合内核。另外，苹果开始觉得开源项目也不是那么靠谱，后续他们先后研发并开源了优秀的编译器项目 LLVM 和 Clang，一举替换了整条 GCC 编译链，为 OS X 和 iOS 的性能优化和语言特性提供了巨大的帮助。这也算是苹果对那些自以为了不起的开源人士的回击：看，我们也可以做开源，而且比你们做得好。

Linux 则继续在开源、独立、自由的方式下一路狂奔，虽然在桌面操作系统领域的成就乏善可陈，但是在服务器端大放异彩，目前几乎整个互联网都是运行在 Linux 及其衍生产品之上的，可以说没有 Linux，互联网不可能得到如此迅猛的发展。

10 年以后，移动互联网时代来临。OS X 上长出了 iOS，Linux 上则诞生了 Android，这两个移动开发领域的双子星都有一个老祖宗，那就是 UNIX。一次话不投机的会谈让 OS X 和 Linux 分道扬镳，在十几年后的今天，它们又以一种不同的方式相见了，世界永远都是多元的，可能冥冥中自有天意吧。

Linus 和 Git

很多人在完成了类似 Linux 这样宏伟的软件产品之后，基本上就止步不前了。但是林纳斯却从未停歇创新的脚步。2003 年，林纳斯加入开放源代码开发实验室之后，重新全职投入 Linux 内核的研发，并开始酝酿自己的另一个跨时代的产品。

2002 年，Linux 内核开发团队开始采用 BitKeeper 作为代码版本管理工具。BitKeeper 是一套分布式的版本管理工具，它满足了 Linux 内核开发的技术需求。但是 BitKeeper 只是暂时对 Linux 等开源软件团队免费，并不是自由软件。2005 年，BitMover 公司不再免费赞助 Linux 开发团队。对此，林纳斯表示非常遗憾，但遗憾之后他并没有自怨自艾，伤心落泪，而是愤怒地与其他几个小伙伴花了几个星期完成了一套新的分布式代码管理工具，命名为 Git。两个月之后，Git 发布了官方版本，并在不同的项目中应用，自由软件社区给予了 Git 广泛的支持。

与 SVN 和 CVS 等软件不同的是，Git 更关注文件的整体性是否有改变，Git 更像一个文件系统，它允许开发者在本地获取各种数据，而不是随时都需要连接服务器。Git 的最大的特点就是离线分布式代码管理，速度飞快，适合管理大型项目，难以置信的非线性分支管理。

2005 年，Git 发布之后，技术日臻成熟，很多大公司都开始采用 Git 管理自己的项目代码。2008 年 2 月，GitHub 公司基于 Git 构建了协作式源代码托管网站 GitHub，目前该网站是这个星球上最大的源代码集散地，几乎所有的优秀代码都托管在 GitHub 上。Git 已经成为程序员使用最多的源代码管理工具！

对于 Git 的成功，林纳斯表示：

Git 的设计其实很简单，它有一个稳定而合理的数据结构。事实上，我强烈建议围绕着数据来设计代码，而不是反其道而行之，我觉得这可能就是 Git 如此成功的原因。坏程序员总是担心他们的代码，而优秀的程序员则会担心数据结构和它们之间的关系。

从 Git 诞生到今天已经有 9 个年头了，Git 始终没有背离其设计的初衷：高性能、简单的设计、非线性高并发分支的支持和完全的分布式。

对于林纳斯来说，Git 现在是他的主要消遣工具之一。他很喜欢在 Git 上编程的感觉，因为再也不用担心锁定问题、安全问题和网络问题了，这种感觉真是太美妙了！

我们继续期待林纳斯的第三个伟大的作品！

生活的意义

林纳斯认为生活意义的全部就在于：生存、社会交往和寻找乐趣。因为我们所做的一切事情，最终似乎都是为了我们自己的乐趣。而进化作为主线始终贯穿其中。

林纳斯对进化的理解如下。

你知道在整个太阳系，人类已知的最复杂的工程是什么吗？——不是Linux，不是 Solaris，也不是你的汽车。是你，还有我。想想你和我都是怎么来的——不是什么超复杂的设计，没错，凭运气。除了运气，还有：

◆ 通过分享"源代码"实现自由的可用性和授粉机制，生物学家把它称作 DNA。

◆ 毫不手软的用户环境把我们不好的版本轻易地替换成了更好的可执行版本，从而使种群更加优秀（生物学家把这叫做"适者生存"）。

◆ 大量的无方向的并行开发（试错法）。

我从未如此严肃过：我们人类永远都无法复制出比我们自身更复杂的个体，而自然选择却不假思索地做到了。不要低估适者生存的力量。不要错误地认为你可以做出比大量的平行试错反馈环更好的设计，那样就太抬举你的智力水平了。说实话，太阳照常升起，这和任何人的工程技巧或者编程风格都没有关系。

林纳斯一生只为寻找欢笑，但是他却取得了无数的成就和荣誉。

◆ 1997 年，在芬兰赫尔辛基大学计算机科学系，林纳斯接受了他的硕士学位。两年后，他在斯德哥尔摩大学接受名誉博士学位，并在 2000 年在他的母校获得了同样的荣誉。

◆ 1998 年，林纳斯接受了电子前哨基金会先锋奖。

◆ 2004 年，林纳斯被《时代》杂志选为世界上最有影响力的人之一。

◆ 2006 年，《时代》杂志欧洲版评选林纳斯为过去 60 年最有革命性的英雄人物之一。

◆ 2012 年 4 月 20 日，林纳斯被宣布成为两位获奖者之一，和山中伸弥（Shinya Yamanaka）共同获得当年的千禧技术奖。该奖被普遍形容为相当于技术领域的诺贝尔奖。

◆ 2012 年 4 月 23 日，林纳斯进入互联网协会（Internet Society，ISOC）的网络名人堂。

林纳斯憎恶分明，经常口不择言，比如他对 C++ 的评价是：C++ 是一门糟糕的语言。而且有一群不合格的程序员在使用 C++，他们让它变得更糟糕了。他对自己的两个产品命名的解释是：我是个自大的人，我所有的项目都以我的名字来命名。开始是 Linux，然后是 Git（英国俚语，饭桶的意思）。

不过，我最喜欢的林纳斯说过的一句话是：Talk is cheap, Show me the code。他一直用自己的编程人生诠释着这句话。2006 年的时候，Linux 内核代码的 2% 依然是林纳斯完成的，他是代码贡献最多的人之一（是年 37 岁）。到了 2012 年，他对内核的贡献主要是合并代码，编程变少了，但是他依然对是否将新代码并入到 Linux 内核具有最终决定权。

林纳斯用自己精彩的编程人生和对自由软件的热爱演绎了现代社会中一个书呆子的胜利。如果你爱一个人，就让他去编程吧；如果你恨一个人，就让他去编程吧。代码让我们欢笑，也让我们忧伤，让我们沉默，也让我们高歌。对于程序员来说，代码是这个世界上最美妙的音乐，会编程的孩子，都是好孩子！

至此，无论大家是否满意，林纳斯这个系列算是完成了。从 2013 年 12 月 17 日开始写，一口气写了 5 篇之后戛然而止，直到本周，重新捡起这个系列并最终完成，期间居然历时半年之久，可见中断的影响有多么大。有时候，中断一件事情会让我们忘记自己做事的初衷，忘记我们从哪里开始，去向何方。解决这个问题最好的办法就是：坚持，并一气呵成。

后续可能还会写一些类似的人物小传，如果你们想听谁的故事，可以告诉我，如果有独家的资料，也可以通过邮件发给我，这样写起来更有意思些。

本文参考资料

◆ 林纳斯自传：《Just for Fun》。
◆ 维基百科相关资料。
◆ 《Mac OS X 背后的故事（二）——Linus Torvalds 的短视》。

沃兹传奇，其实我是个工程师

每次使用 Mac 编程或写作的时候，我常常想，什么时候能够坐在一张桌子上与苹果公司的创始人之——史蒂夫·沃兹（Stephen Wozniak）谈笑风生呢？沃兹在我眼中一直是伟大的程序员和技术先驱，他以一己之力开发出跨时代的个人电脑，可以说是 IT 发展史上的活化石。如果有朝一日能够与沃兹有那么一句半句的交流，是何等的荣耀！

这个梦想很快就被百度的 Big Talk 硅谷大会实现了！进入 2015 年，我最大的体会就是，你很难想象哪块云彩有雨，可能就在不经意的一瞬间，世界向你敞开了所有的大门，接下来的就是你自己的选择和决定……

作为一个程序员，我对沃兹的好感胜过乔布斯。

沃兹出生于 1950 年，对于计算机科技而言，20 世纪 50 年代是个最伟大的年份，在这黄金十年里，各类天才和大师呱呱坠地，开始了他们传奇的人生！史蒂夫·乔布斯（Steve Jobs）生于 1955 年，比尔·盖茨（Bill Gates）生于 1955 年，保罗·艾伦（Paul Allen）生于 1953 年，史蒂夫·鲍尔默（Steve Ballmer，微软 CEO）生于 1956 年，埃里克·施密特（Eric Schmidt，原 Google CEO）生于 1955 年，比尔·乔伊（Bill Joy，Sun 创始人）生于 1954 年，当然，还包括史蒂夫·沃兹。

沃兹和乔布斯不同，乔布斯出身草根，沃兹则是高知子弟，他父亲是美国知识分子，在 NASA 航天局研制火箭。沃兹之所以年纪轻轻就在硬件领域有极深的造诣，完全得益于他的父亲。在乔布斯还没出生的时候，沃老爷子已经开始教小沃兹学习电子学知识了；乔布斯嗷嗷待哺的时候，沃兹已经开始理解原子、电子、中子和质子的区别了。

由于沃兹从小就打下了良好的电子学基础，一旦计算机大潮来临，便顺理成章地走上了通往计算机世界的康庄大道，进入惠普公司谋得一份有趣的电子工程师的职位。沃兹一生的宿命就是工程师，所以，如果没有遇到乔

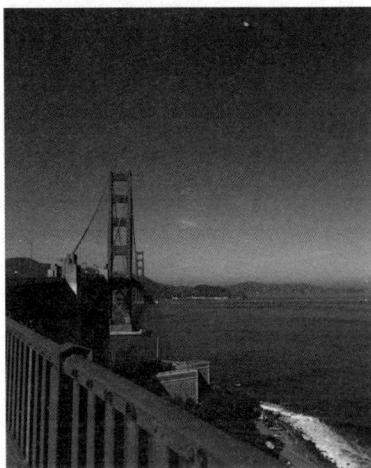

布斯，沃兹的下半生可能都会在惠普度过，也许，整个计算机历史就改写了。然而，往事如风，无论有多少种选择，最终的结果是上帝让乔布斯和沃兹迎头撞在一起，并产生了最大的化学反应。

他们在一起参加黑客聚会，搞各种恶作剧，一起制作电子设备，盗打电话，制作游戏机，等等。说起来是天才组合，但是设计电路和编程的活儿基本都由沃兹负责，乔布斯只负责买买披萨和焊焊板子。纵观沃兹和乔布斯合作的经历，基本上就是一个产品经理虐待程序员的悲惨案例，可以想象的场景大致如此：

乔布斯兴冲冲地从外面冲进来，对沃兹说："哥，咱们得增加一个功能才能把产品卖出 500 套，只要你能做出来，咱就发了。"

善良的沃兹说："没问题，我喜欢这挑战。"

"唔，我们需要在 4 天内完成。"

"你没事吧，怎么可能？至少需要两周。"

"你能做到的！"

"好吧，10 天。"

"……"

"好吧，一周。"

"……"

"得，就 4 天吧！"

乔布斯吹着口哨走了，沃兹留下来干了 4 天 4 夜。

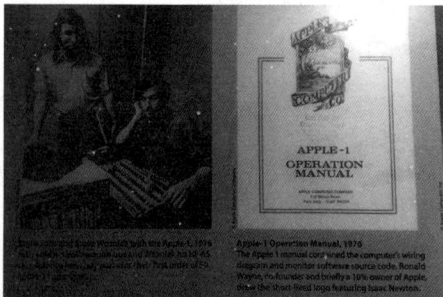

与传统项目的悲惨结局不同的是，沃兹会把不可能完成的任务变成可能，成果还是世界顶级水平的，这就是天才的价值。

然后，苹果公司就诞生了，然后是 Apple I 和 Apple II，沃兹做出了当时那个时代最伟大的个人计算机。之后苹果就上市了，那一年沃兹 30 岁，一切都完美得令人发指，如果不是那次飞行事故，不知道沃兹还能够创造多少惊人的技术成果。

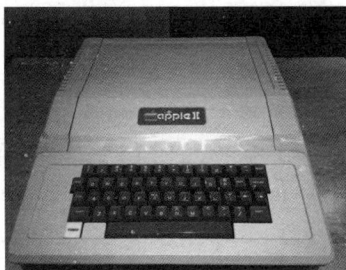

在苹果公司上市的那一年，沃兹考取了飞行执照，半年后，沃兹飞行时发生意外，清醒后呈现失忆状态，直到 5 个星期后才逐渐恢复记忆。之后慢慢淡出苹果公司，开始享受自己的人生，做遥控器、音乐节，投资教育，做慈善，等等。而他的伙伴乔布斯则继续自己的传奇之旅。

这些就是我记忆中的苹果工程师沃兹，传奇极客！而我，也终于在 Big Talk 大会上见到了沃兹本人。岁月流逝，当年的天才少年成了今天的白胡子老头，容颜和体重都已改变，不变的依然是他那颗极客的心。

美国时间 1 月 30 日，百度的 Big Talk 大会第一次进驻硅谷，在活动的最后，沃兹迈着"稳重"的步伐走上了主席台，全场爆发出雷鸣般的掌声，向这位科技先驱致敬，其中当然也包含了我的掌声，会议进入了最后的高潮。

老沃兹语速奇快，手势迷人，中气充沛，充满激情。他与主持人互动的过程中阐述了很多有趣的观点。

关于硅谷

硅谷一开始只是一个地方，一个硬件生产基地。更多的人来到这里，开始编写软件，创造新的硬件，他们想做新的产品，或找到新的更好方式。早期硅谷的工程师，只是想让人们生活更方便，有更多时间来看电影，有更多闲钱可以花，每周上 4 天班。所以，硅谷是一群人以自然有机的方式创造出来的，你没法复制硅谷，你只能到这里来，感受文化，学习技术，创造你自己的产品。我觉得硅谷的新科技新产品就像是一场革命，永远都在改变人们的生活，这种感觉非常棒！像我这样的人特别想成为革命的一分子，可是我不能成为一个抗议人士或者战士，但我可以设计一台电脑。

关于库克

我很敬佩库克，也看好他所领导的苹果公司。很多人都想要贬低库克，说他演讲不如乔布斯好，分析市场不准确，所以很多人就不看好他。Oracle 的 Larry Ellison 说："没有乔布斯，苹果已死。"但这些都不好说，不要过早地评价苹果的 CEO，也许有人代替了乔布斯后，苹果业绩翻一番也说不定呢。

关于 Apple Watch

手表会改变世界。很多人在做智能手表，但是谁把它做得好了呢？苹果其实很多时候都站在风口浪尖上。我用过智能手表，但是每次我用完之后都很不喜欢，很快就扔掉了。就像大屏幕手机，只有苹果让我觉得好用。

……

会议结束了，传奇没有结束。在写了这么多年代码和技术文章之后，在充当苹果义务推销员并默默地销售了无数台 Mac 之后，我终于获得了与沃兹面对面交流的机会。

当我脱掉外套露出 MacTalk 的 T 恤冲进采访室的时候，沃兹已经稳稳地坐在那等着大家了。我向沃兹伸出了手，就像苦熬多年的地下工作者见到了传说中的领袖，我说出了准备了很久的那句暗号：I am a programmer too（我也是个程序员）。

沃老爷子估计是很久没见过程序员了，很激动，他握住我的手说：Okey！

我继续用结结巴巴的英语告诉他，我为 Mac 在中国的普及做了哪些贡献，卖了多少台苹果设备，做过多少次售后，等等。这下沃老开心了，他对我说，小伙子干得不错，继续努力！从沃兹的语速里我判断，伊手里还持有不少苹果的股票。

我问了沃老爷子一个返璞归真的问题：您作为个人电脑时代的先驱，对现代个人电脑怎么看，Mac 的未来是什么？

谈到个人电脑，沃兹的思维变得活跃起来，他告诉我，在可以预见的未来，个人电脑不会消失，人们总是需要在 PC 上做各种复杂的操作，如编程、复杂的工业软件应用等。但是 PC 与手机、平板的融合与协作会不断加强。目前看来，Mac 与 iPhone/iPad 在这一点上是做得最好的。

关于产品创新，沃兹表示，很多人只知道他做出了 Apple I 和 Apple II 两个伟大的产品，但这些创新却不是一蹴而就的。他说：

我在设计 Apple 电脑的时候，可能想到了 10 个人都无法想到的东西，包括操作系统、芯片、驱动等，各个小创新集结起来，最终带来了伟大的产品。我在做 Apple I 的同时，还要考虑电脑接入和打印等功能，最终这些特征应用到了 Apple II 上，每一个创新都是 A+ 的成绩，都很好，最终它们融合在一起，形成了伟大的产品。按照这种方式，我做了硬件，还做了软件。

关于产品的酷和棒：

一个公司能够一直保持酷的状态是非常难的。对于苹果这样的公司来说，如果你做了一个棒的产品而并不酷，那么用户就会立刻感觉出来，他们会问苹果怎么了，为什么做不到以前那么酷了？这一切都与产品的质量和感觉息息相关，你必须做到棒的同时让产品保持酷的状态。苹果也曾经不酷过，他们在 90 年代曾经想让 OS X 兼容其他 PC 机，这件事就不酷。但后续的事情我们做得还是很不错的。而且酷这件事情并不是公司觉得自己酷就可以了，是消费者觉得你酷，才算成功了。对于苹果而言，是消费者觉得我们是一个酷公司。

关于人脑和电脑：

在很长的一段时间内，我认为人脑和电脑是不能相提并论的，电脑虽然能够帮助我们解决一些问题，但是它无法找到解决问题的方法。人的直觉和电脑的运作方式是完全不同的。所以，当《奇点》这本书出版之后，我觉得太荒谬了。

但是后来我参加了奇点大学教授的一个研讨会，他们提出了数据带来的指数级增长曲线，包括现在的数据量、数据成本、数据处理能力等。在数据足够的情况下，未来 20 年内，电脑超过人脑是完全可能的。

3 年前我开始想象，未来电脑可能会开始尝试感知和了解事物。

关于创业，沃兹的回答很简单：

我并不是一个管理者，我只是一个热爱技术的工程师。重要的是去改变世界，是否创业并不重要。

我坐在沃兹的身边，静静地聆听这位先驱侃侃而谈，仿佛一个初入江湖的小球倾听当年兵器谱排名第一的绝世高手讲述自己年轻时的绝代芳华。我并不期望现在的沃兹还能引领时代指点江山并发出振聋发聩的呐喊。他在自己的时代，已经把科技的神山踏在脚下，圣杯揽入怀中，到了今天，我只想领略他当年那一剑的风情……

我觉得幸福极了。

纵观计算机的发展史，有些人在软件方面的有突出贡献，有些人是硬件技术专家，而同时擅长软硬件技术的则凤毛麟角，沃兹是其中之一。1976 年，世界上只有少数人了解操作系统、存储、芯片、电路板和布线等知识，而沃兹基本上以一己之力，单枪匹马做出了 Apple I 和 Apple II，这两个产品在苹果初创和上市过程中起到了至关重要的作用，可以说没有沃兹，就不可能有苹果。

沃兹是一个充满人文关怀的艺术家、技术天才，遵循了传统的黑客文化，做酷的东西，成为伟大的工程师，写匪夷所思的代码，然后和很多人成为朋友……30 多年来，世界变了，乔布斯变了，盖茨变了，不变的是沃兹，他依然是那个快乐的工程师！

曾经梦想仗剑走天涯，看一看世界的繁华

年少轻狂的我，如今快要老啦

曾经向往四海为家，又见伊人绝世芳华

好男儿心向大海，只待明日重新起航

用《我是沃兹》这本书里的一段话结束今天的主题：

苹果的创意来自一对生死与共的好兄弟，其中之一非常成功，他将毕生致力于创建伟大的公司，保证盈利，整合科技与人文，而另一个人则言谈幽默，对一些小玩意儿感兴趣，热爱技术，他在世界里挖掘趣闻，此生只为寻找欢笑。